講談社文庫

medium《メディウム》

霊媒探偵城塚《じょうづか》翡翠《ひすい》

相沢沙呼

講談社

霊媒探偵　城塚《じょうづか》翡翠《ひすい》

［メディウム］

medium

contents

me・di・um [mí:diəm]

(《複数形》me・di・ums, me・di・a)

中間,中庸;媒介(物),媒質,媒体;

生活環境,生活条件;手段,方法;

霊媒

medium

［メディウム］

霊媒探偵　城《じょう》塚《つか》翡《ひ》翠《すい》

プロローグ

妨《さまた》げようのない死が訪れようとしている。

「先生には、娘を殺した犯人を見つけ出してほしいのです」

そう顔を上げた婦人の眼《め》を見たとき、香月史郎《こうげつしろう》は運命にも似たその予感を抱かずにはいられなかった。防ぐことのできない死が、足音を伴って、すぐそこまで迫っているのだと。

婦人の眼差《まなざ》しには、やり場のない悲しみと、憤りの色が宿っている。馴染《なじ》みの喫茶店の奥にある、ボックス席での一幕だった。机の上には、彼女が自身で可能な限り収集したという、一連の事件に関する資料が置かれている。

それはここ数年、関東地方を騒がせている連続死体遺棄事件についてのものだ。

犯人は、判明しているだけで既に八人もの女性を殺害していると見られている。彼はいっさいの証拠を残しておらず、警察の捜査は難航していた。地道な捜査が続けられているものの、捜査関係者の誰もが途方に暮れた表情で、彼のことをまるで亡霊や死神のようだと零《こぼ》していた。そう。それは死を運ぶ亡霊だ。姿がなく、狡猾《こうかつ》で、痕跡《こんせき》を残すことなく被害者たちに近づき、死をまき散らす、この世ならざる者。

そんな犯罪者を捕らえることなど、誰にできるというのだろう。

「僕は……」言葉を吟味《ぎんみ》しながら、香月は言う。「警察の人間でも、探偵でもありません。ただのしがない物書きです」

だが、婦人は挑むように香月を見返して言った。

「先生には、霊能力者の方がついていらっしゃるのでしょう」

その言葉に、香月は息を呑《の》んだ。

「ここしばらくの間は、その方とご一緒にいくつもの事件を解決なさっていると聞きました。少し前までニュースを騒がせていた、女子高生の連続絞殺事件も、香月先生がその方の助言に従って解決されたと――」

その事件は、様々な理由からマスコミの注目を集めていた。その影響だろう。香月が霊能力者と共に事件を解決しているという噂《うわさ》が、ここのところネットや週刊誌などで拡散しているらしい。

そして、その噂は正しいものだった。

これまで、香月史郎は、城塚翡翠《じょうづかひすい》という霊媒の娘と共に、様々な事件を解決してきた。

そう、霊媒の力を使って――。

たいていの記事では、その素性不明の霊媒に対して、批判的に書いている。当然だろう。霊能力者がその力を用いて事件を解決していくなど、夢物語に等しいことだ。目の前の婦人は、そんな夢物語に縋《すが》りたいのだろう。

だが、彼女にとって幸運なことに、それは決して夢物語ではない。

真実なのだった。

「少し考えさせてもらえますか。彼女にも、できることと、できないことがあるのです」

城塚翡翠の力はそこまで便利なものではない。いくつもの制限や、翡翠自身が気づいていない法則が隠されており、それらを分析しながら捜査に役立てる方法を探らなければならないのだ。

例を一つあげるなら、翡翠は死者の魂を呼び寄せることができるが、殺害や事故などで非業の死を遂げた者の魂は、その人間が死んだ場所が判明しない限りは呼び出すことができない。この法則に翡翠が気づいたのは、ごく最近のことだ。それまで、呼び出せる魂と、そうではない魂のどこに違いがあるのか、彼女にもわからなかった。

また、霊視によって犯人を特定できたとしても、当然ながらそこに証拠能力はまったくない。犯人がわかっているのに証拠が挙げられず、歯痒《はがゆ》い思いをしてきた事件もこれまで数多い。

だからこそ、それら霊視によってもたらされた情報を分析し、科学捜査に役立てることが可能な論理へと媒介することが、これまで香月史郎が受け持ってきた役割だったのだ。

返答の保留を告げて婦人を帰らせたあと、香月は冬の寒空の下を歩いた。

この依頼を承諾するかどうかは、慎重に判断する必要がある。一つだけいえるのは、その選択をすれば、城塚翡翠に死が訪れるだろうということだった。

白い息を吐《は》きながら、香月は城塚翡翠の語った言葉を思い返していた。

あれは、真夏のことだった。

遊園地の喧噪《けんそう》の中、子どものようにはしゃいでいた彼女が、不意に笑顔を消してこう語ったのを、鮮明に記憶している。

「先生――、わたしはたぶん、普通の死を迎えることができないのだと思います」

それはどういう意味なのか、と香月は訊《き》いた。

「予感がするのです。この呪《のろ》われた血のせいかもしれません。妨げようのない死が、すぐそこまでこの身に近づいているのを感じるのです」

翠《みどり》の瞳《ひとみ》を伏せて、霊媒の娘はそう言った。

その華奢《きゃしゃ》な肩が恐怖に耐え忍ぶように震えているのを、香月は見た。

そんなのは気のせいにすぎない、と彼は言う。だが、翡翠はかぶりを振った。

「わたしの予感は、絶対です」

困ったように眉尻《まゆじり》を下げて、その運命を受け入れることが当然であるかのように、霊媒の娘は笑った。

おそらく、翡翠が予感していた死というのは、このことに違いなかった。

連続殺人鬼と相対することで訪れる死。

たとえそれが絶対的なもので、覆《くつがえ》すことが困難なのだとしても、遠ざける努力はするべきだろう。不安と恐怖を押し殺し、無理に笑おうとする彼女の愛《いと》しい姿を見れば、香月自身にも堪《こら》えようのない衝動が湧《わ》き上《あ》がってくる。香月も、危険を避けて彼女との関係を可能な限り続けていたいと考えていた。だが、翡翠の予感が絶対であることもまた、避けられない事実なのだろう。

無人の公園を歩きながら、そうはならない選択肢が存在しないか、彼は思慮を巡らせた。

城塚翡翠は、その力で殺人鬼に辿《たど》り着《つ》くことができるだろうか。

焦点となるのは、そこだ。

いくら彼女が超常の力を持っていたとしても、事件に対する向き不向きというものがある。例えば、この連続死体遺棄事件では、未《いま》だ被害者の殺害現場が突き止められていない。これでは翡翠は死者を降ろすことができず、被害者たちから証言を得ることは難しい。だからといって、警察の力でも判明していない殺害現場を独自に特定できるかというと、それが困難なのは想像に難くなかった。殺害現場が不明である以上、この事件は翡翠にとって厄介なものになるだろう。

犯人の特定が不可能なら、翡翠をこの事件と関《かか》わらせる必要はどこにもない。無関心を装い、安堵《あんど》を抱いて、二人の関係をこのまま続けていけばいいだろう。だが、ここまで証拠の隠滅に長《た》けた者の脅威になり得るのは、もはや城塚翡翠の持つ超常の能力だけともいえる。

はたして翡翠の能力で、犯人を特定できるのか。それを見極めるには、彼女の能力の特性や心霊の性質を吟味する必要がある。一つ一つの能力では無理だとしても、複数を組み合わせれば、なにか思いも寄らなかった手法で、犯人の特定に至る可能性があるかもしれない。

思考を整理するために、香月は翡翠と出逢《であ》った、最初の事件のことを振り返った——。

第一話

泣き女の殺人

人が死んだら、その魂はどうなるのだろう。

唐突にそんな考えを抱いたのは、ここへ来るまでに墓参りをすませてきたせいだろうか。あるいは、これからの予定がそう連想させたのだろうか。電車を降りたとたん、初夏の暑さが全身に襲い掛かってくるのを感じて、香月史郎《こうげつしろう》は手の甲で額を拭《ぬぐ》った。

事の起こりは、一週間前に香月の元へと掛かってきた電話だった。

「先輩に、ちょっと奇妙なお願いをしたいんです」

通話相手である倉持結花《くらもちゆいか》は、香月が通っていた大学の後輩だ。正確には、結花が入学したのは香月が卒業したあとなので、彼の在学中に交流があったわけではない。卒業後にときおり招かれる写真サークルを通じて知り合った仲で、香月にとっては、妹のような存在である。

「奇妙なお願いって？」

「はい。そのう……、あたしと一緒に、霊能者の人と会ってほしいんですよ」

「霊能者って……、幽霊が見えたり、お祓《はら》いをしてくれたり、そういうオカルトなパワーを持っている人のこと？」

「それはそうですよ。他になにがあるっていうんですか」

おかしかったのか、電話の向こうで結花がくすくす笑っている。

それから、結花は経緯を詳しく語ってくれた。

一ヵ月ほど前のことだ。休日に友人と二人で遊んだ際、酔った勢いで占い師に運勢を占ってもらった。そこで、占い師は結花に奇妙なことを告げたのだ。

「女の人が、あたしを見て泣いているって言うんです」

それがよい霊なのか、悪さをする霊なのか、占い師には判別がつかないという。最初、結花はそれを話半分に聞き流した。昔から霊感が強い方だとは自覚していて、少し不気味に感じたものの、だからといってそうした話を鵜呑《うの》みにしてしまうほど不注意な性格ではない。

ところが、その数日後から、奇妙な夢を見るようになってしまった。

「正確には夢なのかどうかわかりません。寝ているときにふと目が覚めて、意識ははっきりしてるんですけれど、身体が動かなくて、怖くなって……。それで、誰かがベッドの傍《かたわ》らに立っているんですよ。ぞっとしました。視界の片隅《かたすみ》で、よく見えないんですけど、なんとなく、女の人だっていうことはわかるんです。それで、洟《はな》を啜《すす》るみたいに……、泣いているんです」

そんな経験を、何度かするようになった。

流石《さすが》に怖くなって、例の占い師を再び訪ねた。ところが占い師曰《いわ》く、自分はそうしたものは視《み》るのが専門で、対処する力は持っていないという。そこで、ある人物を紹介された。

「正確には、霊能者ではなくて、霊媒と呼ばれている人らしいんです。特に相談料とかは要らないって話なので、話を聞いてもらおうかなって考えてるんですけど……、でも、いろいろと怖くて。ほら、壺《つぼ》とかおふだを買わされたりしたら」

結花はそう笑うが、確かに誰かがついていた方が心強いだろう。

それで香月が快諾し、今日の運びとなった。

香月の自宅から近い駅だったが、降りたのは初めてだ。都心ではあるものの、閑静な高級住宅街として有名な区域で、一度は住んでみたいと憧《あこが》れる者も多いだろう。香月も静かな場所を好むが、自分の稼ぎでは手が届きそうにもない。

平日だからか、駅前は人気が少ない。初夏の陽射《ひざ》しを浴びて待っていると、約束の時刻になり、結花が改札から姿を現した。こちらを見つけた彼女は顔を上げて、ぱっと表情を明るくする。

「あ、先輩！」駆け寄ってきた彼女が、頭を下げた。「どうも、ご無沙汰《ぶさた》してます」

綺麗《きれい》になったな、というのが、久しぶりの再会に対する第一印象だった。香月が初めて会ったとき、彼女はまだ十九歳だったから、自分はどうしても妹を見るような目で見てしまうのだが、その認識を少しは改めた方がいいかもしれない。

「いや、ずいぶん綺麗になったね。すっかり社会人だ」

素直にそう褒めると、結花は気恥ずかしげに笑って、香月の肘《ひじ》を小突いた。

軽く近況を報告し合って、駅から歩きだす。スマートフォンの画面を確認する結花曰く、その霊媒が住んでいるマンションまでは、徒歩で十五分ほどだという。

SNSなどで頻繁にやりとりをしていても、やはり実際に会って話すと話題は尽きないものだ。隣を歩く結花はよく喋《しゃべ》って、ころころと楽しそうに笑った。

今は、デパートで受付嬢をしているという。今年で二年目ということでメイクの印象が少し変わり、衣服のセンスも大人びたものへと変化していた。ハンドバッグがよく似合っていたのでそう口にすると、お給料を貯《た》めて自分へのご褒美《ほうび》に買ったのだと、彼女ははにかみながら答えた。

ふと、結花が地図を見下ろし、立ち止まる。思わず通り過ぎようとした香月の袖《そで》を、彼女が摑《つか》んだ。目の前に聳《そび》え立《た》っているのは、タワーマンションと呼べるほどの高層ビルだった。四十階は超えていそうな尖塔《せんとう》が青空へとまっすぐに伸びている。住宅街を抜けたこのあたりには他にも高層階のマンションが建っていたが、その中でもこれは一際目立つ建造物だった。

「ここ?」

「えっと……」結花も意外に思ったのか、呆然《ぼうぜん》と言った。「名前は、あってますね」

訝《いぶか》しみながら、結花を連れてエントランスに入った。奥へと続く広大なロビーを、ガラスの壁が遮《さえぎ》っている。こうしたマンションを訪れる機会はないので、多少、戸惑ってしまう。コンシェルジュらしき人物の姿も見えたが、結花は入り口近くのパネルに部屋番号を入力し、インターフォンを鳴らした。

『はい』

若い女性の声がした。

「恐れ入ります、三時にお約束しました、倉持と申します」

結花が歯切れのよい声音で言う。いつもとは別人に聞こえる声だった。

『あ、はい。承《うけたまわ》っております。ようこそいらっしゃいました。お入りください』

開いたガラスドアに招かれるようにして、香月たちはロビーに入った。

「流石だね。まるで別人だ」

結花をからかうと、彼女は恥ずかしげに頰《ほお》を膨《ふく》らませた。

人気《ひとけ》がまったくないことを除けば、ホテルのようだった。大理石を敷き詰めた床に、革靴の音が小さく鳴る。数基あるエレベーターの前に立ち止まり、結花がボタンを押す。

　二人でエレベーターに乗った。訪問先のフロアにしか行けないシステムで、目的の階層が既に選択されていた。なかなか新鮮な体験だ。

「やっぱり先輩は、信じてませんか？」

「心霊現象？　それとも、ここの霊媒師とやらを？」

「推理作家としては、そういうのに否定的なんじゃないかなって」

「うーん、どうだろう。霊能力やら霊媒やらとなると、どうも胡散臭《うさんくさ》く思えちゃうよね。幽霊とかの心霊現象は、まぁ、一概に否定できないし、死後の世界とかは夢があっていいと思うけれど」

　そう答えたものの、香月はオカルトに関しては興味を持っている方だった。仕事のネタにもなるし、怪談や怪異譚《かいいたん》などを収集する作家から、その手の話を聞かせてもらうことだってある。そうした説明のつかない超常的なものがこの世に存在してほしいと、心のどこかで望んでいるのかもしれない。

　そう。死後の世界くらい、あってほしいと願っても、きっと罰《ばち》は当たらないだろう。

　未だに自分があの墓前に花を手向《たむ》けるのは、その願望の表れに、違いない。

　最上階にほど近い階で、エレベーターが停止する。観葉植物が飾られたホールを抜け、モダンな内装の廊下を二人で歩いた。ここに住むのにどれだけの金額が掛かるのか、香月には想像もできない。目的の部屋に着いてインターフォンを鳴らすと、扉がすぐに開いた。

躊躇《ちゅうちょ》なく二人を招き入れた。

顔を覗《のぞ》かせたのは、二十代後半の快活そうな若い女性だった。躊躇なく二人を招き入れるように扉を大きく開いて、柔和な笑顔を見せる。派手な服装ではなかったが、身に着けている服やアクセサリーから、清潔感とさり気ない高級感を垣間見《かいまみ》ることができた。

「倉持さんですね。どうぞ、お入りください」

勧められるまま、二人は頭を下げて部屋に入った。玄関で靴を脱ぎ、履き心地のよいスリッパに足先を通す。通された部屋はリビングのようだ。香月が住んでいる部屋より何倍も広いが、内装のせいか高級感のようなものは感じない。置かれている家具がどれもアンティークで統一されており、映画やドラマなどで観る、英国の田舎《いなか》にある一室を思わせた。

「ごめんなさい。先生は、まだ前のお客様のご相談が終わっていないんです。お掛けになって、少しお待ちくださいね」

彼女は千和崎《ちわさき》と名乗った。霊能力者ではなく、アシスタントかなにからしい。部屋の中央には背の低い円卓があって、それを囲うように椅子《いす》が三つ置かれている。千和崎は香月たちにそこへ座るように促《うなが》すと、部屋を出ていってしまった。

「大丈夫だよ」香月は緊張しているらしい結花に声を掛ける。「取って食われるわけじゃない。壺を買わないようにすればね」

「そうとも限らないですよ」ふてくされたような表情を浮かべて結花が言う。「悪い魔女が住んでいそうな感じがしません？　本当に食べられちゃうかも」

しばらくすると、部屋の奥の扉が開いた。四十代の、少しやつれた雰囲気の婦人が姿を現す。目元を赤く泣き腫《は》らしているようで、ハンカチを握り締めていた。

「ありがとうございました」

婦人は出てきた部屋の中へと頭を下げて、扉を閉ざした。彼女が直前の相談者だったのだろう。千和崎が戻ってきて、なにかを話し始めた。婦人がしきりに感謝の言葉を述べているのが聞こえてくる。見送るためだろう。千和崎が婦人を伴って廊下へと消えていく。

少しのあと、彼女が戻ってきた。香月は訊ねる。

「今の方は？」

「わたしも詳しくは知りませんけれど、亡くなったご主人のことで、先生にご相談されたようです。あの様子だと、お力になれたみたいですね」

それ以上のことは語らず、千和崎は片手で奥の扉を示した。

「さぁ、どうぞ。先生がお待ちですよ」

香月は結花を見た。彼女は緊張に喉《のど》を鳴らすようにして間を置くと、静かに立ち上がった。彼女を伴うように先んじて、香月は扉の前に立った。

ドアノブに手を掛けて、そっと押し開く。

室内は暗かった。

光がない。暗いカーテンで目の前が遮られているのだとわかった。香月たちの後ろから入る光が、ほんのりとその暗幕の凹凸を浮かび上がらせている。

カーテンに僅《わず》かに切れ目があるのが見えた。そこから、奥へと続いているようだ。

「どうぞ、扉を閉めて、お入りください」

カーテンの奥から、静かな声。

若い女の声だった。

二人は暗幕を潜《くぐ》って、奥へと足を踏み入れる。

室内を照らすのは、炎の光だった。円卓に載せられたキャンドルの光が、神秘的に揺めいている。壁には窓がなく、掲げられた燭台《しょくだい》に灯《とも》された小さな灯が、いくつも並んで明滅を繰り返していた。奥のバロック調の椅子に腰掛けていた女性が、静かな目で香月たちを見ている。

女は、思わず息を呑むほどに、美しかった。

人形のように完璧《かんぺき》に整った精巧な顔付きをしていて、この薄暗さの中でもわかるほどの肌の蒼白《そうはく》さが、その非生物的な印象を強調していた。長い黒髪は毛先に向かうにつれて、緩《ゆる》やかなウェーブを描き出している。揺れる炎の灯《あか》りを反射する髪の一本一本が艶《あで》やかにキューティクルのつやを帯びていて、その点だけが彼女が生物であることの証左に見えた。

「倉持結花さんですね。わたしのことは、翡翠《ひすい》とお呼びください」

霊媒の声には、抑揚《よくよう》がなかった。口調と物腰は丁寧だったが、表情は人形のように変化がなく、薄闇《うすやみ》の中の眼差しは冷徹さを維持し続けていた。

身に纏《まと》うものも、細いリボンの目立つブラウスに、暗いハイウエストのスカートと、人形が着ていそうな衣装だ。まだ若い。二十歳くらいだろうか、少女のように見えなくもないが、纏う神秘的な雰囲気と、深淵《しんえん》な命題に臨む哲学者を思わせる表情が、それを否定するようでもある。

日本人的な顔立ちをしているが、もしかしたら北欧系の血が混ざっているのかもしれない。切《き》り揃《そろ》えられた前髪の下から香月たちを見る双眸《そうぼう》は、美しい碧玉色《へきぎょく》をしていた。

「お掛けになってください」

翡翠と名乗る霊媒に促されて、結花ははっとしたようにソファへ腰を下ろした。

「そちらの方は――」

「僕は彼女の友人で、香月といいます。付き添いで来ましたが、大丈夫でしたでしょうか」

「かまいません」

あまり関心を示さず、霊媒の娘が頷《うなず》く。

香月も結花に続いて、ソファに腰を下ろした。

「ご相談になりたいことというのは？」

翡翠に問われ、おずおずと結花が話し始める。

ほとんどは、事前に香月が聞かされた内容と同一だった。

翡翠は辿々《たどたど》しく話す結花へと、じっと視線を向け続けている。ときおり頷いたりする程度で、身体は始終微動だにしなかった。この非生物めいた印象は、暗いアイシャドウなどの化粧や、部屋の薄暗さがもたらす影響もあるが、なによりもこの彼女の佇《たたず》まいがそう思わせるのだろう。

「それで、そのう……。本当に、なにか悪いものが憑《つ》いていたりするのでしょうか……」

「え……？」

「倉持さんは、人目に触れるお仕事をされていらっしゃいますね」

「日常的に、他人から声を掛けられて、頼られるようなお仕事ではありませんか。例えば、モールや、デパートの受付などをなさっている」

「あの、どうして……」

「そう感じただけです」

香月も驚いていた。啞《あ》然《ぜん》としている結花の表情を一瞥《いちべつ》し、翡翠に視線を戻す。

「そういった方は、霊的な存在に頼られたり、近づかれる傾向があります。日常的に他者に頼られ、導く経験を積んでいるせいで、そうした存在を引き寄せやすいのかもしれません」

「ええと……。その、仕事先で、幽霊に取り憑かれたとか、そういうことですか」

「そこまではわかりません」翡翠は静かにかぶりを振った。それから、目を細めて、僅かに前のめりになる。「ただ、あなた自身に、なにかが憑いているようには感じない」

「どういうことでしょう」

「悪いものにせよ、よいものにせよ、なにかがあなたに惹《ひ》かれているのだとしたら、わたしにもそれを感じ取れるはず……」

そこで初めて、翡翠の表情が変化したように見えた。整った眉を顰《ひそ》め、再び訝しげに目を細める。彼女は立ち上がった。それから、自分が座っていた椅子を示して言う。

「倉持さん、こちらにお座りになってもらえますか」

「え、あ、はい……」

「あなたがどれだけ外から影響を受けやすいのか、確かめさせていただきます」

結花は困惑気味の表情を浮かべて、席を移った。

椅子の傍らに立ったまま、腰掛ける結花を見下ろして、翡翠が言う。

「身体をリラックスさせて、力を抜くようにしてください。顎《あご》を引いて、目を閉ざして、眠りにつくように……。大丈夫、怖くはありませんから。わたしも、香月さんも、きちんと見ています」

「はい」

「手を膝《ひざ》の上に載せて……。それから、掌《てのひら》を上に向けてください。呼吸を楽にして……」

結花は指示される通りに、椅子に腰掛けたまま瞼《まぶた》を閉ざしていた。最初は緊張していた様子だったが、徐々に身体の緊張が綻《ほころ》んでいくのがわかる。

「これから、倉持さんの周りを歩き回ります。足音や気配が気になるかもしれませんけれど、お化けじゃなくて、わたしですから、安心してください」

「はい」

その表現が面白かったのか、結花は目を閉ざしたまま仄《ほの》かに笑った。

宣言した通り、翡翠は椅子の周囲を歩いた。緩やかな速度だった。視線はなにかを見定めるように結花の方へと注がれている。

それから、結花へと掌を翳《かざ》した。しかし、触れるほどの距離ではない。ずっと離れている。けれど、その掌はなにかを探るように彼女の周囲の空間を撫《な》でていく。

「あの」

突然、結花が声を上げた。

「なにか感じましたか」

「えっと、その……」

「大丈夫、少し我慢をして、目を閉じたままでいてください」

だが、翡翠の声音は変わらず冷たく、結花の不安を煽《あお》ることになってしまったようだ。

「先輩」

縋るような声音だった。結花は瞼を閉ざしたまま、香月の方に顔を向けている。

「大丈夫だ。どうしたの？」

「いえ、その……。誰か、あたしに触ってますよね？」

「いや、そんなことは……」

「だって、その、肩とか、手とかに……」

結花の手を見る。彼女は掌を上に向けたままだった。ずっと香月の視界に入っていたが、誰も彼女の手には触れていない。誰かが触れたなど、それはありえないことだろう。

「もう目を開けて結構です」

結花が目を開ける。困惑と恐怖に揺らめいた双眸が、香月を見る。

「倉持さんが、どれだけこうした力の影響を受けやすいか、確かめさせてもらいました。やはり、少しばかり鋭敏な体質のように思えます」

「あの、あたしの手に触ったのは？」

「わたしです」翡翠は、僅かに表情を曇らせて言う。「ただ、物理的に触れたわけではありませんけれど……」

香月は前のめりになって言う。

「それは、例えば、オーラとか、霊力とか、そういったもので触れたということですか？」

「はい」翡翠は頷き、香月を一瞥した。「そういった言葉は好きではないのですが……、でも、その理解で問題ないと思います。人によって、なにも感じ取れなかったり、触れたようにはっきり感じ取れたり、差が見られます。経験的には、後者に属する方ほど、こうした類《たぐい》の相談を持ち込まれることが多いのです」

そこで、翡翠はしばらく考え込むように首を傾《かし》げた。

「鋭敏な体質というだけで、倉持さん自身に問題は見えません。ただ、わたしに見えないからといって、なにも対処をしないというのは早計でしょう。実際に、そうした夢を見るわけですから。あとは、住んでいる場所に、なにか問題があるのか――」

「地縛霊、とかですか？」

「他には、わかりやすい言葉で言うと、風水的な影響です。ご連絡をいただいたとき、部屋の写真を何枚か撮ってきてもらえないかと、千和崎がお願いしたと思います」

「あ、はい。スマホで撮りましたけど、大丈夫ですか」

「念のために、それを見せていただけますか」

「あ、はい」

スマートフォンを取り出しながら、結花が言う。翡翠はそれを受け取って、スマートフォンを操作した。結花も隣に立って、なにかを説明している。仕事が忙しく、ものを片付ける暇がなかったので、散らかっていて恥ずかしい、というような内容だった。

「あのう、なにか変なところ、ありますか？」

「いえ、特に問題はないように見えます」翡翠はスマートフォンを彼女に返した。それから、緩く曲げた人差し指を下唇《したくちびる》に添えて、考え込むような間を置いた。「すみません。しばらく、外で待っていてもらえますか」

「え、あ、はい……」

怪訝《けげん》に思いながら、香月は結花と共に部屋を辞する。結花が耳元で囁《ささや》いた。

「なんか……、すっごく若い子でしたね」

「確かに、僕も驚いた。しかも美人だ」

「それは――、どうせお化粧ですよ」

小声で囁き、結花が鼻を鳴らす。

少しして、千和崎が顔を出した。外で待つように言われたと伝えると、彼女も怪訝そうにしながら、アイスコーヒーを淹《い》れましょうか、と言ってくれた。リビングの円卓についてしばらく待っていると、心地よいコーヒーの薫りと共に、千和崎が戻ってくる。

香月はそれを口にした。薫りもよいし、ブラックなのに仄かに甘くて飲みやすい。

「わ、これ、美味いですね」

そう感じたのは結花も一緒だったらしい。

「そうですか？　嬉《うれ》しいです」千和崎が笑う。「最近、ペーパードリップに凝《こ》っているんですよ」

「ペーパードリップですか？　あたしもアイスコーヒーを作るのにハマってます！」

目を輝かせて結花が言う。意外なところで、共通の趣味が見つかったらしい。

「そういえば、大学時代から、そういうのが好きだったね」

「大学生のときアルバイトしていた喫茶店で、ペーパードリップのやり方を教えてもらって、それからハマっちゃってて。アイスコーヒー、急冷式で作るとすっごく美味しいんです。一杯分だけ作るのが難しいので、カフェインに弱いくせに、ついたくさん淹れて飲み残しちゃうんですよね。作り置きすると味が落ちちゃう気がするし、今はちょうどいい容器もなくて」

「わぁ、わたしよりお詳しそうですね」千和崎が言った。「自分でドリップするようになったの、今年からなので……。けっこう苦戦して、毎回味が変わっちゃうんですけれど、最近はなんとか美味しく淹れられるときも増えてきて……。なのに、先生ったら、ミルクを大量に入れちゃうんですから。元の味、ぜんぜんわかんなくなっちゃうじゃないですか」

千和崎が恨めしげに言って笑うと、鈴の音が鳴った。翡翠がいた部屋からだ。千和崎が、その部屋へと消える。少しして、すぐに彼女が戻ってきた。

「あの、先生がお呼びです。香月さんだけ、いらっしゃるようにと」

「僕、ですか？」

結花と顔を見合わせて、首を傾げる。どうして自分が呼び出されたのか見当がつかないまま、香月が単身で薄闇の部屋に入ると、先ほどと同じくバロック調の椅子に翡翠が腰掛けていた。彼女は手振りで、香月に座るよう促す。

「何故《なぜ》、僕を？」

不審に思ってそう問うと、翡翠はやや顔を傾けて、静かに答えた。

「あなたは、わたしのことを信じていらっしゃいませんから」

キャンドルの炎に揺らめく瞳の色に、微かな失望のようなものが見えた気がした。

「信じる必要が、ありますか？」

「倉持さんのために、必要となるかもしれません」

「それはどういう意味です？」

「どうすれば、信じていただけるでしょう？」

翡翠の眉間には、僅かに戸惑いを示すような皺が寄っていた。

「そうですね……。では、倉持さんにしたように、僕の仕事を当てられますか？」

「それは……」

美しい貌《かお》が困窮を表すかのように、微かに歪んだのを香月は見逃さなかった。

「できませんか？」

翡翠は視線を落としたが、しかしすぐに顔を上げると、意を決したように言う。

「わかりました。やってみましょう」

それから、すぐに空気が変化したように感じた。

今の翡翠が纏うのは、恐ろしく無機的な雰囲気だった。

まるで、人形に死んだ人間の魂が乗り移っているような……。

そんな錯覚を抱くほどの静寂の中で、翠の双眸が炎の光を反射する。

「あなたは、倉持さんとは対照的に、内向的なお仕事をされていますね」

「ええ……。そうですね、どちらかといえば……」

「特殊なお仕事です。なにか内側に溜め込んだものを、外へ放出させるときの匂いを感じる」

匂い？

だが、わかるはずがない。

それでも、次に告げられた言葉を耳にして、香月は戦慄に近いものを感じていた。

「芸術方面ですね。絵を描いたり、作曲をされたり。いえ、漫画家か……、ああ……、作家先生……、小説家ではないですか」

「なぜ……。わかるのですか」

「そう感じるのです」翡翠は表情を崩さずに言う。「普段は、こんなパフォーマンスめいたことはしません。ですが、わたしは香月さんに、多少なりともわたしの言葉を信じていただく必要があるのです」

「それは、何故です？」

「お願いがあります。倉持さんに、注意を払ってあげてください」

「それは、なにか……、つまり、やはり彼女の陥《おちい》っている状況に、なにか問題がある、と？」

「杞憂《きゆう》だとは思います。ただ……、なにか嫌な予感がします。確証はありませんし、余計な不安を抱かせたくないので、彼女に告げるのは憚《はばか》られました」

「嫌な予感、か。ずいぶんと、曖昧《あいまい》ですね」

「霊能者が、全能だとは思われないことです」

「なるほど……、ええ、注意はしておきます」

「ただ、その正体を見極める機会をいただきたいと思います」

「機会？」

翡翠は立ち上がり、暗幕の向こうを示した。とりあえず部屋を出ようということらしい。香月は頷き、彼女と共にリビングへと戻った。室内では、明るく笑い合う結花たちの姿があった。

対して、薄闇の中からリビングの明るい空間に出た翡翠は、どこか暗鬱《あんうつ》な表情をしていた。

「倉持さん、最近ですが……、心当たりのない水滴が、床に落ちていたという経験がありませんでしたか」

「え――」

結花は、その言葉に表情を凍《こお》らせた。

「あの……。それって、なにか、関係、あるんでしょうか」

「落ちていたことがある？」

「えっと、はい……」

「では、もし可能でしたら、近々、倉持さんのお家《うち》にお伺いしてもよろしいですか。念のために、直接その場所の空気を感じたいのです。もしかしたら倉持さんのお悩みを解消できるかもしれません。ご心配でしたら、香月さんもご同席いただくということで、どうでしょうか」

結花は不安そうに香月を見た。香月は頷く。

「ええと……、わかり、ました」

結花は頷いた。水滴の件に、動揺と恐怖を憶《おぼ》えたようだった。

三人で、結花の家へ行く日程を調整した。翡翠が言うには、早朝の方が夜の間に起こった問題を判別するのに都合がいいらしい。結果、来週金曜日朝八時に、結花のマンションの最寄り駅に集合することになった。平日だったが、ピンクのスケジュール帳を睨《にら》んでいた結花が言うには、その日しか空いている休みがないという。香月は午後に予定があったが、午前中なら問題はない。

その日は、そこで帰ることになった。

結花が相談料のことを口にすると、翡翠はかぶりを振って言った。

「そういったものはいただかないようにしています」

翡翠の後ろで、千和崎が笑いながら言う。

「先生は、働かなくても生きていけるくらいの、ものすごいお嬢様なんですよ」

翡翠は、そのことに触れられたくなかったのかもしれない。彼女は香月たちから僅かに目を背けた。それはどこか気恥ずかしげで、香月が初めて見る、唯一の人間らしい表情に思えた。

帰り道、香月は結花に頼んで、翡翠に見せるために撮ったという写真を見せてもらった。それは各部屋の様子を、いくつかのアングルで撮影したものだった。あのとき結花が恥ずかしがっていた通り、撮影のために急いで物を片付けたような形跡が見て取れる。しかし、他に不審な点はない。例えば、なにか水滴のようなものが床に落ちているといった写真は見られない。と、写真を遡《さかのぼ》りすぎて、友人と仲良さそうにツーショットで写っているものが表示された。肩までの黒髪と、赤いチタンフレームの眼鏡《めがね》、少し生真面目《きまじめ》そうな顔。香月も知っている顔だ。

「これは……。舞衣《まい》ちゃん、だっけ」

「あ、だめですよう。他の写真は」

結花にスマートフォンを返しながら、香月は言う。

「友達と、占い師に会ったんだよね。その友達って舞衣ちゃん？」

「え、あ、はい、そうです」

「今も仲がいいんだ」

「そうですね。先週も、一緒にカフェに行って、さっきのはそのときの写真です」

「占い師に会ったときに、自分の仕事のことを話した？」

「いいえ」結花がかぶりを振る。「あ、そうか……。もし、あたしがあの占い師に、自分の仕事のことを話していたら、あの子――、翡翠さんがその人からその話を聞いていて、あたしの職業を当てることができた、ということですか？」

「そう。なんたって、紹介したわけだから、繋《つな》がりがあるってことだろう。けれど、そうか、話してないのか……」

「話を聞いてもらっていたのは、舞衣ちゃんの方だったんです。あたしはついでで。それに、恋愛の話ばかりで、仕事の話なんて出てこなかったから」

「そうか。ネットとかにも、自分のこと書いてないよね？」

「もちろん。やっぱり、本物なんですかね。あの人、何者なんでしょう。いくつなのかな、あたしとあまり変わらない歳《とし》に見えたけれど……」

香月は黙った。翡翠が自分の職業まで霊視してみせたことに関して、香月は結花に話さなかった。認めざるを得ないのが、癪《しゃく》だったのかもしれない。

「今日はありがとうございました」

駅前で、結花が頭を下げた。せっかくだから食事に行きませんかと魅力的な提案をしてもらったのだが、残念ながら香月には締め切り間際の仕事が大量に残っていたのだ。

彼女とは路線が違うので、ここで別れることになる。

「いや、こちらこそ、貴重な経験ができたよ」

「先輩的には、どうでした？　あたしの方は、そのう、本当に奇妙なことが自分の周りに起こっているせいで、藁《わら》にも縋る気持ちというか、もう、翡翠さんを頼りにするしかないって感じではあるんですが……。やっぱり、第三者の目で見ると、胡散臭い、でしょうか？」

「正直なところ、わからない」香月はかぶりを振った。「ただ、結花ちゃんが霊に悩まされているのは事実だし、僕にそれを解決できるかっていうと、そうではないからね……。ひとまずは霊媒の先生を信じよう。今のところ、壺を買わされなくてすんでいるからね」

「そう、ですね。来週も、付き合わせてすみませんが、よろしくお願いします」

結花はまた頭を下げた。

香月はおどけるみたいに肩を竦《すく》めて言う。

「まさか女の子の家にお邪魔することになるなんてね」

「片付けないと……。時間あるかなぁ」

それから、笑って言う。

「そのときは、あたしのアイスコーヒー、飲んでくださいね。美味しいですよ」

「それは楽しみだ」

電車が来る時間だったので、二人はそこで別れた。

それが、香月史郎が倉持結花の笑顔を見た、最後になった。

*

夢を見た。

自分が、とても幼《おさな》いのがわかる。

寝苦しさに瞼を開けると、傍らに女性が座っていた。

そこで、自分を見守ってくれていたのだろう、と漠然と理解する。
彼女の表情は、逆光気味のように曖昧で、判然としない。
それでも、誰なのかは心当たりがあった。
片手を伸ばして、彼女に呼びかけようとするが、声が出ない。
やがて、彼女が泣いていることに気づいた。
自分を見下ろして、涙を零している。
どうして泣いているのだろう。
なにを、そんなに嘆いているのだろう。
まるで、これから先に訪れる不幸を、悲しんでいるように……。
香月は、そこで目を覚ました。

*

約束の金曜日の早朝だった。
香月史郎は駅のホームを歩きながら、腕時計を確認した。七時五十分。約束の時間まで、まだ十分ほどある。こんな時間に人と待ち合わせるなんて、最近は滅多《めった》にない。六月ではあるが、今朝はかなり涼しかった。たぶん、深夜からそうだったのだろう。寝冷えしそうになり、夜中に目を覚まして窓を閉ざしてしまったのを憶えている。おかげで、どうにも着るものを選ぶのに困ってしまったほどだ。

改札を通り、周囲を見渡す。時間帯的に通勤途中の人々の姿が目立った。まだ結花の姿は見えない。と、香月の視線を引き寄せる男女の組み合わせを見つけた。券売機の近くで、一人の若い女性を取り囲むように三人の男たちが立っている。ナンパのようだ。朝っぱらからどうしてと思ったが、耳に入る言葉から察すると、男たちは朝帰りの途中らしい。女性は目を惹くような美人だったので、運悪く彼らに捕まってしまったようだ。男たちは女性の名前を訊ねたり、これからカラオケにでも行かないかと、テンションの高めな声ではしゃいでいる。

囲まれている女性は、明らかに狼狽《ろうばい》し、萎縮《いしゆく》していた。

どうしたものか、と香月は頭を掻《か》く。

だが、離れた位置で様子を覗《うかが》っていると、あることに気がついた。

囲まれている若い女性は、あの霊媒だ。

すぐに気づかなかったのは、彼女の困惑した表情のせいだろう。

そこには、あの薄闇の中で香月が感じた神秘性も冷徹さも、存在しない。

人形めいた無表情とは打って変わり、困ったように眉を寄せ、表情を青ざめさせながら、おどおどと狼狽《うろた》えている。さながら、狼《おおかみ》に狙《ねら》われた子羊のようだ。

まるで、別人に見える。

だが、あの印象的な翠の瞳を、見間違えるはずがない。

助けに行こうと、香月が足を踏み出したときだった。

翡翠の二の腕を、男が強引に摑んで笑いかけた。翡翠は戸惑った顔を向けたが、その表情が訝しむようなものに変わる。すっと目を細めて、彼女が言った。

「水子……」

男たちが、怪訝そうに首を傾げる。

翡翠が、意を決したみたいに、きゅっと唇を結んで男を睨んだ。

それから男の腕を振り払い、大きく息を吐き出して、捲《まく》し立てた。

「水子を連れてます。いいえ、それだけじゃありません。つい最近も女の人をひどい目に遭わせたんでしょう！」彼女は怒りに頰を赤くしながら、男たちへと叫んだ。「ここにホクロのある、髪の短い女の人です！　あなたのせいで亡くなったんじゃないですか！　どうせ、同じことを繰り返すつもりなんでしょう！　そんなの……、そんなの……、最低ですっ！」

娘の剣幕と早口に、男たちは顔を見合わせていた。助けに入ろうとした香月すら、翡翠の勢いに足を止めてしまったほどだった。

「お、おい……。なんだよ、知り合い？」

「ち、ちげーよ」

「なら、なんでリョーコのこと……」

「知るかよ。あ、頭がおかしいんだろ！」

悪態《あくたい》をつきながら、男たちが離れていく。

憤激した様子で男たちを追い払った翡翠が、片手で胸元を握り締め、深く息を吐いた。通勤客たちも何事かと足を止めていたが、やがて時計の針が唐突に進みだしたみたいに彼らも動きだす。

「翡翠さん」

香月は、まだ怒りと興奮で拳《こぶし》を握り締めている彼女へと、声を掛けた。

はっと、霊媒の娘が香月を振り返る。それから、さぁっと顔を赤くすると、挙動不審気味に翠の眼を右往左往させた。

「え、ええと……、あの……、もしかして、見ていらっしゃいましたか」

そわそわと、長い髪を撫でつけるようにしながら、香月と視線を合わせずに彼女は言う。

「あ、ええ。助けに入ろうと思ったんですが、必要はなかったようですね」

翡翠は俯《うつむ》いて、黙り込んでしまう。

「意外でした。前にお会いしたときと、ずいぶんと印象が違うので。もうちょっと、神秘的でミステリアスな方なのかと思っていたんですが」

そう告げると、彼女はますます身体を小さくするように、肩を竦めた。

「そ、そのう……。倉持さんには、内緒にしていただけると……」

今日の彼女は、雰囲気が明らかに異なっていた。それはなにも口調だけではない。あの神秘的で暗鬱な印象は、部屋の照明とメイクによるものが大きかったのだろう。その化粧は、今は自然で明るめのものになっている。だが、元からの素質であろう、人形めいた美貌《びぼう》と翠の瞳はそのままだ。思っていたよりもあどけない顔付きをしているが、すらりとした体軀《たいく》はモデルのようで、細いリボンで胸を彩《いろど》った紺色のワンピースを纏い、ハンドバッグと暗色の日傘を手にしていた。

「あのミステリアスな感じは、演技ですか？」

「ええと……、そのう、真《まこと》ちゃん――、千和崎さんの、アイデアなんです」翡翠は怯《おび》えたように、上目遣いでちらちらと香月を見ながら言った。「普段のわたしが、ふわふわして、頼りなくて、威厳《いげん》がないからって……。その、せっかく才能があっても、それじゃ説得力がないから、どうにか雰囲気を出そうと……。いえ、ええと、騙《だま》しているつもりは、まったくない、のです、が……」

「今日は、メイクも違いますね」

「あんな濃いアイシャドウじゃ、わたし、電車に乗れません……」

顔を赤らめながら、しゅんと声を萎《しぼ》ませていく。

香月は、なんだかおかしくなって、つい笑ってしまう。今の翡翠は、困ったように眉を寄せているせいか、優しげな目をしているように見える。年齢相応の――、いや、どこかあどけない少女のようで、とても可愛らしく魅力的な女性に見えた。

「結花ちゃん――、倉持さんには秘密にしておきますけれど、その素の感じの翡翠さんの方が、ずっと素敵で、好感が持てますよ」

「そ、そうでしょう、か……」

ちらりと上目遣いで見上げたものの、すぐにはっとしたような表情をして、翡翠は顔を背けた。ウェーブを描く髪の毛先に触れながら言う。

「いえ……。その、お仕事ですから……。倉持さんがいらっしゃるまでに、戻します」

「いや、彼女も気にしないんじゃないかな」

香月が笑うと、翡翠はどこか拗《す》ねたように唇を窄《すぼ》めた。

期せずして霊媒の素の姿を見てしまった。確かに霊媒師といえば、厳《いか》めしい老人をイメージしがちで、どこかふわふわとした柔らかな雰囲気が滲《にじ》み出ている彼女では、相談に来た者が戸惑ったり、落胆したりするのかもしれない。

時計を見ると、既に約束の時間を過ぎていた。

しかし、結花がやってくる気配はない。

結花を待つ間、翡翠は黙って改札の脇《わき》、日陰《ひかげ》になる場所に佇んでいた。あの雰囲気を取り戻そうと集中しているのかもしれない。香月が目を向けると、今は話し掛けないでほしい、というふうに拗ねたような表情と共に睨まれてしまった。先ほどの男たちとのやりとりについて、訊きたいことがあったのだが、それよりは結花が来ないのが気になる。

「遅いな。電話をしてみます」

翡翠が頷くのを見ながら、香月は結花のスマートフォンに掛けた。

だが、繋がらない。

コールはしているが、出る気配がない。五分前に送ったメッセージにも、既読が付いていない。もしかしたら、まだ寝ているのかもしれない。

「あのう……、どうされたんですか？」

翡翠が香月の元へと近づいて、首を傾げた。

「ああ、いや、電話に出ないんですよ。寝坊とか、するような子じゃないんだけど」

「倉持さんのご自宅の場所は、わからないんです？」

「えっと……、ああ、わかるかもしれない」

毎年、結花から年賀状が送られてくるのを思い出した。その彼女の住所が、クラウドに保存してあるはずだ。香月はそのデータにアクセスし、地図アプリへと転送した。

ここで待っていても仕方がないということで、二人は結花のマンションへの道を歩いた。途中、何度か電話を掛けたが、やはり出る様子はない。自身の神秘性と威厳を取り戻そうとしてか、無表情気味になってしまった翡翠との間に会話はなかった。だが、途中で傍らを歩いていた翡翠はなにもないところで躓《つまず》き、「ひゃあ」という声と共に転びかけた。香月は慌てて彼女を抱き止めたが、翡翠は顔を真っ赤にして俯き、「倉持さんには黙っていてください……」と蚊の鳴くような声で言った。

この霊媒の娘に対する印象を、だいぶ改める必要がありそうだ。

そうこうしている間に、彼女のマンションに辿り着く。

マンションは四階建てだった。意外と大きく、一人暮らしをするには家賃が高そうだ。駐車場も広く、本来はファミリー向けの賃貸物件なのかもしれない。そういえば、親戚《しんせき》に不動産業を営んでいる人物がいるという話も耳にした。その関係で住む場所を選んだのだろう。

目的の部屋は二階だった。エレベーターはない。階段を上がると、すぐに目的の部屋だ。翡翠が上がってくるのを確認してから、インターフォンを鳴らした。

しばらく待ったが、返事がない。

「寝坊しているにしても、おかしいな……。彼女が日程を間違えたとか」

だが、それは考えづらい。彼女はスケジュール帳に細かく予定を書き込むタイプだった。

翡翠は、黙って扉を見ている。

その翠の双眸が、すうっと細められた。

「香月先生」

「なんです？」

翡翠は、香月を見ない。じっと扉を見ている。

いや、それは、扉を見ているというよりは、なにか扉の向こうにあるものを、見定めているような……。

翡翠が、切迫した表情を浮かべた。

「扉を開けてください。開かないなら、管理人さんを呼んだ方がいいです」

「それは、どういう」

「早く」

香月は、慌ててドアノブに手を掛ける。

扉が、開いた。

「開いてる……」

香月は室内へと足を踏み入れた。小さな玄関で、ヒールが何足か出ている。リビングへ続く扉だろうか、それが半開きになっていた。香月は靴を脱いで玄関に上がる。

「結花ちゃん？」

声を張り上げながら、半開きになっている扉に手を掛けた。そこを開けて、奥を覗き込む。

コーヒーの匂いが、鼻を擽《くすぐ》った。

それから、視界に入るものを意識して、呼吸することを忘れそうになる。

リビングにはすぐ左側に、カウンターキッチンがある。キッチンには空のコーヒーサーバーがあり、傍らのグラスにドリッパーが鎮座《ちんざ》していた。カウンター越しに、四人がけのダイニングテーブルが見える。東側の壁に面した椅子二つには荷物が押し込められるように載っていて、結花に見せられた写真と寸分違わぬまま、片付いていない様子が見て取れた。ベランダに面する南の窓が開いており、カーテンが揺れている。その窓の側、東を背にした位置に二人がけのソファと、背の低い丸テーブルを挟んで、向かいに液晶テレビ。丸テーブルの周囲には、この部屋でそこにだけカーペットが敷かれていた。

そうして倉持結花は、ちょうど部屋の中央、四人がけテーブルと丸テーブルの間に倒れていた。

「結花――」

彼女の身体に近づいて、その場に跪《ひざまず》く。

ぴくりとも動かないその身体に、香月は触れた。

冷たかった。

死の匂いがする。

それはいつも、夢の中で香月を悩ませる匂いだ。

振り返ると、すぐ後ろに翡翠が立っていた。彼女も、結花の身体を見下ろしている。愕《がく》然《ぜん》とした、どこか蒼白な表情だった。

「見ない方がいい」

ようやくの思いで、香月は言った。

「亡くなって、いるんですか……」

香月は頷く。

頷くことしか、できない。

どういうことだ。

これは、いったい……。

翡翠が、スマートフォンを取り出して、電話をしている。会話内容から、警察に通報しているのだと理解できた。声は震えていたが、自分より彼女の方が冷静かもしれない。

「はい。亡くなって、います。その、ええと、住所は――」

視線で問われて、まだ記憶に残っているこのマンションの住所を告げる。

それから、香月は周囲を見渡した。

ベランダに続く窓は、網戸すら開いていた。

それから、結花の身体。乾いた血が、頭髪にこびりついている。ダイニングテーブルの角に、血痕《けっこん》があった。身体の右側にあのハンドバッグがあり、開いた財布やスマホ、スケジュール帳が飛び出していた。椅子にはジャケットが掛かっていて、結花が身に着けているのは上質そうなブラウスとスカート。脚はストッキングに包まれていて、メイクも落とされておらず、仕事先から帰ったばかりの服装に見えた。倒れた彼女の目は見開かれており、顔はやや不自然に左側を向いている。まるで、なにかを見つめようとしているかのようだった。

立ち上がり、結花の身体を避けてリビングの奥へと向かう。結花の身体の左側には、ダイニングテーブルから落ちたのか、割れたグラスらしきものが散乱していた。明らかに、何者かと争った形跡。香月はベランダに近づく。ここの窓が開いたままになっているということは……。つまり、何者かが、ここから……。

「香月先生……、窓から、墓地のような場所が見えませんか」

不意に、翡翠が訊く。

彼女はリビングの入り口に立ち尽くしたままだ。

怪訝に思って、開いた窓から外の景色を眺《なが》めた。

古めかしい住宅が並んでいるが、少し遠くに、卒塔婆《そとば》のようなものが僅かに見えた。少し離れていて目を凝らさないと見えないが、お寺があるようだった。

どうして、翡翠にはそれがわかったのだろう。

彼女は、リビングにすら入っていない。その位置からでは、見えるはずがない。

いや……。

彼女には、普通の人間には見えていないものが、視えるのだ。

香月は、窓から離れた。あまり現場を荒らさない方がいい。

「なにを探してるの――？」

「え？」

自分が問いかけられたのかと、そう思った。

しかし、振り返れば、翡翠はこちらを見ていなかった。

ただ、焦点の合っていない目で、虚空を見つめている。

どうしてか、それを恐ろしい光景のように感じて、香月は背筋を震わせた。

「翡翠さん？」

翡翠の身体がよろめいた。

貧血の類かもしれない。慌てて駆け寄り、身体を支える。

膝をついた彼女はきつく瞼を閉ざし、微かに呻《うめ》いた。

「大丈夫ですか」

「香月先生」

翡翠が呻いて、言葉を零す。

「犯人は、女の人です」

「え……？」

「あ……」

問いかけても翡翠は答えなかった。ただ、なにかを見つけたかのように怯えた吐息を漏らし、床の一点に視線を注いだ。倒れた結花の身体、投げ出された頭部の近くに、それが落ちている。香月も最初に遺体を見たときに気づいていたが、それに意味があるようには考えていなかった。

しかし、翡翠はそれを見つめて、愕然とした表情でこう呟《つぶや》いた。

「泣き女……」

それは、まるで涙の跡のような。

ほんの微かな大きさの、透明な水滴だった。

＊

事件から数日が経《た》っていた。

香月史郎は、スターバックスの店内で原稿を進めていた。窓際のカウンター席でノートパソコンを広げて、遅れている小説の続きを、どうにか捻《ひね》り出しているところだった。

だが、集中などできるはずがない。

香月の胸を占めているのは、彼の未来から倉持結花を奪っていった殺人者に対する、燃えるような憤りばかりだった。

そう。これは殺人事件だ。

翡翠が警察に通報したあと、香月たちは所轄の警察署で任意の事情聴取を受けた。当初、刑事たちの態度はあからさまにこちらを疑ったものだった。なにせ、推理作家と霊媒師という、揃いも揃って胡散臭い職業の二人が第一発見者だ。任意ではあったが、香月は可能な限り、疑いの目を向けてくる警察の聴取に付き合った。令状なしにDNAの提出まで要請され、そこまでするのかと仰天したが、変に渋《しぶ》って疑われるわけにもいかない。尾行や張り込みをされるようになったら面倒だ。仕方なく、香月は承諾した。

結花の死亡推定時刻は、遺体発見前日の二十時から二十四時らしく、少しして香月のアリバイが証明された。彼は知り合いの作家仲間と居酒屋で飲んでおり、そのときの様子を店舗の防犯カメラで確認できたらしい。それで香月はようやく解放された。翡翠はとうに解放されたあとらしく、彼はその後も彼女と会っていない。翡翠の連絡先を知っていたのは結花だったからだ。

そのために、香月はあのとき翡翠が呟いた言葉の意味を、まだ確認できていない。

犯人は、女の人です……。

あれは、どういう意味だったのだろう。

背広を着た大柄《おおがら》の男が、隣の席に腰を下ろした。

「よう、作家先生」

「鐘場《かねば》さん」

「今回は、なんというか、まぁ、ご愁傷様だったらしいな。大学の後輩なんだって？」

厳めしい顔付きに、鋭い眼光。じろりとした眼差しが一瞬だけ香月を見遣《みや》る。

鐘場正和《まさかず》は、警視庁捜査一課の警部だ。香月とは、数年前にある事件を通して知り合った。

それは、殺人犯がある推理小説の事件を現実で模倣するというものだった。その、ある推理小説というのが、香月が書いた作品だった。事件と作品の類似性に気づいた刑事と共に、鐘場警部が香月の元を訪れたというわけだ。

もちろん、フィクションで描かれる捜査協力とは違って、鐘場は推理作家の類い稀《まれ》なる推理力を期待してやってきたというわけではない。単純に、熱心なファンやストーカーなど、犯人の心当たりがないかどうかを訊ねに来たのだ。もちろん、香月には心当たりがなく、困惑したものだった。

ところが、事件は香月がもらした意外な一言がきっかけとなり、解決を見る。

それは、本当に偶然に気がついたことだ。香月には、推理小説に描かれる名探偵のような推理力はない。彼は自身のことをそう評価している。たんに、犯罪者の心理に対しての洞察と描写に、多少の自信がある程度だった。ところが、鐘場はそれを推理作家ならではの閃《ひらめ》きと勘違いしたらしい。その後も、捜査に行き詰まった事件の相談を鐘場に持ちかけられることが続いた。解決できなかった事件も多いが、香月の助言が実を結んだこともそれなりにある。

もちろん、普通は捜査情報を一般人に話すことは禁じられている。何度かマスコミに勘付かれたこともあったが、あくまで非公式なものであり、こうして鐘場が香月の元を訪れるのも、勤務外の時間を割《さ》いてのことだった。

「それで、作家先生が知りたいことはなんだ？」

コーヒーのカップに口をつけながら、窓向こうの景色を睨んで、鐘場が言った。

「とりあえず、話せるだけのことを、話してもらえますか」

香月はノートパソコンに視線を向けたままそう呟いた。

間を置いて、鐘場は判明している事件の仔細《しさい》を語り始める。

司法解剖の結果、倉持結花の死亡推定時刻は二十二時三十分から二十四時の間と、香月が最初に聞かされたときより範囲が狭められていた。死因は後頭部の陥没によるもので、結花は何者かと揉《も》み合《あ》った挙げ句、転倒した際にテーブルの角で後頭部を強打したと見られている。他に目立った外傷はなく、着衣には多少の乱れが見て取れたが性的暴行の形跡はなかったという。

「俺たちの見立てはこうだ。被害者は、その日二十二時頃に仕事を終えた。これは同僚から確認がとれている。その後、電車に乗って二十二時三十分に帰宅。ただ、これは推定だ。まっすぐに帰っていれば職場からマンションまで三十分というだけだ。駅や近隣の防犯カメラに写っていれば、もう少し絞れたかもしれないが、彼女は写っていなかった。とにかく、二十二時三十分に帰宅したあと、彼女はそこで、運悪く空き巣と鉢合わせすることになった」

「空き巣、ですか」

「そう。ベランダ側の窓が開いていたが、そこから侵入したんだろう。窓は無事だったんで、鍵《かぎ》を掛けるのを忘れていたのかもしれない。室内に痕跡はないが、ベランダ近くの雨《あま》樋《どい》に何者かが足を掛けた靴跡があったんだ。この靴跡はほんの一部しか残ってなくて、メーカーを識別するのは難しい。あのあたりはちょうど空き巣の被害が頻出しているらしくてな、三課は立松五郎《たてまつごろう》っていう常習犯だと当たりをつけている。被害者の自宅は、そいつがいかにも狙いそうなタイプで、ご丁寧に靴を脱いで侵入する手口も同じらしい。まぁ、まだ確証はないんで、今はたんなる空き巣野郎としておくが、そいつは二十二時三十分ごろ、倉持結花の部屋の灯りが消えているのを見て、不在だと思ったんだろう。雨樋を伝って二階に上がり、室内に侵入した。たまたま被害者が鍵を掛け忘れていて、道具を使わずにすんだってわけだ。そうして室内を物色していると、運悪く被害者が帰宅した。彼女は真っ暗なリビングに入り、上着を脱いで椅子に掛け、電灯をつけた。そして、暗がりで息を潜めていたホシと目が合う……」

「そこで、揉み合いになったということですか」

「殺すつもりはなかったろう。相手が女だから、ベランダから飛び降りるよりは、突き飛ばして玄関から逃げちまおうって魂胆だったのかもしれない。だが被害者は運悪く、テーブルの角に頭を打ちつけてしまった。打ちどころが悪かったんだな。犯人は慌てて逃げたんだろうが、それでも被害者の財布から現金やカードを抜き取ることは忘れていなかったらしい」

「現金を盗まれたんですか」

「いくら盗《と》ったかはわからん。中身は空で、残っていたのはクーポン券や小銭だけだ」

「指紋は？」

「何種類か、倉持結花のものではない指紋があった。ただ、前科者の指紋は出てない。被害者はときおり自宅に友人を呼んだり泊めたりすることがあったらしいから、友人たちの指紋かもしれない。だが、玄関の内側の、ドアノブの指紋は掠れていた。拭《ふ》き取《と》られたわけじゃなく、こう、手袋をした手でノブを回したせいで、それまでついていた指紋が消えかけたわけだ」

「空き巣なら、指紋が残らないよう手袋をしているのが自然か」香月は自身の顎に手を添えた。「確か、グラスが割れていましたよね。犯人と揉み合ったときに、割れたんでしょうか」

「そのようだ。中身はコーヒーで、テーブル下のフローリングにも、ガラス片と一緒にコーヒーらしき液体が零れた跡があった。解剖では、胃からコーヒーの成分は検出されていなかったから、前日の飲み残しがテーブルの上にあったんだろう。ドリップの器具や食べ残し、使用したコップなどが片付けられずにキッチンに残っていた。彼女は洗い物が得意じゃなかったみたいだな」

「アイスコーヒーか……」

最後に見た彼女の笑顔を思い出し、胸中が苦いものでいっぱいになる。

そのときは、あたしのアイスコーヒー、飲んでくださいね。美味しいですよ――。

「そうだとすると、容疑者はその立松五郎という男で決まりなのでは？」

「ああ、しかし、疑わしいだけで物証が出てこない。近隣の防犯カメラの精査や聞き込みをしているところだが、なにも出ないんだ。だが、侵入窃盗を現行犯逮捕できれば余罪を追及できる。その流れで自白を期待するしかない。今は三課と協力して行確中だ」

「待つだけというのは、焦《じ》れったいですね……。他に、容疑者はいないのですか」

「焦るなよ。もちろん、念のために交友関係の方も当たっているさ」

捜査線上に浮かんだのは、西村玖翔《にしむらくうと》という男だ。大手ブライダルプロデュース会社の社員だという。どうやら倉持結花に対して、彼女が亡くなる一週間ほど前から熱心に交際を迫っていたらしい。

「被害者の自宅のゴミ箱の中から、そいつの熱烈なラブレターが見つかったんだ。ややストーカーじみた内容だったから、被害者は気味悪がってそれを捨てたんだろう。その手紙から西村の指紋を採取したんだが、被害者の自宅で見つかった指紋とは一致しない。任意で聴取したんだが、被害者の自宅に行ったことは一度もないし、場所すら知らないと言っている。やはり証拠はないが、アリバイもなかった。怪しいといえば怪しい」

「彼が犯人だとすると、筋書きはどうなるんでしょう」

「そりゃ、死亡推定時間内に、被害者の自宅に押しかけたんだろう。そこで口論になり、奴《やつ》が被害者を突き飛ばした。で、殺しちまったことに青ざめて、強盗を装うために窓を開け、現金やカードを盗んで出ていったというところだろう」

「その場合、雨樋の靴跡は？」

「まったく関係がない、という可能性もある。被害届は出ていないが、住人が気づいていないだけで、過去に立松五郎が他の階に侵入した際についたものだったのかもしれん」

「他にも疑問点はありますよ。彼女が亡くなったのは二十二時三十分から二十四時の間でしょう。一人暮らしの女性が、自分につきまとっている男を家に入れるでしょうか？」

「確かに。だが、強引に押し入ったのかもしれない」

「それなら、悲鳴を上げる可能性があります。そういう話はないんでしょう」

「ああ、不審な悲鳴や物音があったという証言はない。まぁ、わりと防音がしっかりしていて、隣は空き部屋だったから、あまり当てにはならないかもしれないが」

「ですが、誰かが強引に押し入ったのなら、玄関はもっと荒れているはずです。僕の記憶だと彼女のヒールは揃って出ていました。それに彼女が頭を打ったテーブルの角は、リビングの中央寄りです。そして彼女は頭を玄関の方へ向けて仰向けに倒れていました。部屋の中から、つまり、窓から侵入した人間に突き倒された可能性が高いように思えます」

「だが、態度を改めていたのかもしれない。反省して、被害者がそれを赦《ゆる》した。中に招いて話し合ってもいいと思った可能性も充分にある。そう考えれば、現場状況にはあまり矛盾がない。割れたグラスも、来客のために出したものかもしれん。動機もあるし、充分に疑わしい」

「彼女と西村の接点はなんなんです？」

「共通の知人を介したものらしい。小林《こばやし》舞衣という女で、西村の同僚なんだが、大学が倉持結花と同じなんだ」

「ああ……、彼女か」

その名前で、連想する顔があった。つい最近、彼女の写真も見ている。

「そうか、作家先生は倉持結花と同じ大学なんだったな。小林とも面識があるってことか？」

「ええ、結花ちゃんと同じで、写真サークルにいた子です」

「そうか。その小林って女は、事件当日、二十二時二十三分に、倉持結花に電話をしているんだ。そこから辿って話を聞いてきたんだが」

「電話？」

「来月、被害者の家へ遊びに行く約束をしていて、その予定合わせだったらしい。親しい間柄《あいだがら》らしく、ときおり泊めてもらうことがあったって話だ。二人だけの女子会っていうのか……。夜通し、海外ドラマを観《み》て過ごすお泊まり会みたいなのを、月一くらいでやってるっていうんだよ。小林は、電話に出た被害者に変わった様子はなかったと言っている」

「それで、小林さんが、結花ちゃんを同僚の西村に紹介した？」

「正確には合コンだ。一ヵ月くらい前に、小林舞衣が合コンをセッティングしたらしいんだが、その会に呼ばれて西村と出会ったらしい。で、西村の方が交際を迫るようになった」

「交際といえば、結花ちゃんに、そういった相手はいないのですか？」

「調べた範囲では、そういう影はない。一人暮らしにしては家具が整っているんで、同居人がいないかどうか、そのあたりも調べたんだ。お前さんから見て、どうだ？」

「確かにそういった話は聞きませんね。いてもおかしくはないと思いますが」

「他にも、恨みを買ってるだとか、そういう話はいっさい出てこなかった。交友関係や動機から追えるのは、これくらいなものだ。あ、いや、そうそう、あの城塚《じょうづか》って小娘だが」

「城塚?」

「お前さんと一緒に死体を発見した小娘だよ。自称霊能力者の」

「ああ……。城塚というのですか」

「そう。城塚翡翠だ。なんだ、名前も知らなかったのか?」

「翡翠という名前しか知りませんでした。会ったのは、あれが二度目だったんですよ。彼女は聴取になんて答えたんです?」

鐘場は肩を竦めた。

「一度目の仕事のときに——、つまり、お前さんと倉持結花が、城塚翡翠の仕事場を訪ねたときに……、なにか、よくないものを霊視したんだと」

「よくないもの、ですか」

「当人を不安がらせたくないし、確証はないから、詳細に調べるために、被害者の自宅へ行く約束を取り付けたっていうんだ。下手をしたら、命に関わるかもしれないからって」

「命に関わる? 彼女がそう言ったんですか?」

「ああ。だが、誰も信じてくれるわけがないから、話さなかったというんだ。いちおう、作家先生には、それとなく忠告したっていうんだが」

「ああ、ええ……。結花ちゃんに注意を払うようにとは、言われましたが……」

「あとは、お前さんの供述と同じだ。依頼人が来ないので、作家先生と依頼人の自宅へと向かった。で、扉の前に立ったとき、また感じたそうだ。その、よくないもの、というのを」

香月は、あのときの翡翠の切迫した表情を思い出した。

「鐘場さんはどう考えているんです、彼女のことを」

「インチキに決まってる。あとからなら、なんだって好きなように言えるさ。そうやって金持ちから大金を巻き上げているんだろう。あの容姿なら、老人だけじゃなく若い男も引っかけられる」

「まぁ、そういう見方が一般的だとは思いますが」

「逆にこう考えてもいい。自分の予知を成立させるために、被害者を殺害した――」

「それは」

「いちおう、調べたよ。だが、城塚にはアリバイがあった。あの小娘は千和崎真という家事手伝いと一緒に住んでいるんだ。犯行時刻、一緒にいたと千和崎が証言している。それに、あのタワーマンションは至るところに防犯カメラがあってな。エレベーター、エントランス、非常口、駐車場と、写らずに出入りすることは不可能なんだ。映像を確認したが、事件当日の十六時ごろ、千和崎と共に帰宅してから、城塚は翌日までマンションを出ていない」

「そうなると、今のところ有力なのは、侵入窃盗犯の立松犯行説か」

「そう。あとは時間の問題だ。お前さんの心境はわかるが、作家先生を煩《わずら》わせるほどの事件じゃない。現逮して余罪を追及できれば、この件も自白に持ち込めるはずだ」

確かに、事件はすぐに解決するように見える。

しかし、香月には、立松五郎を余罪追及するだけでは、確実性が足りないようにも思えた。

立松五郎は怪しいが、西村玖翔も充分に疑わしいのだ。

誰が、結花を殺したのか。

いや――。

「捜査線上に……、女性は浮かんでいないんですか。女性が犯人、ということは」

香月が零した疑問に、鐘場は意外そうな顔をした。

「いや、さっき話した小林舞衣を始めとして、職場の友人や学生時代の同窓と、交流の深い女友達は多いようだが、誰かに恨まれていたって話はまったく出てきていないな。人に好かれる娘だったみたいだ。それが、どうかしたのか？」

「いえ」

香月は押し黙った。よろめいた霊媒を抱き止めたとき、彼女が呟いた言葉を思い返した。あのあと警察が来るまでに、香月はその意味を何度か訊ねたが、「やっぱり、気のせいだと思います」と翡翠は俯いて口を噤《つぐ》んでしまっていた。

泣き女……。

あれはどういう意味だったのか。

香月の脳裏に、暗がりの中で妖《あや》しく煌《きら》めく、あの翠の双眸が過《よぎ》った。

城塚翡翠。

あの霊媒は、なにを視ていたのだろう……？

＊

翡翠とは、数日後に意外なかたちで連絡がとれた。

香月は、自著の情報を公開するためのウェブサイトを持っている。翡翠はそこから辿って香月にメールを送ってきた。会って話したいことがあるという。そこで、香月の馴染みの喫茶店で待ち合わせることになった。香月が仕事をするのに、よく利用している場所だ。

約束の十分前に、翡翠は現れた。

今日は柔らかな白のボウタイブラウスに、紺をベースにした刺繍《ししゅう》入りスカートという組み合わせだった。メイクは明るいオレンジをベースにした自然なものだったが、切り揃えられた前髪の下の翠の瞳が、張り詰めた色を宿しているようにも見える。

香月は向かいの席を示して言った。

「迷いませんでしたか」

「はい、大丈夫でした。素敵なお店ですね」

彼女は周囲を見渡して言うが、その表情は少しばかり硬い。

「コーヒー、美味しいですよ。豆も売っていますから、お土産にすると、千和崎さんが喜ぶかもしれません」

翡翠はメニューを見て少し迷っていたが、やがてブレンドコーヒーを注文した。

「その……。始めに、香月先生に、謝罪をさせてください」

翠の双眸は、微かに潤《うる》んでいる。それが、香月をまっすぐに見つめていた。

「謝られるようなことをされた憶えは、ありませんが」

「倉持さんのことです。あのとき、彼女を視て感じたことを、わたしは正直にお話しするべきでした。少なくとも、先生には……、もっと正確に、お話をしておくべきだったんです」

「翡翠さんには――、なにかが視えていたんですね」

「はい」

彼女は俯いた。前髪が垂れて、表情が見えづらくなる。

「倉持さんの身に危険があることを、予見していました……。けれど、わたしにはその確証が持てなかったばかりか、信じてもらえないかもしれないと考えて……、お二人に、詳細を語ることをしなかったんです。けれど、こんなことになってしまって……」

「泣き女とは、どういう意味なのですか」

堪えきれず、連日頭の中を占めていた疑問を、香月は解き放った。

翡翠が顔を上げた。躊躇《ためら》いがちに、双眸が揺れる。

自分の話を、本当に香月が信じてくれるのか、懸念しているようだった。

「先生は――、バンシーという妖精《ようせい》の話を、知っていますか」

「確か、アイルランドの妖精ですよね。バンシーが泣くと、死者が出るという伝説の」

「泣き女ともいわれます。かつては葬儀の際に雇われて、故人のために涙を流す職業がありました。民俗学的には、そうした旧習が変化を遂げて、妖精の伝承になったのかもしれません。けれど……、本来は、逆だったのではないでしょうか」

「逆……？」

「先生、わたしが自分の力のことを自覚したのは、八歳のころでした。それ以来、自分が感じるものの正体を見極めようと努力をしてきたつもりです。この力に関して、教えを説いてくれる人は誰もいません。教科書も、専門書もなにもないのです。自分なりに研究を重ねていく必要がありました。この仕事を始めて多くの人たちを視るようになって、十年ほどになります」

香月は、翡翠の語りたいものの正体を見極めるべく、彼女の双眸を見つめ返した。

「あるとき、いくつかの相談内容に共通する傾向に気づきました。それは、泣いている女性の霊障に関するものです。枕元《まくらもと》だったり、夢の中だったり、細かな差異はありましたが、泣いている女性が、自分のことを見ているのだという相談内容です」

ぞわりとした感覚が、背筋を這《は》い上がるのを感じる。

「結花ちゃん――、倉持さんと同様のケースの相談が、他にもあったということですか」

「はい。わたしが直接伺ったものに限って言えば、過去に四回ありました。そして、どの話にも共通することですが、その依頼者は、全員がその話をした一年以内に、亡くなっているんです」

「そんな、まさか」

泣いている女の霊。

それに見つめられたものは、一年以内に必ず死を遂げる――。

得体の知れない不気味さのようなものを、感じずにはいられない。

「その繋がりに気がついたのは、ごく最近のことでした。基本的に依頼者の方とは、相談を終えたあとに連絡をとることがありませんから、話をしてくださった方が共通してそのあとに亡くなっているだなんて……、気づくまで、時間が掛かってしまいました……」

「その方たちの死因は、なんだったのですか」

「二人は、病死です」翡翠は俯き、苦しげに言う。「一人は、夫婦間の諍《いさか》いが原因で夫に殺された女性で、二年前にちょっとしたニュースになっています。もう一人の方は、自ら命を絶たれたそうで……、うつ病に悩まされていたという話です」

苦しげな吐息が、その唇から漏れていく。

「相談内容を見返すと、そのうちのお二人の話に、憶えのない水滴の話が出ていたことに気づきました。ときおり、自宅の床に水滴が落ちているのに、それがなにから零れた液体なのか、心当たりがまったくないというのです。他の二人のケースでは、ご自身で気づかれなかったか、霊障とは関係がないと思われて、お話しにならなかったのだろうと思います……」

「結花ちゃんの身体の近くにも……、水滴が、落ちていましたね」

「はい。皆さんの話に共通するのは、その水滴が、ああいう……。零れた涙の跡のように僅かなものだった、ということです」

「それで、あのとき、泣き女と――」

翡翠は小さく頷く。

「最初にお話しした、バンシーの話に戻るのですが……。泣き女の風習というのは、不思議なことに世界各地に見られるものなのです。情報の伝達があったとは思えないほどに古い時代から、世界の至るところで散見されています」

「ユングの集合的無意識論ですね。人類の無意識の深層に共通して見られる元型からの連想です。だとすれば、世界各地で人間が同じ想像を抱くのは、不思議ではないのですが」

そこまで呟いて、ぞわりとした感覚に背を撫でられる。

想像ではなく、泣き女が実在するとしたら？

現に、結花はそれを見て、死んでいる——。

「古代から、ある種の霊感の強い人たちが、死んでいく前に泣き女の話をしていて……。それが人類に共通して見られる現象なら……。だからこそ、泣き女の伝説が生まれたという可能性も、あるのか」

それは、非常に薄ら寒いものを感じずにはいられない想像だった。

そのおぞましい怪異に憑かれたために、結花は死んだというのだろうか。

「わたしは、そう解釈しています。正確なことは誰にもわかりません。誰にも証明できない。教えてくれる人なんて、どこにもいないのです。そもそも、こんな話自体とても荒唐《こうとう》無稽《むけい》で……。わたしのことも、頭のおかしな女だと、普通はそうお思いになると思います」

香月は、翡翠の双眸に浮かんだ苦悩の色を見た。

想像することは難しくない。彼女は、泣き女について倉持結花に語ることをしなかった。自分自身で確証が持てなかったのだろうし、杞憂だったのなら結花を悩ませることになりかねない。霊障に悩む結花は信じたかもしれないが、香月からは訝しまれただろう。

だから、翡翠は口を噤んだ。

そして、結花は死んだ。

彼女は、それを強く後悔している。

「黙っていて、本当に申し訳ありませんでした――」

だから、こうして頭を下げに来た。

「ただの偶然で、考えすぎだと、わたし、そう思い込もうとしてたんです……。そうでなくとも、こんなに早く倉持さんが亡くなるなんて……。彼女の家に行けば、どうにかする方法をなにか思いつくんじゃないかって……」

俯く翡翠の華奢な肩が、細かく震えているのを見た。

「顔を上げてください、仕方のないことだと思います」

翡翠が吐息を漏らす。彼女は顔を上げた。潤んだ双眸が、訝しげに香月を見る。

「信じて、くださるんですか。わたしの話を」

「ええ、信じます」

彼女は瞼を閉ざす。それから、大きく吐息を漏らした。安堵したのかもしれない。しかし、話はそれで終わっていなかったようだ。翡翠は意を決したように唇を結ぶと、香月を見つめ直した。

「香月先生に、お願いがあるのです」

「お願い、ですか」

「香月先生のことを、少しだけ調べさせていただきました。先生は警察に捜査協力をして、これまでいくつかの事件を解決に導いていらっしゃるそうですね」

「ああ……。いや、大したことはしていませんよ。偶然が重なった結果で、役に立てなかったことの方が多い」

「それでも、それはすばらしい才能だと思います。普通の人にできることではありません」

大きな翠色の瞳で熱心に見つめられ、香月は僅かばかり動揺してしまった。美人にこんなふうに縋られると、十代の少年のころのように照れくささすら湧き上がってくる。

翡翠は身を乗り出して言った。

「お願いします。わたしの力を使って、誰が倉持さんを殺したのか、その犯人を突き止めてほしいのです――」

＊

香月史郎は、新しく注文したコーヒーが届くと、それに口をつけた。

それから、途方に暮れたような表情でこちらを見ている翡翠に目を向ける。彼女の要望に承諾を告げたときには、翡翠は年相応の娘のように顔を輝かせていた。しかし、香月が考え込むように黙ってしまうと、とたんに不安そうな表情へと戻ってしまっている。

城塚翡翠。

彼女の力を利用して、倉持結花を殺害した犯人を突き止める——。

「あの、先生……？」

「ああ、すみません、ええと、どうしたらいいだろうかって、ちょっと考えていました」

香月はコーヒーのカップを置いて、翡翠の表情を覗いながら訊ねた。

「結花ちゃんの遺体を見つけたとき……、女性が犯人だと、そうおっしゃっていましたね。あれは、どういう意味だったのですか」

まさか、泣き女が殺したから、女性が犯人だと告げたわけではないだろう。

「その、ときどき、あるんです……」

翡翠はしばし躊躇うような間を置いて、俯いた。

「多いのは、事故現場となった道を知らずに通り過ぎるときです。突然、目眩《めまい》に襲われて、一瞬だけ意識が遠のいて……。それで、ぼんやりとした映像が、頭に浮かぶんです。たぶん、それは、人が亡くなる間際に目にした光景……、なんだと思います」

「もしかして……、結花ちゃんが死の間際に見たものが、頭に浮かんだということですか」

「そう……、なのだと思います」自信なげに、翡翠は頷いた。「ただ、たいていはそこまで鮮明なものではありません。夢を見ているときは明瞭だったのに、目が覚めるとすぐに、それがどんなものだったのか忘れてしまうことって、ありますでしょう？ あんな感じで、すぐに靄《もや》が掛かったようになって……、本当にそれを見たのかどうか、自信すらなくなってしまうんです。たんなるわたしの想像や妄想なのかもしれなくて……」

「なにを視たのですか」

翡翠は自分の話を信じてもらえているのか、未だ不安そうに答える。

「女性の横顔、だったと思います。わたしは倒れていて、その傍らでその人が屈み込んでいて、俯いているんです……。本当に、ぼんやりとしていて、今はもう、それくらいしか思い出せません。倉持さんの遺体を見つけたとき、その考えに支配されて、咄嗟《とっさ》に女性が犯人だと思ったんですが、すみません、あまり自信がありません……。あれが犯人ではなくて、倉持さんの言う泣き女だったのかもしれなくて……」

「死の間際の景色……。死者に、憑依《ひょうい》されるような感じなのでしょうか」

「そう、なのかもしれません。千和崎さんは、魂の共鳴、だなんて言うんですけれど」翡翠は哀《かな》しげな表情だった。「わたし、そういうことがあると、自分には記憶がないのに、奇妙なことを口走るそうなんです。そんなことが続いて、子どものころから、両親には病気なんだと……」

「そういえば、あのとき、なにを探しているのか、と言いましたよね。僕に言ったのかとも思ったんですが、それにしては語調に違和感を憶えたんですよ。あれは、もしかすると結花ちゃんの言葉だったのでしょうか」

「ええと、わたし、そんなことを言いましたでしょうか……？」

「『なにを探してるの——』と、そう訊ねていました」

「なにを探してるの……」

翡翠は困惑した表情で、その言葉を繰り返す。

やはり、心当たりがないらしい。

あれが、結花の言葉だったというのか。

本当にそうなのだとすると、それは、どういう意味だ？

そういえば、亡くなった彼女の目が見開かれていたのが気になる。

あれは、なにかを見ていた目だったのか。即死ではなかったとすると、床に倒れたあとで、彼女はなにかを目にして、そんな疑問を抱いたことになる。それが、翡翠が視た女性の横顔だったというのか。死の間際の結花の傍らに屈んで、なにかを探していたというのか？

空き巣が犯人だとするなら、金目のものを探し出そうとしていてもおかしくはない。彼女の傍らにはハンドバッグが落ちていて、財布から現金やカードが抜き出されていた。いや——。

ハンドバッグは、彼女の傍ら、身体の右側にあった。だが、彼女が目を向けていたのは、身体の左側の方だ。ハンドバッグを漁《あさ》る犯人の姿は見えないのではないか？　だとするなら、彼女の視線の先にはなにがあっただろう？　彼女の身体の左側には、割れたグラスが散乱しているくらいで、他に目立つものはなかったような気がする。

いや、結花が見たときには、それがまだあったのではないか？

犯人が、それを持ち去ったのだとしたら？

空き巣が興味を持ちそうなものが、彼女の視界にあったのだとしたら——。

いや、そもそも、翡翠が視たのは女性だったという。空き巣犯と目されている立松五郎は男性だ。女性が犯人だとすると、怪しいのは小林舞衣を始めとした結花の友人たちだ。だが、結花の友人たちは数多く、今のところ犯行動機になりそうなものは見つかっていない。

犯人はなにを探していたのだろう。その場から、そのなにかを持ち去ったのだとしたら、そのために、結花を殺したということは考えられないだろうか？

香月が押し黙ってしまったせいだろう。気づけば、不安げな眼差しで翡翠がこちらを見ていた。綺麗に整った眉が下がり、困ったように八の字を描いている。

いけない。このままでは堂々巡りだ。

香月は別のことを翡翠に訊ねた。

「他に、翡翠さんの能力でどのようなことができるのでしょうか。例えば翡翠さんは、僕や結花ちゃんがどんな仕事をしているのかを当てましたよね。それは、どういうふうにわかるのですか」

「ええと、その……、匂い、です」

もじもじとテーブルの上で指を動かしながら、翡翠が答える。

「匂い？」

「えと、変な意味じゃないです。その、魂の匂い……、というのでしょうか。匂いというのはあくまで喩《たと》えで、嗅覚《きゆうかく》と違って、正確には第六感で感じるものなんですけれど……」

既に冷めてしまっているだろうコーヒーに、彼女はミルクと砂糖を注ぐ。「ただ、誰かに伝えるように表現するとしたら、それは匂いが近いんです。その匂いを発しているのは、人間の魂のようなもの……、なんだと思います。すみません、自分ではそう捉《とら》えているのですが、証明はできません」

コーヒーをかき混ぜながら、翡翠は申し訳なさそうな表情で語った。

「生きている人間だけではなく、いわゆる霊魂みたいなものは、目で視えることも稀にありますけれど、たいていは、そうした匂いで知覚できます。魂が発する匂いのようなもの、そこから、その人が抱いている感情だったり、普段の生き方だったり、そうしたものの方向性がわかるんです。職業は、経験から類推しました。これまでに出会った人と近い匂いを発していれば、生き方が似ていて、仕事も同じであることが多いという経験則です。外れちゃうこともありますけれど、わたしは、以前に作家の方から取材を受けたことがあって、先生の場合は、その方と似た匂いを感じたので、そうではないかなと……」

翡翠はそこから更に、『匂い』の霊視に関する詳細を話してくれた。

匂いを感じるためには、対象と直接会う必要がある。同じような性質の匂いを持つ人間が二人並んでいたりすると、匂いが混ざって、どちらの人物が発しているものなのかわからなくなる。匂いを嗅《か》ぎ分けるのには、集中を要するため、翡翠自身がリラックスした状態である方が情報の確度が上がる。彼女は暗がりの中にいる方が、他の情報が遮断されるぶん、集中しやすい。仕事場があんなふうなのは、雰囲気を演出するためだけではないということだった。

匂いは、人間の健康状態や精神状態を示す。身体が弱っていないか、病気を抱えていないか、興奮しているか、怯えているか、嘘《うそ》をついているか、罪悪感を抱いているか……。そういった状態を嗅ぎ分けることができるが、詳しいことまでは判別できない。

「罪悪感などを感じ取っても、浮気による罪悪感か、人殺しによる罪悪感か、わからないという感じでしょうか」

「多少は、判別がつくとは思いますが……、その、自信はありません。浮気の匂いは、それなりに感じる機会は多いんですが、人殺しの人とは、会うことなんてないですから」

なるほど、その判別にも、経験則が必要になってくるのだろう。

他にも、翡翠は精神が発する匂いに関して、面白いことを教えてくれた。

それは、人の精神が他者から受けている影響を、意識的なものであれ無意識的なものであれ、感じ取ることができるというものである。例えば、人物Aが、人物Bから深く愛されているとする。すると、翡翠には人物Aが誰かから愛情を注がれているということがわかるのだ。それが、人物Aの与《あずか》り知らぬ感情であっても、影響が見て取れるのだという。

「それは、なにか役立つかもしれませんね。例えば、誰かが自分自身では気づかなくとも第三者に深く恨まれていたりする場合、それがわかる？」

「ええ、たぶん、それは祝福や呪詛《じゅそ》のようなものなんだと思います。憎悪の場合、呪いが対象の精神を蝕《むしば》んで、影響を与える。わたしは、その傷跡を見るような……、そんなイメージです。かなり意識しないと、感じ取るのは難しいんですが」

それほど万能とはいえないものの、信じがたい力ではある。

だが、翡翠が語った霊視能力を、捜査にどう役立てればいいのか？

例えば、倉持結花殺害の容疑者たち――、現状では立松五郎と西村玖翔、あるいは結花の女友達を、一人ずつ翡翠に会わせるとする。容疑者たちは結花を殺した罪悪感や、捕まるのではないかといった恐れを強く抱いているはずだ。翡翠はそれを嗅ぎ分けることができる。

しかし、問題は二つある。

一つには、容疑者がそういった感情を抱いていない場合だ。ある種の異常者のように、容疑者が罪悪感も恐れも抱いていない場合、翡翠はそれを捉えることができないのではないだろうか？　もう一つの問題は、より深刻なものだった。例えば容疑者Xが殺人の後悔を抱いているかもしれないと、翡翠がそう霊視したところで、それがどうなるというのだろう？

それは、なんの証拠にもならない。

あいつが犯人だと霊視したところで、逮捕することはできないのだ。見当をつけて捜査対象を絞るのには役立つかもしれないが、前者の問題も考慮すると、かえって視野を狭めるだけの結果になりかねない。

「なるほど、匂いの線から追うのは、難しいかもしれませんね」

「すみません……。倉持さんのためになにかをしたいのですが、わたしには犯人を捕まえるための知恵がなくて……。その、推理小説とかも、苦手なくらいですから……」

香月はコーヒーのカップに口をつけて、申し訳なさそうに肩を落とす翡翠を見た。

「少し、別の角度から考えてみようと思うのですが」

考えるべきは、翡翠の視た女性や結花の残した言葉の意味なのだろう。だが、その疑問は現状のままだと堂々巡りしてしまいそうだ。それなら、別の疑念から攻めていくのも手かもしれない。

「別の角度、ですか？」

「ええ。泣き女のことです。最初、話を聞いたときに疑問に感じたことがあって、そこをできるだけ突き止めておきたいと思いました」

「どういうことでしょう？」

「霊的なものに理屈を求めるのは滑稽《こっけい》なのですが――、鶏《にわとり》が先か、卵が先か……。つまり彼女は、泣き女に泣かれたから死んだのか？　それとも、彼女が死んでしまうから泣き女が泣いたのか？　その疑問を、解決したいのです」

＊

翡翠はしばらく、ぽかんと唇を開いて、唖然としたような表情で香月を見ていた。

「僕はそこが妙に気になるんです。翡翠さんは、それをどう捉えていらっしゃるんですか」

「それは、倉持さんを、泣き女が呪い殺したのかどうか、ということですよね」少し目を大きくしたあと、翡翠は答えた。「わたしは、泣き女が呪い殺したのだとは、考えていませんでした」

「そう思うのには、理由があるのですか？」

「ええと……。いくつか理由があります。その……、漠然と感じているものを、こうして改めて言葉で説明するのって、難しいですね」

翡翠は少し考え込む仕草《しぐさ》を見せた。

「わたしは、霊的な存在を匂いで知覚します。あの部屋に入ったときも、霊の存在を感じました。ただ、悪いものではなかった。人を傷付けようとか、呪い殺そうとか、そういう悪意を感じ取ることはできませんでした。ただ、悲しみと、無力感のようなものを感じました。あの部屋に戻れば、もっと詳しいことがわかるかもしれませんが……」

「つまり、泣き女が泣いたから結花ちゃんが死んだのだとすると、泣き女に悪意があったはずで、しかし、翡翠さんはそれを感じ取ることができなかった、ということですね」

「はい。もう一つ、理由があります。経験上、霊魂が人間に危害を加えるだなんて、できるはずがないんです。精神的に追い詰めて、衰弱させるのが関の山というものです。でも、倉持さんは何者かによって殺害されています」

「泣き女に取り憑かれた人間が、それにコントロールされて結花ちゃんを殺した可能性は？」

「それは映画の観すぎです」翡翠は唇を尖《とが》らせて言う。「ないとは言えませんけれど、そうだとしたら、やっぱり霊には悪意があったはず」

「ところで翡翠さんは、霊視によって未来のことが視えたりするんですか？」

「それで宝くじを当てて、お金持ちになったとか？」

翡翠はいじけたように唇を尖らせた。香月が笑う。

「そうではないのでしょう？」

そう言うと、翡翠は長い睫毛《まつげ》を伏せて、急に寂《さび》しげな表情を見せた。

「わたしにわかる未来は、自分の最期のときくらいなものです」

「最期のとき？」

彼女の浮かべた表情が、香月の見た錯覚であったかのように、次の瞬間には翡翠は柔らかな表情で笑っていた。

「残念ながら、未来のことはなにもわかりません」

「そう、ですか」怪訝に思ったが、香月は話を先に運んだ。「例えば、未来のことを教えてくれる幽霊の話も、あまり聞きませんよね。幽霊が宝くじの番号を教えてくれるとか」

「それはそうだと思います」

「ならば、そこで新たな疑問ですよ。泣き女は、どうして未来を知ることができたのか」

翡翠は、そこであっと声を上げた。

「確かに、奇妙ですね。どうしてでしょう？」

「幽霊というのは、時間を超越した存在なんでしょうか？」

「それはないと思います。わたしの知る限り、ですが……。霊は――人の意識は、死んだあとに、たぶん停滞してしまうんです」

「停滞？」

「死んだ瞬間に途切れた意識が、そのままこの世に漂って残っている。そういう感じなんです」

よくわからず、香月は首を傾げた。しかし、翡翠はそれ以上のことを説明しなかった。長年の経験から感覚的に捉えている理解なのだとしたら、説明が難しいのだろう。

「とにかく、霊に未来を視る力がないのだとしたら、結花ちゃんの死の予知は矛盾することになります。そこで、ちょっと考えました。翡翠さんが、これまでに耳にした泣き女が関わる四件の死……。二つが病死で、一つが自殺、もう一つが殺人でしたよね。例えば、泣き女にも……、翡翠さんが知覚する魂の匂いのようなものを、感じ取る力があるのだとしたら、どうでしょうか」

「あ……」翡翠は、そこで理解したようだった。「それは、はい。そうだと思います。つまり、泣き女は、わたしと同じように、匂いを感じ取っていたんですね。病気が進行していく様子や、精神が病んでいく様子を……」

「このままでは死んでしまう、取り返しがつかなくなる。しかし、死者は生者に干渉できない。だからこそ、泣き女は涙を落とす……。それは予知ではなく推察だったとしたら」

「でも、そうだとしたら、倉持さんは？　彼女は病気でも、自殺でもありません。あ、いえ、過去の相談者の例の一つは、殺人でした」

「そこで、翡翠さんが話してくれた呪いの話です。例えば、誰かから殺したいほどに恨まれていたら、その影響が彼女の精神を蝕んで、匂いとなって現れることがあったのでは？　それを、泣き女が感じていたのだとしたら」

「このままでは、殺されてしまう。なのに、見ていることしかできないから、泣き女は嘆く――」

もし、そうなのだとしたら、立松五郎犯行説は矛盾する。

何故なら、立松五郎が空き巣に入って結花を殺してしまったのは、あくまでも偶然であって憎悪が蓄積された結果ではない。それは、泣き女に予測できるはずがないのだ。そしてこの奇妙な論理は、同時に西村玖翔犯行説までも否定する。何故なら、西村玖翔が結花に交際のアプローチをして断られたのは、彼女が殺される一週間前のことだ。しかし、結花はそれよりずっと以前から、泣き女の夢に魘《うな》されていた。結花に交際を申し込む以前から、西村が彼女に殺意を抱いていたとは思えない。

もちろん、ただの思いつきだ。

だが、どういうわけか、そんな考えが香月の頭に取り憑いて離れない。

もし、この二人が犯人ではないのなら、翡翠が視た女性の正体は――。

そのとき、香月に電話が掛かってきた。

彼は翡翠に断って、その電話に出る。

予感のようなものがあった。

電話の相手は、鐘場警部だった。

「先生、残念な知らせがある。いちおう、伝えておいた方がいいと思ってな」

「もしかして、立松や西村の件ではないですか」

「お、察しがいいじゃないか。そう、残念だが……、連中はシロだった。二人には、犯行時刻にアリバイがある――」


昨夜のことである。

捜査三課の張り込みの成果により、立松五郎を侵入窃盗で現行犯逮捕することができた。その余罪追及の際に、倉持結花殺害の犯行時刻、立松には鉄壁のアリバイがあることが判明した。彼は犯行時刻、行きつけのバーで酔《よ》い潰《つぶ》れていたのだ。店の防犯カメラにも、酔い潰れて朝まで店内で眠っている様子が克明に収められていた。雨樋に残る靴跡に関して、立松はこう証言したらしい。件《くだん》のマンションのベランダには、確かに侵入した。しかし、それは事件の数日前のことで、窓を割って入ろうとする寸前、パトカーのサイレンが聞こえたために身を潜め、そのまま侵入することなく引き返したのだという。靴跡は、殺人とは無関係だったのだ。

　また、西村玖翔に関しては、同時刻に違法営業していた性風俗店を利用したアリバイがあり、当人は当初、それを隠していたが、犯人扱いされるならと遅れて申告したようだった。こちらも、付近の防犯カメラで確認がとれたという。


　報告を聞いて、香月は電話を切った。

　スマートフォンをしまいながら、警察は空き巣による犯行の線で調べていたが、それが潰《つい》えてしまったということを翡翠へ語った。いちおう、鐘場が自分を信頼して教えてくれた捜査情報なので、あまり詳細には話さないように気をつけた。

「そう、でしたか」翡翠はもどかしげな表情だった。「力を使ってくださいなんて言っておきながら、あまりお役に立てないようで、申し訳ありません……」

「いや、少なくとも泣き女に関する考えについては、矛盾していない結果です。結花ちゃんを殺したのは彼女を恨んでいた人間だ。だからこそ、泣き女はそれを予測することができたんです」

「けれど、矛盾していないだけで、それが正しいという保証はありません」翡翠は肩を小さくしている。「泣き女という存在自体、わたしの認識が誤っている可能性だってあります。霊に法則性や理屈を求めること自体、間違いかもしれないですし、わたしの妄想だっていうことも……」

「ですが、捜査線上に浮かんでいた二人にアリバイがあった以上、翡翠さんが視たという女性が、犯人である可能性は高まりましたよ」

香月は彼女を励《はげ》ますように言った。

だが、犯人が女性だとしても、証拠らしい証拠はどこにもない。近隣の防犯カメラを精査するくらいしかないだろうが、あのあたりは防犯カメラが少なく、鐘場は苦戦しているようだった。結花の友人は数多く、彼女たちを自宅に招く機会は多かったらしい。時間が時間だけにアリバイがなくとも不自然ではなく、絞り込んで特定していくのは非常に困難だろう。

なにか、他に手がかりが見つかれば……。

犯人は、なにを探していたのだろう？

その謎さえ、解明できれば――。

「疑問なのですが、翡翠さんは、霊媒なんですよね」

「え――？」

彼女は不思議そうに顔を上げた。

「占い師でも、霊能力者でもなく、霊媒と名乗っていますよね」

「ええ、はい……」

「それが、少し引っかかっていました。霊媒というのは、口寄せやイタコのように、死んだものの意思を生きている人間に伝える人のことだ。翡翠さんには、それができるのではないですか。そうなら、結花ちゃん自身の口から、当時の状況を詳しく知ることも──」

翡翠は、その眼に逡巡《しゅんじゅん》の色を宿した。

「先生、確かに、わたしは霊媒です。死んだ人間を降ろす──、正確には、死んだ人間の意識を、この身体に宿すことができます」

「それなら──」

そこで、翡翠はかぶりを振った。

「以前にも、同じことがありました」

「同じこと？」

「遺族の方から、未解決の殺人事件を解明するために、殺害された方を降霊してほしいという依頼があったんです。わたしは少しでも力になれるならと、協力しました。この身体に、その方の霊を降ろしたんです」

「どう、なったのですか」

「先ほど、死んだ人間の意識は、そこで停滞すると言いましたよね。わたしが普段、この身体に霊を降ろすとき、それは穏《おだ》やかな死を迎えた方であることがほとんどです。その穏やかな意識と、ある程度、意思の疎通ができます。けれど、苦痛や恐怖の最中に亡くなった人の場合——」

翡翠は、そこで言葉を句切った。

なにかおぞましいものを思い返しているような表情だった。

「死者をこの身に降ろしている間、わたしには意識がありません。わたしの口を借りて、死者がどんなことを話したのか、憶えていられないのです。けれど、なんていうのでしょう……。その死者の感情のようなものは、強く心に焼き付けられます。生きているものへの愛情、優しさ、あるいは後悔、懺悔《ざんげ》の気持ち、そうしたものなら、まだ、耐えられるのですが……」

彼女はそっと唇を噛《か》んだ。

長い黒髪が垂れる。

「事件の被害者の方を降ろしたときのことも、わたしは憶えていませんでした。千和崎さんが言うには、錯乱状態にあって、まともな会話ができなかったそうです。助けてほしいとか、怖いとか、そういったことを訴えるだけで……。ただ、そのとき、死の間際にその人が感じた恐怖の感情は……、わたしの心に、強く残っています。何度も、夢に見るくらいに」

「そう、ですか……」

死んだものの意識は、その瞬間に停滞する。

翡翠の語った言葉の意味を、香月は考えていた。

死の間際、結花はなにを感じたのだろう。恐怖だろうか、絶望だろうか、苦しみだろうか。

死んだものの意識がそのまま停滞するというのなら、その恐ろしい感情は、永劫《えいごう》に消えることがないのだろうか？　停滞とは、終わらないことだ。始まることもなく、終わることもない。

翡翠の身に結花を降ろしたら、その恐怖を結花にもう一度経験させることになるのだろうか？　そして、その強烈な感情は翡翠の精神に焼き付いて、一生忘れられないものとなる――。

「たとえそれを、乗り越えたとして……、聞き出せるのは、無意味な言葉でしかない、ということですよね」

「はい」翡翠は、項垂《うなだ》れる。「本当に、お役に、立てなくて――」

そこまで言って、翡翠の身体が硬直した。

それから、なにか思い出したように、顔を跳ね上げる。

「正確には、無意味な言葉では、ありませんでした。いえ、千和崎さんに聞いたんですが、その、なにか……。場所を示すようなことを言ったらしいんです。そのときの事件は、被害者の方が監禁されていた場所が不明で、そこを特定することが、有力な手がかりに繋がると考えられていたそうなんです。でも、聞き出した言葉では、その場所を特定することができなかったそうで――」

翡翠は、勢い込んで話しながら身を乗り出してくる。

「先生、わたしを、もう一度、倉持さんのお家に連れていってください」

「なにを……、するつもりなのですか」

「彼女の霊を、わたしの身体に降ろします。ですから先生、彼女から聞き出してほしいんです。犯人を示すものでも、証拠になりそうなものでも、なんでも……。たとえ無意味に思えることであっても、それらを組み合わせて、推理をしてください。あのときのわたしと違うのは、今は先生がいるということです」

香月は、必死に訴える翡翠の眼を見た。

それは喩えるのなら、後悔と恐怖を宿しながら、それでもと一歩を踏み込んで、真実に挑もうとする者の眼差しに見えた。

「死者の提示する謎を、先生が解き明かしてください――」

＊

倉持結花が住んでいたマンションの部屋に、二人はいる。

既に警察の現場検証はすんでいた。香月は結花の母に頼んで、マンションの鍵を借り受けることができた。結花の母は、香月のことを知っていたらしい。いつも結花が誇らしげに話してくれたと語ってくれた。結花の母は深く頭《こうべ》を垂れて、どうか犯人を捕まえてくださいと震える声音で懇願《こんがん》した。あの子がどうして死ななければならなかったのか、それを知りたいのです。その訴えを耳にして、香月は頷くことしかできなかった。だが、犯人を捕らえたところで、いったいなにが変わるというのだろう。

結花を失った未来は、永遠に変えられない。彼女の母は、最愛の娘を失った人生を、死に憑かれたまま惰性で生きることしかできないのだろう。

人は、簡単に死に取り憑かれてしまう。

そこから救われる術《すべ》は、どこにあるのだろう。

そのことに思慮を巡らせながら、香月は静謐《せいひつ》な室内の様子に目を向けていた。いくつかの物品は証拠品として押収されたままだというが、室内の様子はあのときとあまり変わらない。

外は暑かった。エアコンを使うわけにはいかないので、香月はベランダに面した窓を開けた。翡翠の要望で、カーテンは閉ざしたままだ。既に、彼女は緊張の面持ちでソファに腰掛けている。

「いいのですか」

彼女を見下ろして、香月は訊いた。

「はい。大丈夫です。先生がよろしければ、いつでも始められると思います」

今日の翡翠は、メイクこそ普通だったものの、最初に出会ったときの暗い服装をしていた。その方が、身が引き締まるのかもしれない。

香月はダイニングテーブルの椅子を引き出し、翡翠の方へ向けてから、そこに腰を下ろした。翡翠は瞼を閉ざし、暗がりの中で呼吸を整えるように、胸を大きく上下させている。

霊を降ろしていられる時間は、翡翠の経験上、およそ数分しかないらしい。そして翡翠は、これまでに同じ死者を二度呼び出すことは叶わなかったという。彼は制限時間内に、錯乱する結花の霊と対話し、情報を引き出さなくてはならない。

「それでは……。始めてください」

意を決して、香月はそう告げる。

翡翠は目を閉ざしたまま頷く。

緊張に、吐息が震えた。

それは、自分のものだったのか、翡翠のものだったのか。

音が、消えてなくなる。

そんな静寂が、訪れたような気がした。

翡翠の身体は、動かない。
リラックスしたように、あるいは眠りに落ちたように、ソファに身体を埋めていた。
自身が唾《つば》を呑み込む音だけが、耳につく。
耳が痛いほどの無音。
その只中《ただなか》で、なにかが軋《きし》むような音が鳴る。
ほんの微かな破裂音。家鳴りだろうか。
だが、ここは木造家屋ではない。空耳だろう。
掌に、じっとりと汗が浮かんでいるのを感じる。
なにも聞こえないはずだった。
それなのに、どこからか、女が啜り泣くような声が、耳に届く。
いや、気のせいかもしれない。
動揺に、心臓がどくどくと高鳴っていく。
そのときだった。
翡翠の身体が、微かに動いた。
指先が微細に振動し、膝が跳ねる。
そうして。
「ああああああああああああ――――！」

悲鳴に、心臓を鷲摑《わしづか》みにされそうになる。

翡翠は絶叫しながら、上体を跳ね起こした。恐ろしい夢から飛び起きたときのようにも見えた。香月は椅子から離れて、彼女の身体に近づいていた。翡翠の身体が、暴《あば》れている。驚愕《きようがく》に見開いた双眸。溺《おぼ》れたように空を蹴《け》る足。長い髪を振り乱して、身を捩《よじ》っている。

「翡翠さん――」

「冷たい冷たい、冷たい冷たい冷たい冷たい！」

尋常ではない。

痛々しいほど恐怖に満ちた瞳から、見る見るうちに涙が溢れていく。

「翡翠さん、落ち着いて――。翡翠さん！」

香月は彼女の身体を摑んだ。そうしなければ今にもソファから転げ落ちてしまいそうだった。彼女の顔を覗き込んで、訴える。

「しっかりするんだ――！」

見開かれた翠の双眸を、覗き込んだ。

だが、翡翠の瞳は、香月を見ているようで、見ていない。

そのとき、香月は気がついた。

これは翡翠ではない。

「結花ちゃん……？」

呆然とした心持ちで、問いかける。

虚ろな翡翠の眼が焦点を合わせて、ようやく香月を見たような気がした。

「先輩……？」

「ああ、僕だ。わかるだろう？」

「いや……」

だが、翡翠の身体が、再び暴れだす。

「結花ちゃん――」

「いやだいやだいやだいやだいやだ、いやぁぁぁぁぁ！」

香月は必死にその身体を押さえつけた。

「落ち着いて――」

「ここは寒いの！　寒いの！　先輩、助けて、助けてぇっ！」

暴れる翡翠の膝が、香月の胸を打った。

香月は知る。

そうか。

これが死か。

これが死というものか。

「教えてくれ！」香月はすべての感情を押し殺すように叫んだ。「君を殺したのは誰なんだ！」

「殺した？」涙を流す彼女の表情は困惑していた。「先輩、なにを言っているの……。嘘よ……！　こんなの、夢でしょう……！」

香月は唇を噛みしめる。

これでは、いたずらに時間を消費してしまう。

「夢じゃない……。君は死んだんだ。殺されたんだ」

「殺された……」

「誰と一緒にいたんだ！　誰と！　君の友達なのか！」

「あたし、先輩と一緒でしょう？　先輩と……」

「違う！　君が……、君が、死んでしまったとき……。誰かと一緒じゃなかったのか？」

「あたし……。死んだ……？」

徐々に、翡翠の身体から力が抜けていく。

「寒いよ……」

表情は、虚ろだった。

瞳は、もうなにも見ていない。

香月のことも、見ていない。

「誰かを、君は見ているんじゃないか？　それが誰か、わからないか？」

「わかんない。あたし、倒れてる。動けないの。先輩の言うこと、本当なんですね……」

「なにか見えないか？　君はなにかを見たはずだ！」

「あの子がなにか探してるみたい……」

「なにか？　なにを探してるんだ？　あの子というのは？」

「誰……？　こんなのおかしい……」

「なにを探してる？」

「わかんない。なにか、落ちちゃったみたいだから……」

「他になにか見えるものはない？」

「そっか。本当に死んじゃうんだ」

「結花――」

「先輩」

　虚ろな眼が、香月を見ている。

　その口元が、仄かに微笑《ほほえ》んでいた。

　恐ろしいほどに冷たい指先が、持ち上がって。

　香月の頰に、触れる。

「あたし、先輩のこと」

香月は、唇を嚙みしめる。

笑いながら、結花が言った。

「アイスコーヒー、先輩に飲んでもらいたかったです……」

香月は、その冷たい手をとって、握り締める。

そこから、力が抜け落ちるのを感じていた。

翡翠の瞼が閉ざされる。

それを最後に、彼女はもう、動かなかった。


翡翠が目を覚ましたのは、それから十分近くあとのことだった。

香月は椅子に腰掛けたまま、身じろぎする彼女の様子を見守る。

微かに呻いて、翡翠が目を開けた。どこか呆然とした表情で、ゆっくりと周囲を見渡す。

「先生……」

香月は、黙って頷いた。

彼女は身を起こして、額に掌を押し付けた。頭痛がするのだろうか、顔を顰めて、きつく瞼を閉ざしている。唇が、青かった。

「大丈夫？」

「はい」

答える声は、震えている。

それから、涙の痕跡が残る頬に、また新しい光の筋が流れ落ちていく。

泣いているのだ。

「あぁ……」

翡翠は呻いた。

香月は腰を上げると、ハンカチを取り出して、彼女に差し出す。

「先生……」

縋るように上がった翡翠の手は、しかしなにも掴むことがないままに、力なく落ちた。

「倉持さんは……。先生のこと……」

結花の感情が、翡翠の心に、焼き付いたのだろう。

泣きながら、翡翠が言う。

それを、香月は遮った。

「言わないでください。それは、彼女の口から聞きたかった」

彼女は俯いている。悲しげに、啜り泣いていた。

どうしてこんなことになったのだろう。

なにもできず、理不尽さに怒り狂うだけで、取り戻すことは叶わない。

こんなことになるのなら、もっと早く――。

もっと早く、自分がこの手で――。

「この手で、彼女を抱きしめてあげたかった――」

＊

マンションを出て、夕暮れの中を歩いた。

香月は、翡翠が降ろした結花から聞き出せたことを、ぽつりぽつりと彼女に伝えた。翡翠は俯いて歩きながら、静かにその話を聞いている。やはり、会話内容に関する記憶は、いっさいないらしい。ただ、結花が死の際に感じた強烈な感情だけが、翡翠の心に爪痕《つめあと》を残したのだろう。

繰り返し悪夢を見ることがある、と翡翠は言っていた。このときの感情も、これから彼女の夜を苛《さいな》むことになるのだろうか。そうまでして真実を追究しようとした翡翠の決意には、どんな意味があったのだろう。

「申し訳、ありませんでした」

翡翠が、ぽつりと言葉を漏らす。

「聞き出せたことを伺うに、わたしはやっぱり、お役に立てなかったようで……」

「結花ちゃん――、人の魂が、停滞を続けるだけだというのなら、彼女の魂は、ずっとあのまま、苦しみ続けるだけなのでしょうか」

「わかりません」翡翠はかぶりを振った。「人が死んだあと、どうなるのかなんて、本当は誰にもわからない。確かめようとする資格なんて、わたしたちは持っていないのかもしれない」

確かに、そうなのかもしれない。

けれど、探らずにはいられない。

死というものに、人間は取り憑かれているのだから。

「でも、わたしの身勝手な行動で……、倉持さんを、無駄に苦しめる結果になってしまったのは、事実だと思います」

俯いた翡翠は、垂らした拳を握り締めていた。

「無駄じゃない。彼女の苦しみを、無為なものにしてはいけないんだ」

「けれど――」

「大丈夫」

彼は目を細めて、茜色《あかねいろ》に染まった空を見上げた。

「犯人はわかりました。証拠も、見つかるはずです――」

＊

「わざわざ来てもらって、ありがとう」

香月史郎は、彼女がテーブルに着くのを待って、そう告げた。

「いえ……。結花の、ことですよね」

小林舞衣は小さく頷いて、それから困惑した表情を浮かべた。

生真面目そうに切り揃えられた前髪は、彼女の在学中に出会ったときと印象が変わらない。今日は大きな黒縁眼鏡を掛けていて、服装は落ち着いたブラウスだった。出会ったころは、どこかおどおどとした内気な少女に見えたが、今は少し大人びた雰囲気になったように思える。

土曜日の昼下がりだった。香月が通っていた大学の近くにある喫茶店で、昔から世話になっている学生は数多い。舞衣も同じように在学中に利用していたようだったので、香月はここを待ち合わせ場所に選んだ。

「電話で話した通り、結花ちゃんのお母さんに頼まれて、彼女の事件のことを調べているんだ。こちらは――」

「先生のアシスタントをしている、城塚と申します」

香月の隣で、翡翠が頭を下げた。今日は、十代の少女が着るのに似合いそうな、白いワンピースを着ていた。昏《くら》い色は含まれていない。

「小説家の、アシスタント、ですか」

不思議そうに、舞衣が言う。どうしても同席したい、というので翡翠にも一緒に来てもらったのだが、まさか自分からそんな自己紹介をするとは思わなかった。

「いや、まぁ、うん、いろいろと資料を調べてもらったりとかね」

香月は批難の眼差しを翡翠へ向けたが、彼女は知らん顔をしている。

ただ、挑むように、小林舞衣のことを見返していた。

「舞衣ちゃんは――」香月が訊ねる。「大人っぽくなったね。眼鏡を変えた？」

「最後にお会いしたのは、二年くらい前のことですから」彼女は恥ずかしげに俯いて答える。「眼鏡くらい、変わります。それより、お話ってなんですか」

「単刀直入に言おう」

香月は静かに告げる。

「自首してほしい」

香月の言葉に、彼女は引《ひ》き攣《つ》ったような笑みを浮かべた。

「自首って……。なんなんですか、先輩、変な冗談は……」

「事件当日、君は結花ちゃんの家に遊びに行ったんじゃないか？　よく、泊まりがけでドラマを観たりして過ごすことがあったらしいね。あの日も、そのつもりで遅くに彼女の家を訪ねたんじゃないか。通話の記録が残っていて、君は予定を合わせる話をしたと証言したそうだけれど、実際には、これから遊びに行くという旨を話したものだったんじゃないのか」

「そんな」舞衣の目が泳ぎだす。「そんなの、言いがかりです。ひどくないですか、こんな――」

辿々しく告げられる批難を、香月は遮った。

「そこで口論かなにかに発展して、君たちは揉み合いになった。以前から、君は結花ちゃんに対して恨みを募《つの》らせていたんじゃないのか。それが爆発して、君は彼女を突き飛ばした。殺したいほど恨んでいたとしても、本当に殺すつもりまではなかったのかもしれない。だが、打ちどころが悪く、彼女は亡くなってしまう。動揺した君は、強盗の犯行に見せかけるために、窓を開け、財布からお金やカードを抜き取り、逃げ出した」

「なんの証拠があって、そんなひどいこと――」

「証拠ならあるんだ」

香月はポケットから、小さなチャック付きのポリ袋を取り出した。

それを、テーブルに置く。

ポリ袋の中には、遠目にはなにも入っていないように見える。

しかし、目を凝らせば、小さな透明の欠片《かけら》が、光を反射して煌めいているのが見えた。

舞衣が息を呑んだ。

香月が、スマートフォンを取り出し、一枚の写真を表示させた。

「これは、結花ちゃんのスマホに収められていた写真だ。写っているのは、君と結花ちゃんだね。彼女が亡くなる二週間前に撮られているものだ」

舞衣はスマートフォンを見ない。視線を背け続けている。

「眼鏡が変わったね。このときは、赤いチタンフレームの眼鏡だったけれど、今は違う」

「眼鏡くらい、その日の気分で、変わります……」

「職場の人に確認したんだ。結花ちゃんが亡くなったあとから、君は眼鏡を変えて出勤しているようだね」

「それは……」

「これは、現場に残されていたものだ。アイスコーヒーが入っていたグラスが割れて、床に散乱していた。細かいグラスの欠片が散らばっていて、その中に混じっていたものだよ。一見すると、グラスの欠片と判別がつかない。だから警察も細かくは調べなかったんだ。でも、詳しく分析してもらった。これは、眼鏡のガラスレンズに使われているものだそうだ」

舞衣はなにも言わない。

ただ、俯いていた。

「君は、揉み合いになったときに眼鏡を落としてしまった。スリッパかなにかで、どちらかが踏《ふ》み潰してしまったんだろう。プラスチックレンズに比べて、ガラスレンズは傷つきにくいが割れやすい。以前から彼女の家に遊びに行っていた君なら、指紋が残っていても不自然ではない。ドアから出るときに、自分の指紋が最後についてしまうのを避ける必要があるけれど、キッチンからゴム手袋でも拝借すれば、その問題は防げる。けれど、レンズの欠片を残すのはまずい。君が事件当日、そこにいたという決定的な物証だ。できれば、すべて回収したかっただろう。だけど、同時にグラスも割ってしまっていたため、それに紛れて細かい破片が現場に残ったままになってしまった。視力が悪い状態では、グラスに紛れた小さな欠片をすべて回収できなかったんだ」

　グラスの欠片に、まさか眼鏡のレンズの欠片が含まれているとは、鑑識の人間も想定していなかったことだろう。指紋の採取のために大きな欠片については調べたかもしれないが、細かな欠片の一つ一つの成分すべてを漏らさず分析することは、そこに一つでも異物が混じっているかもしれないという解が念頭になければ、実行できない行為だった。まして、強盗事件として捜査方針が定まり、容疑者の名前まで挙がっている状態では尚更《なおさら》だったろう。

　香月は、それらの事実を淡々と告げていった。

　舞衣はなにも答えない。

　ただ、すべてを諦《あきら》めたかのように俯いていた。

「どうして、こんなことになった？　君たちは、仲がよかったはずだろう？」

香月にわからないのは、動機だけだった。

それだけが、考えても考えても、浮かんでこない。

訊ねると、舞衣はぽつりと言った。

「あの子が……。全部、わたしの前から持っていってしまうから」

「持っていってしまう？」

舞衣は俯いたまま、答えなかった。

しかし、そこでこれまで黙していた声が、不意に上がる。

「あなたは、西村さんのことが、好きだったんですね」

翡翠だった。

顔を上げた舞衣は、驚いた表情で翡翠を見ていた。

「どうして――」

「そう感じたのです」

翡翠は仄かに微笑んでそう答える。

それから、悲しげな表情で言った。

「あなたは、学生時代から倉持さんにすべてを奪われてきた。彼女に、あなたのものを奪ったという自覚なんてまったくなかったのかもしれません。たまたま、運悪く同じものを好きになってしまった。自分の方が先にサークルに入って彼女を誘ったのに、特に写真に興味がなかったはずの倉持さんの方がみんなの注目を集めて、人気者になってしまう。恋愛でも、それは同じことがいえたのだと思います。あなたは同僚の西村さんに好意を抱いていた。それなのに、西村さんが好きになったのは、倉持さんの方だった……」

「結花は、いつもそう……」

そう零す舞衣の声が、震えだしていく。

「わたし、結花のことが憎かった。憎くて、憎くて、仕方がなかった。でも、あの子に悪気なんてないのもわかってた。本心からわたしと仲良くしてくれてるっていうのも、知ってたよ……。それなのに、わたし、自分の嫉妬《しっと》が抑えられなくて……。あのときも……。ひどいよ。わたしの方が好きだったのに。手を伸ばしても、届かないのに。よりによって、わたしに言うんだよ……。西村さんのこと、悪く言って、気持ち悪いよねって言いながら、彼のことを……」

舞衣は翌日に休みがとれたので、西村に関する話をするために結花の家へ向かったらしい。もちろん、表向きはいつものようにドラマを観るという理由で、折を見て切り出すつもりだったようだ。結花は、翌日は朝から大事な予定があるということで渋ったようだが、最終的には、家の片付けを手伝ってくれるのなら、という条件で折れたらしい。だが、舞衣の方から西村のことを切り出すよりも早く、結花が彼のことを気味悪がって話題に持ち出した……。

「それでいつの間にか、わたし、怒鳴《どな》っていて……。出ていこうとして、でも、結花が引き止めようとしたから、わたし、彼女を振り払って……」

怒りに任せて、舞衣は結花の頬を叩《たた》いた。結花も、舞衣の頬を叩いたらしい。そのときに眼鏡が外れて飛んだ。それが舞衣の理性を更に消し飛ばす結果になった。揉み合いになり、長年、自分の中で燻《くすぶ》っていた感情が、膨れあがった。

「もう終わりにしようって思ったんです。この子がいなければって……。そうしたら、わたしは自由になれるんだって、突然、誰かにそう言われたような気分になって……」

しばらく、二人は俯いて震える舞衣の肩を眺めていた。彼女の言葉が尽きて、息苦しいほどの沈黙に支配されたとき、香月は近くのテーブルで待機していた鐘場に視線で合図を送った。

鐘場が近づいてきて、舞衣へと同行の同意を求める声を掛ける。

舞衣は頷いた。静かに立ち上がり、香月に頭を下げると、鐘場に連れられていくかたちで、店を去っていった。

店内に、二人だけが残される。

「今の……、舞衣ちゃんに関する話は、霊視ですか」

「はい」翡翠は頷く。「似ていたんです。倉持さんから感じたものと、とても……。まるで、姉妹かなにかのように」

だが、同質だからこそ、生じる不幸もあるのだろう。

結花は、舞衣のことをどう考えていたのだろう。

死者の考えを知る術は、しかし、どこにもない。

あのときに起こったのだろう、不幸な出来事を想像した。

舞衣の憎悪は、学生時代から徐々に膨れあがっていたのだろう。

今にも爆発しそうな感情は、友情という名の自制心によって、どうにか抑えられていた。その爆発寸前の憎悪が蝕んでいく結花の魂を見て、泣き女はその危険を予知したのかもしれない。

泣き女——。

そこで、ふと頭を過った想像に、香月は怖気立つものを感じ取った。

本当に、香月たちの解釈は、正しかったのだろうか？

翡翠は、霊魂の悪意や害意を感じ取ることができるという。

だが、なんの悪意も害意も抱かずに人を殺せる者も、この世に確かに存在する。

香月は、その恐ろしさをよく知っていた。

古き時代から、なんの感情も抱かず、ただ人を呪い殺す悪霊が存在するとしたら。

結花は、ただ、その恐ろしい存在に殺されたにすぎないのではないか。

例えば、そいつは、ただ舞衣の背中を後押しするように、耳元で囁いて——。

そんな存在が、次の犠牲者を探して、今もこの世を闊歩《かっぽ》しているとしたら……。

「それより、先生はよくお気づきになりましたね。眼鏡のことに」

「え……、ああ、たまたまですよ」

香月は浮かんだ考えを振り払う。

馬鹿馬鹿《ばかばか》しい考えだ。

真偽は、確かめることなどできないのだから。

香月は、翡翠に論理の過程を説明した。

結花の霊は、『あの子がなにか探してる』と告げた。犯人が男だったら、「あの子」という言葉は出てこないだろう。翡翠が共鳴で視た通り、犯人は女性に違いない。なにを探しているのか、と翡翠の口を借りた結花は、そのときには既に倒れていた。結花の遺体の見開かれた目。その視線の先にあるものは落ちたグラスだった。だとしたら、犯人が探していたものはそこにあったのだ。女性が屈んでいたという共鳴の霊視とも一致している。割れたグラスは犯人にとって探さなくてはならないものには思えない。けれど、グラスに紛れていた、なにかなのだとしたら――。

もちろん、眼鏡を掛けた女友達は舞衣の他にも大勢いただろう。だが、犯人はハンドバッグから顔を覗かせていたスケジュール帳を持ち去らなかった。事前に友人と遊ぶ予定が入っていたのなら、結花はスケジュール帳に予定を書き込んでいたはずだ。スケジュール帳に予定が書き込まれていれば、警察はその人物を参考人として挙げただろうが、そんな話は出ていない。予定が細工されて消されていた痕跡があっても警察は気づいただろう。つまり、犯人は直前に電話をするなりして、急遽彼女の家を訪れることが決まった友人の可能性が高い。来客があったのだ。アイスコーヒーは殺害の直前に出されたもので、胃の内容物から検出されなかったのは、それを飲む前か、あるいは飲んだとしても検出できないほど微量なものだったためだろう。

舞衣は眼鏡を掛けた女友達で、なおかつ直前に結花に電話をしていた唯一の人物だ。

翡翠の霊視に、証拠能力はない。

だが、そこを足がかりに、物的証拠を探し出すことはできるのかもしれない。

「先生、ありがとうございました」

不意に、翡翠が言う。

礼を言うのは自分の方だろう。そう思いながら、傍らの翡翠を見遣る。

「わたし……、どうして自分にこんな力があるのか、ずっと考えていました」

彼女は身を小さくするようにして、俯いていた。

「これまで、助けたいと思っても、助けられない人が大勢いました。自分に力があっても、それを活《い》かす方法がわからなかったんです。ただ、悩んで、苦しんで、後悔をするだけで……。けれど、今日、先生のおかげで、少しだけ救われた気がするのです」

香月は黙っていた。

翡翠の抱えているものを、想像する。

そして、結花の死を想《おも》った。翡翠の言葉の通り、死者の意識が停滞するというのなら、結花の魂はずっと死の瞬間のまま、その先に進むことがない。犯人を捕まえたところで、結花の魂が浄化され、安らぐといったことはないのかもしれなかった。それは翡翠も同じだろう。彼女はずっと、死者が抱えたものと共に生きてきた。結花が感じた恐怖と絶望は、翡翠に焼き付いて、永遠に彼女を苛むのだろう。それが死者を呼び戻してまで、真実を追究したものへの報いなのだ。

死者が安らぐことはない。

けれど、生者に寄り添うことは、できる。

今は、死よりも、生を考えよう。

「翡翠さんは、霊媒です」

不思議そうにこちらを見ている翠の瞳を見返して、香月は続けた。

「霊媒というのは、生者と死者を媒介する存在です。だとしたら、僕はあなたの力を、論理を用いて現実へと媒介する、お手伝いをしましょう」

「先生……」

大きな翠の眼が、微かに見開かれ、光を反射するように揺らめいた。

そうして、はにかんだ笑顔を浮かべて、翡翠が頷く。

ふと、からりと澄んだ音が鳴った。

翡翠も、香月も、その音に導かれるようにして顔を向ける。

舞衣が注文したアイスコーヒーのグラス、その中にある氷が溶けて、音を立てたのだとわかった。香月は呟く。

「そろそろ、アイスコーヒーが美味しくなる季節ですね」

「はい」

頷く翡翠の言葉を耳にしながら、香月は瞼を閉ざした。

"Iced coffee" ends.

インタールードⅠ

薄闇の中、女の艶《なま》めかしい裸体が浮かび上がっている。

鶴丘文樹《つるおかふみき》は、傍らに立って、その女を見下ろしていた。

営業マンらしい地味な短髪と眼鏡、雑踏に紛れるようなスーツ。それら印象の薄い風貌には不釣り合いな、愉悦を堪えるような軽薄な微笑が、彼の口元を歪《ゆが》ませていた。

鶴丘は、横たわる女に嚙ませた猿轡《さるぐつわ》を外してやる。

「お願いします。助けてください……」

懇願する声は、ひどく震えていた。女を華やかに彩っていたはずの化粧は崩れて、目元のメイクが涙で滲んでいる。後ろ手に拘束されているせいで、身じろぎをすることしかできないのだろう。激しく抵抗する気力は失いながらも、彼女は芋虫のように床を這おうとする。スレンダーな体軀に映える女の乳房が揺れ動いて、鶴丘の目を愉《たの》しませた。

リビングの椅子に腰掛けて、鶴丘はしばらくその様子を堪能《たんのう》していた。

しかし、もう堪えきれそうにない。

我慢ができない。

自分の憤りも、それを急《せ》かしていた。

鶴丘はナイフを抜いて、キャンドルの炎を浴びて煌めく刃を、女に見せつける。

女の双眸が驚愕に見開かれた。

「助けて……。助けて、ください……。誰かっ……！　誰か助けてっ……！」

掠れていた声が徐々に大きくなり、女は床をのたうち回った。

「残念だが、それは無理だ。お前の声は、誰にも聞こえないよ」

こんな山奥の山荘で騒ぎ立てたところで、異変に気づく人間は誰一人いない。

「これから、大切な実験をしなくてはならないんだ」

女の元に、静かに近づいていく。女はかぶりを振りながら声を上げた。

「な、なんでもします！　なんでも、するから！　助けてください！　誰にも言いませんん。本当ですっ、誰にも言いませんからっ……！」

「なら、俺のお願いを聞いてくれるか？」

鶴丘の問いかけに、女は必死になって頷いた。

「二つ、教えてほしいことがある」

「なに、を、ですか」

「痛いか、痛くないかだ」

鶴丘は、女の傍らに跪く。

女が身体を捻って叫んだ。

ナイフを振りかぶる。

「教えてくれ……」

鶴丘は、ナイフを振り下ろした。

声にならない女の悲鳴。

刃先が、柔らかな肌を捉えて、一瞬で深く沈んでいく。

ようやく、慣れてきた。

綺麗に、あっさりと。

深いところまで、貫《つらぬ》く。

最初は、大変だった。

浅かったり、骨に引っかかったりして、再現ができなかった。

けれど、もう失敗しない。極めて理想に近いかたちだった。

なにせこの実験は、もう十回以上、繰り返しているのだから。

女の身体が、大人しくなる。微かに痙攣《けいれん》を繰り返し、力を失った後頭部が、ことりと床に落ちる。鶴丘はふわりと床に広がった女の髪を手で掬《すく》い上げながら訊いた。

「教えてくれ、痛いか？」

女は目を見開いている。

まだ、息があった。

ここで死なれるわけにはいかない。

女の唇が、喘《あえ》ぐように何度も動く。

「教えてくれ……。痛くないだろう？」

ナイフを、ずるりと引き抜く。

弱々しい噴水のように、赤い血が溢れて、鶴丘の頬に噴《ふ》き掛かった。

「あっ、あっ、あっ……！」

女が激しく顔を歪めて、呻いている。

「なぁ、痛くないだろう？」

女は答えない。

虚ろな目が、鶴丘を見た。

「痛くないはずだ。そうだろう？」

瞳の焦点が、定まらない。

だめだ……。

このままでは、実験が失敗してしまう。

「おい、痛くないはずなのに、死ぬのか？　やめてくれ……」

腹部から血を溢れさせて、血の気を失っていく女に、鶴丘は何度も問いかけた。

彼女の命が尽きるまで、何度も何度も、問いかけた。

「二つ目の質問がまだだ……。まだだぞ……。なぁ、そっちには、なにがあるんだ？　なにが見える？　なにかあるなら、俺に教えるんだ……」

だが、女はいつの間にか事切れていた。

実験は失敗だった。

あまりの衝撃と失望に、動揺が駆け巡る。

また、失敗してしまうだなんて……。

いけない。慎重にやらなければ……。

女の身体を引き摺《ひず》って、風呂場《ふろば》へと運んでいく。

シャワーを流し、血に汚れた女の身体を、洗い流していく。

自分の証拠を残さないよう、慎重に処理をした。

彼女と鶴丘を結びつける証拠は、どこにもない。

警察が、彼の選別方法に気づいた様子も未だなかった。

これまでと同様に、彼らは自分の存在には辿り着けないだろう。

一つ、新たに懸念するべき点があるが、それはおそらく杞憂に終わる。だが、念のためだ。もっと慎重に証拠を洗い流しておいた方がいい。死体を遺棄するときにさえ注意すれば、まだまだ実験は続けられるだろう。

鶴丘は自分の頬に手をやり、風呂場の鏡に目を向ける。地味な眼鏡、地味な頭髪、誰の印象にも残らないような、影の薄そうな顔付き。着ているスーツとあいまって、ごく普通の営業マンに見える。防犯カメラに写ることは極力避けているが、万が一写ったとしても、誰も記憶に留《とど》めないだろう。

彼は亡霊だ。

死神と称する者もいる。

こんな犯行を行える人間など存在するはずがないと、捜査関係者たちは声を上げているらしい。その通りだろう。自分を捕まえられる人間など、いるはずがない。鶴丘の計画は精緻《せいち》に練られたものだったし、彼はなによりも予感や直感というものを信じていた。それに従えば、失敗することはない。運は彼に味方をしていた。

だが、それでももし、自分の存在に行き着く人間がいるとしたら。

それは警察組織ではなく、それこそ超常の力を持った人間に、違いないだろう。

鶴丘は女の身体を洗い流しながら、一人鼻歌を口ずさみ続けていた。

第二話

水《み》鏡《かがみ》荘《そう》の殺人

香月史郎《こうげつしろう》は、目の前に倒れ伏している死体を観察していた。

頭から血を流して死んでいるのは、作家の黒越篤《くろごしあつし》だった。半日前まで、香月たちとバーベキューパーティーを楽しんでいたその人間が、死体となって倒れている。

水鏡荘《みかがみそう》の一室、黒越が仕事部屋として使っている部屋だ。小さな書棚と、大きなL字形のデスク、そしてくずかごがあるくらいで、他に家具はない。L字形のデスクには、ノートパソコンが載っている他は、ボックスティッシュが隅《すみ》に置かれているだけだった。パソコンからは電源ケーブルがコンセントへと伸びている。デスクには、引き出しすらないシンプルさ。そのデスクに飾られていたトロフィーが凶器で、それは今は血に塗れて床に落ちていた。ノートパソコンはディスプレイが開いているが、画面は暗い。デスクの片隅に、放射状に飛び散った血痕が複数あり、その只中に、血を使って描いたらしい奇妙な印が残っていた。犯人のものか、ダイイングメッセージか。おそらく、前者だろう。ダイイングメッセージだとしたら、床に描くはずだ。

　他に変わった点はないか視線を巡らせてみたが、死体と転がった凶器、散った血痕の他は、夕刻にこの部屋を覗いたときと、なに一つ様子は変わっていない。強《し》いていえば、くずかごの中が空になっている程度だ。デスクは血で彩られているが、真逆に位置する書棚の方には血が飛ばなかったのか、なんの変化もない。なにか変化が生まれるほどには、この部屋に物がないのだろう。執筆に集中したいからだ、とバーベキューのときに黒越が言っていたのを思い出す。資料の他には、自著はおろか余分な本も書棚に入れないし、ネットにも繋いでいないらしい。すべては執筆のため。しかし、新しい作品を生み出すことは、もう叶わない……。

　香月は考えていた。死亡推定時刻は香月でも割り出せそうだ。そうなると、容疑者になりえる人間は誰だろう。そのうちアリバイがあるのは？　そして、この血液で印《しる》された奇妙なマークが意味するものはなんだろう。犯人の目的は……。

　なにから推理すればいいのか。

　廊下の騒がしさが落ち着いたようだ。香月も、必要以上に現場に足を踏み入れないようにしていた。警察が来るまで、こうして現場を保存しておいた方がいいだろう。都内なので、鐘場《かねば》が事件を担当する可能性もなくはない。翡翠《ひすい》が戻ってきて、香月の傍らに立った。

「先生」翡翠が囁く。「あの、わたし、犯人を知っています」

「えっ」

香月は驚いて彼女を見る。

翡翠は真剣な眼差しで頷いた。

「犯人は、別所《べっしょ》さんです」

「それは……。知っているというのは、もしかして、霊視で、わかったということ?」

「はい」

城塚《じょうづか》翡翠は毅然《きぜん》とした表情で頷いた。

それから、香月は死体に視線を落とす。

参ったな……。

小さく、吐息を漏らす。

本物の霊能力で犯人を突き止めてしまう探偵だなんて、犯罪者にとってはたまったものじゃないだろう。犯人が弄《ろう》したどんなトリックや小細工も、まったくの無駄になるではないか。

香月は、犯人が細工のために残したらしい血のマークを見つめながら、半日前のことを思い返していた――。

*

山間から射《さ》し込《こ》んでくる西日の光に、香月史郎は目を細めた。

車内のサンバイザーを下ろして、助手席にいる彼女の様子を一瞥する。

城塚翡翠は、それこそ西洋人形のように姿勢正しく、そこに腰掛けていた。

白雪を思わせるきめ細やかな肌と、異彩を放つ碧玉色の双眸。耳のあたりから毛先に向かうにつれて緩いウェーブを見せる黒髪は、前髪も内側へと柔らかいカールを描いていた。こうして言葉を発しないでいると、ショーケースの中に収められた精緻な自動人形のように見える。だが、今日の翡翠は霊視に臨むようなときとは違って、超然としている様子は微塵もない。むしろ緊張に身を強《こわ》ばらせているようにも見えた。

「ひやっ」

ハンドルを切って、曲がりくねったカーブを抜けていく。遠心力に身体が傾いていくと、翡翠が小さく息を呑む気配を感じた。見ると、彼女は細い腕を伸ばして、アシストグリップを摑んでいる。透き通るような肌の白い脇が、微かに覗きそうだった。今日は肩周りが開いた白いワンピース姿で、ケーキの表面のようになめらかな肌に浮き出た鎖骨が、大きく露出していた。

「すみません」香月は言った。「ちょっと怖い道ですよね。安全運転を心がけていますから」

「ええと……、す、すみません。こういう道、初めてなもので……」

翡翠はグリップにしがみつくようにしながら、小さくそう零す。

舗装はされているものの、狭くうねるような山道だ。ガードレールの類はなく、ハンドル操作を間違えれば、樹木を突き抜けて崖下《がけした》へと転落してしまいそうだ。

「すみません……、わたしのせいで、スピードを抑えてもらってますよね」

「まだ時間に余裕があるので」香月は笑う。「ジェットコースターとか、苦手ですか？」

「ええと、乗ったことがありません」

「怖くて？」

「いえ、その……。遊園地に、行ったことがないんです。機会が、なくて」

しゅんとした覇気のない声音だったのは、この道のせいだけではなさそうだ。

「それなら、よかったら千和崎《ちわさき》さんを誘って、今度一緒に行きませんか」

「よろしいんですか」

花が咲くような、明るい声音が隣から響く。翡翠の表情を確認したかったが、彼女に見とれて事故を起こすわけにもいかない。

「ええ、翡翠さんの反応を見るのが、なかなか楽しそうですから」

「い、いじわるを言わないでください……」

見ると、彼女はやはりアシストグリップにしがみついていた。

「ここって、東京……、なんです？」

「ええ、いちおう」

「本当に？　先生、わたしのこと、騙してません？　さっきのバスくらいしか、車とすれ違いませんでした。建物も見えませんし、その、群馬……、とかではなく？」

「東京です。群馬はもっと恐ろしいところですよ。魔物が出るらしいですから」

隣を見ると、翡翠は大きな双眸を見開いて、香月を見つめていた。

「ほ、本当なんですか？　真《まこと》ちゃんも、あそこは日本でいちばん恐ろしい場所だっていうんですよ。魑魅魍魎《ちみもうりよう》が跋扈《ばつこ》していて、わたしみたいな体質の人間が迷い込んだら、一瞬で気を失ってしまうから注意しなさいって……」

本気にとられたらしい。

「翡翠さんは、確か帰国子女なんですよね」

「あ、はい。物心ついてすぐニューヨークに……。一時はロンドンにもいましたが、日本に戻ってきたのは、十五歳のときです」

彼女と知り合って二ヵ月ほどになる。そうして知ったのは、翡翠がお嬢様な上に帰国子女ということもあって、妙な情報を吹き込むと簡単に信じてしまうらしいということだ。一緒に住んでいる千和崎真という女性は、翡翠にとってはただの家事手伝いというだけではなく、気心の知れた友人でもあるようだが、ときどきこんなふうに妙な嘘を信じ込ませて楽しんでいるふしがある。

事の起こりは、一週間前に遡る。

香月の元に、作家の黒越篤から連絡があった。

黒越は怪奇推理作家で、オカルトやホラーの要素と本格ミステリを組み合わせた作風で人気を博している。香月が少年のころから活躍している大ベテランで、その作風に違《たが》わず怪異や怪談話の収集に目がない。香月とも親しくしてくれているのだが、少し前に霊媒に会いに行ったという香月の話を憶えていたようで、翡翠を紹介してくれないかという。なんでも、去年に曰くつきの別荘を購入したのだが、実際に霊障らしきものが起こって家族が怯えているという話だった。

黒越自身は、霊障を怖がっているふうではない。むしろ楽しんでいるふしがある。家族は別荘に寄り付かないのだが、黒越自身は執筆に集中する際はそこに何週間も籠《こ》もるという。それればかりか、ときおり友人や作家仲間を招いてバーベキューパーティーをしているらしい。

「来週もやるんでね、その霊媒先生を連れて遊びに来ないか。無駄に広いし、空気は綺麗だし、なんなら一泊していってもいいよ」

香月は少しばかり悩んで、翡翠に連絡をとった。断ってもかまわないが、こういう話がある、と伝えた。千和崎と一緒に遊びに行くつもりでどうだろう、と誘ったのだ。場所や集合時間を考慮すると日帰りは難しいだろう。おいそれと若い女性を誘うのに適切な関係が築けているわけでもない。断られると思っていたのだが、電話での返答は香月の予想を超えるものだった。

「あの、すみません……、千和崎さんの都合がつかなくって」

「ああ、いえ、気になさらないでください。それなら仕方ない」

「それで、そのう……、わたし一人で、先生についていってもかまいませんでしょうか？」

「え、ああ、いや」流石《さすが》にそのシナリオは想定しておらず、香月は言葉を選ぶのに時間を掛けてしまう。「その、大丈夫ですか、泊まりがけになりますよ」

「したいんです……」電話越しの翡翠の声は、気恥ずかしげな抑揚だった。なにを言われるのか、と僅かに緊張すると、続く言葉はこうだった。「バーベキューを……、なさるんですよね？　わたし、やったことがなくて、せっかく先生にお誘いいただいたんですから、挑戦を、してみたくて」

「挑戦、ですか」

バーベキューとは、あえて挑戦と意気込むようなものなのだろうか。

霊媒と知られたら奇異の目で見られるのでは、というので、黒越以外の人間には、少し霊感の強い友人を連れていくという話にしてもらうことにした。

そうして、香月たちは目的の別荘へ向かっているわけなのだが――。

「その別荘……、水鏡荘、というのでしたっけ」助手席の翡翠が訊ねる。「どんな場所なんでしょう。なにか、曰く付きという話でしたけれど……」

「ああ、聞いた話なんですが、なんとも胡散臭い話なんですよ」香月は慎重にカーブを曲がりながら答える。「元々は、明治の文明開化のころ、日本にやってきた英国人が建てさせた異人館だったらしいんです。それで、その人物が、ちょっとオカルティックな表現になりますけれど、まぁ、魔術師だったらしいんですね」

「魔法使い、ということですか？」

「さぁ、どうでしょう。当時は、まだそういったものを信じる人たちが多かったんです。英国じゃ心霊主義が流行していて、それこそ翡翠さんみたいな霊媒たちが表立って活躍していたんですよ。ほとんどはトリックを使った偽者でしたが、調べてみると、中には本当にそういう力があったとしか思えない人々もいた」

「はい。そのあたりの話は、わたしも調べたことがあります。自分のルーツですから」

「それで水鏡荘というのは、当初は黒書館《こくしょかん》と呼ばれていたそうなんです」

「コクショ？」

「黒い書物と書いて黒書館です。なんでもその魔術師が、魔術やら降霊やら、その手の秘儀を書き記すために建てたというんですよ。いわゆるグリモア……、魔術書ですね。ところが、その魔術師は、それを完成させたと同時に黒書館から行方を眩《くら》ませてしまった。唯

一、その場に夥《おびただ》しい量の血溜《ちだ》まりを残して……」

隣の翡翠が、息を呑んで押し黙るのがわかった。

「そのあと、黒書館は改築されて水鏡荘となり、多くの人の手に渡ったらしいんですが、その家主たちを次々と不幸が襲ったといわれています。それで長らく買い手がつかなかったところを、黒越さんが面白がって買ったというわけです。日本の怪異譚とは違った趣があるって。あの人、怪奇小説を恐ろしく書けるくせに、そういうのをまったく怖がらないんですよ」

「本当の話なのでしょうか……」

「さぁ、どうでしょう。僕は、いささか作り話めいていると思いますけれど――」

そこで、ようやく道が開けた。

夕陽《ゆうひ》を浴びて煌めく湖畔に、古めかしい洋館が建っている。

「見えました。あれが水鏡荘です――」

＊

出迎えてくれた黒越に、香月たちは水鏡荘を案内してもらった。

庭では既に五、六人の人間が集まって、バーベキューの準備をしている。香月の見知った顔の作家や編集者が交じっていて、目が合った人間と簡単な挨拶《あいさつ》だけを交わした。もっとも、香月が連れている女性はどうしても人目を惹いてしまうらしく、あれは何者だと大勢が一様に首を傾げているのが、少し愉快な光景だったかもしれない。

「始めてしまうと、ゆっくり見て回る暇がないかもしれないからね」

黒越篤は、白いのが交じった無精髭《ぶしょうひげ》を片手で摩《さす》りながら、リビングの内装を示した。

六十近い年齢で、近年までは作家業の傍ら、某大学で民俗学を教えていたらしい。執筆に集中したいということで定年退職を待たずに辞めたというが、朗《ほが》らかな表情の裏には元大学教授らしい厳格な顔付きが滲んで見える。

「三十年近く前に、ほとんど建て直しに等しい改築がされたみたいでね、黒書館だったころの名残《なごり》はほとんどないんだが、いくつかの家具は奇跡的に残っていて、そのままになってる」

確かに、リビングを飾る家具には古めかしいものが混ざっている。振り子時計やマントルピースに、大鏡、シャンデリア——。翡翠の家の内装に近い。翡翠さんもこういうのが好きでしょう、と声を掛けようと彼女に目を向けると、霊媒の娘は険《けわ》しい表情で天井の隅を睨み付けていた。

先ほどと、雰囲気が違う。

水鏡荘に入るときは、出迎えてくれた黒越を見て、「オヒゲが痛そうですね」といたずらっぽく香月の耳元で囁いていたくらいだ。それがいっさいの笑顔を失って、虚空の一点を見ている。

「翡翠さん？」

翡翠は香月を見た。

青ざめた表情をしている。

「どうしました」

「いえ……。なんでもありません」

彼女は俯いた。

その翡翠の様子に気づかなかったのか、黒越は言葉を続けた。

「家内や娘夫婦が言うには、夜中に物音が聞こえるだの、鏡に見知らぬ女が映っていただの、怪異というに相応《ふさわ》しい現象が起こっているらしいんだが、どうにも俺は見ることができなくてね。担がれてるのかもしれないと思ったが、今じゃこの別荘に寄り付きもしないんだから、見たのは本当なのかもしれない」

黒越は順に水鏡荘の各部屋を案内してくれた。どの部屋にも、アンティークの鏡が掛かっているのが特徴的だった。湖と合わせて、水鏡荘の名の由来なのかもしれない。香月たちが泊まる部屋にも、それぞれ案内してもらい荷物を置かせてもらった。客室にも、古びた鏡と簡易な洗面台が置かれている。翡翠はずっと黙ったまま、鋭い眼差しで周囲に注意を向けているようだった。

彼女には、なにかが視えているのだろうか。

最後に案内されたのは、黒越の仕事部屋だった。几帳面《きちょうめん》な性格なのだろう。ほとんど余分なものがない殺風景な部屋だった。ここにだけは鏡がない。小さな書棚には、怪奇推理作家の蔵書らしい資料がぎっしりと詰まっていて、いっさいの隙間《すきま》がなかった。買い足そうとするときりがないので、もう置けないくらいがちょうどよいのだと黒越は笑った。

一通り部屋を見たあとで、バーベキューに合流しようということになった。

「それで、城塚さん、どうですか、なにか感じ取れるものがありますか」

玄関を出るとき、黒越は翡翠にそう訊ねた。

「いやな感じは、確かにします。ただ……、これまで、あまり感じたことのない匂いなんです」

「匂い？」

翡翠の霊視を知らない人間にとって、その表現は奇妙なものに聞こえるのかもしれない。

「深夜になれば、なにかわかることがあるかもしれません」

＊

バーベキューは、思いのほか盛り上がった。

「うわぁ、お肉ですね。これ、ぜんぶいただいてしまってよろしいんですか？」

目を輝かせるようにそんな台詞《せりふ》を口にしたのが、精緻な西洋人形のように美しい娘だったせいだろう。ある者は呆気《あっけ》にとられて、ある者はお腹《なか》を抱えて笑いだした。

「翡翠さん、全部は流石に食べられないと思いますよ」

香月が言うと、翡翠は翠の双眸を大きくして瞬《まばた》いた。それから炎の照り返しでも受けたように頬を赤く染めると、慌てたように言った。

「そ、そういう意味じゃありません。香月先生は、わたしをなんだと思っているんですか」

「いや、すみません。でも、健啖家《けんたんか》なのは悪いことでは」

焼かれる肉を見つめる翡翠は、ずいぶんと物ほしそうな表情だったので、ほとんどの人間がそう誤解したことだろう。両手にフォークとナイフでも携えていそうな雰囲気だったのだ。

それが功を奏したのか、翡翠はすぐに参加者たちと打ち解けることができたらしい。参加者の中ではもっとも若く、しかも美人ということもあって、話し掛けようとする者はあとを絶たない。年齢の近い新谷由紀乃《しんたにゆきの》ともすぐに親しくなったようだ。由紀乃は面白がって、次々と焼き上がる肉をよそっては翡翠に渡す。細身の身体に似合わず、翡翠がすぐに肉を平らげてしまうからだ。参加者たちのほとんどは出版業界の人間だったが、新谷由紀乃は黒越の元教え子だという。ずいぶんと可愛がられているようで、こうしたパーティーによく招かれているらしい。

香月が飲み物を取って戻ってくると、二人は化粧品に関する会話に花を咲かせていた。飲み物を二人に渡すと、笑顔を浮かべて礼を言った翡翠が説明をしてくれた。

「わたしたち、同じブランドの化粧品を使ってるんです。新谷さん、見ただけで当てちゃったんですよ」

「たまたまです。仕事柄、詳しいんですよ」

新谷は、化粧品コミュニティサイトを運営する会社に勤めているという。

「あ、そこなら、僕も知っていますよ」

側にいた別所幸介《こうすけ》が口を挟んだ。彼も黒越の元教え子のようだ。作家志望らしく、今は黒越の弟子のような立場なのだという。

「なんだ、新谷さん、そこに勤めてたんですね。今は少し大変なんじゃないですか」

「あ、うん」新谷が表情を曇らせる。「個人情報漏洩《ろうえい》の件だよね。今のところ大きな被害は出てないみたいだけど、最近はうちの会社に限らず、そういうニュースが多い気がする」

少し前に、個人情報の漏洩が発覚し、話題となっていた。最近は、大手ネットサービスが個人情報を漏洩させたというニュースがあとを絶たない。

「作家先生のお弟子さんって、どんなことをされるんですか？」

新谷が席を外した際に翡翠が訊ねると、別所は嬉しそうに饒舌《じようぜつ》に答えた。明らかに彼女に気があるのだろう。先ほどからずっと、翡翠の側について離れないくらいだった。

「週に何度か来て、先生の身の回りのお手伝いをするんですよ。まぁ、主に書類関係の仕事を手伝います。この水鏡荘じゃ、先生は書類を持ち込まないようにしてるんで、仕事はないんですけれど。本邸の方じゃ、契約書を整理したり、返送する必要のあるものを纏めたり、雑務ですね。その代わり、小説の相談に乗ってもらいますし、原稿を読んでアドバイスをいただいたり……。この前は、いよいよこの出来なら、新人賞受賞も間違いなしってお墨付きをもらいましたよ。城塚さんは、ミステリは読まれるんですか？」

「すみません、わたし、推理小説は苦手なんです」

「そうですか」別所は残念そうな表情を浮かべた。「あれ、でも、それじゃ、香月先生とはどこで知り合ったんです？」

「え？　ええと……、そのう、あ、そうそう、香月先生は、大学のサークルのOBなんです。わたし、写真サークルで。そうですよね？　香月先生」

「あ、ええ……」

翡翠は、どうにも嘘をつくのが下手らしい。明らかに挙動不審になりながら、香月にそう同意を求めてくる。別所も不審に思ったようだが、追及はなかった。

か？」

「城塚さんって、霊感が強いんですよね？　どうです、この水鏡荘は？　怖くないですか？」

「子どものころから、そういうのが視えるので、慣れてます。別所さんも、あまり怖がっていないですね」

「ミステリ作家志望としては、そうした不条理は信じるわけにはいきませんよ。ただ、有《あり》本《もと》さんや新谷さんは、本当に見たって言って、怖がっちゃってて」

有本というのは、香月もお世話になっているK社の有本道之《みちゆき》のことだろう。有能な編集者なのだが、少しばかり他人に無神経なところがあって、付き合いづらい相手だというのが香月の評価だった。今は彼が担当する作家と隅で肉をつついていたが、どこかしら居心地悪そうに水鏡荘をちらちらと振り返っていた。本当に、霊を見たのかもしれない。

「そういえば、例の連続死体遺棄事件、また被害者が出たらしいですね」

そう言ったのは、若手推理作家の一人だった。

それはここ数年、関東地方を騒がせている事件で、若い女性の刺殺体が山奥などで発見されるというものだ。先日見つかった遺体は、判明しているだけで六人目で、日本では珍しいシリアルキラーによる殺人事件として世間を震撼《しんかん》させている。まるで亡霊や死神のようにいっさいの証拠を残さないことから、結果的に、人々の不安を煽る報道をするマスコミも少なくない。いったいどんな人間が、なんの目的で殺人を犯しているのか、推理作家が集まっているせいか、この場はその話題へと流れていった。

「香月先生は、警察に協力していくつかの事件を解決してるんですよね」別所が肉をつつきながら言う。「この事件のことで、なにか情報を聞いたりとかしてないんですか」

「いや、僕はなにも聞いていません。情報を漏らさないよう、慎重に捜査をしているんでしょう。まぁ、捜査が長引きすぎて、マスコミに流れている部分も多いようですが」

警察の捜査情報に関しては香月も興味があるものの、なにも摑めてはいない状態だった。鐘場はこの事件の特別捜査本部には参加しておらず、香月には協力を求められていないからだ。

「いったい、どんな奴が犯人なんだろうかね」黒越が言う。「一般に判明している情報から、なにか推理することはできないか？　香月君は、プロファイリングみたいな手法で、警察に協力しているんだろう？」

「そうするときも、まぁ、なくはないですね」

「香月さんは、殺人鬼の描写、凄《すご》くうまいから」有本が言う。「人間が書けてるっていうか……。犯人像、聞かせてくださいよ」

香月は顎先に手を添えて、しばらく考えた。

判明している情報から、どんな犯人像を組み立てることができるだろう。

香月は慎重に情報を分析しながら、思い浮かべられる犯人像について語った。

「報道では、犯人の証拠を示す指紋やDNA材料はいっさい見つかっていないそうです。このことから、犯人はかなり慎重な性格の知能犯であることがわかります。体液も検出されていないのだとしたら、性的倒錯者の犯行ではなく、別の動機があるのでしょう。被害者たちの年齢や容姿が似通っていることから、過去のトラウマに根ざすものかもしれません。被害者たちが失踪《しっそう》するのは土日や休日らしいことから、犯人は会社員で、その知能の高さから、ある程度の役職に就いた、社会的地位のある人間とも想像できます」

「考えなしに誘拐して殺し回ってる感じではなさそうですよね」

別所の言葉に、香月は頷く。

「そうだとしたら、とっくにDNAが検出されている。前科がないなら、それは特定材料にならないかもしれないけれど、防犯カメラの類も避けて犯行を行っているとしたら、かなり注意深く、凄まじい自制心の持ち主だ。用意周到に被害者のことを調べて、事前に計画を立てているはず。誘拐してどこかに監禁し、いったん時間をおいてから殺害、遺棄しているらしいことから、自宅には家族がいて、自由に使える時間が限られている可能性もある。被害者が失踪してから遺体発見まで、最速で十二時間のケースがあったことから、監禁よりも殺害が主目的なのでしょう」

「さっさと解決してくれんと、女性はおちおち夜道も歩けないだろうよ」

だが、警察は未だになんの手がかりも摑めていないらしい。それほどに、犯人は慎重なのだ。被害者に共通するのが容姿だけなら、動機から洗うのは極めて難しい。防犯カメラに写ることなく、ＤＮＡの検出も困難だとしたら、科学捜査にも限界がある。

「ここまで犯行を繰り返しても、なんの証拠も出てこないのだとすると、亡霊のようだという評は正しいものだと認めざるを得ません。こんなことは普通はありえない。考えられないことです。どうやって捜査の目を潜り抜けているのかは知りませんが、天才的な犯行と評する他にはないでしょう」

だが、もし、この犯行を阻止できる人間がいるとしたら、それは——。

「確か、犯人が狙うのって、二十代前半の、色白で小柄《こがら》、髪の長くて綺麗な女性……、ですよね」

被害者の共通項に関しては、注意を促すためか、早い段階で情報が出回っていた。

別所の漏らしたその言葉に、皆の視線が自然と翡翠や由紀乃へと集まる。

翡翠の方はきょとんとした眼差しを浮かべるだけだが、由紀乃は気味悪そうな表情をした。

「嫌だなぁ。怖がらせないでよ」

由紀乃に睨まれて、別所は頭を掻いた。

「いや、すいません。でも、新谷さんも、城塚さんも、夜道は気をつけてくださいよ。特に城塚さん、めちゃくちゃ狙われそうなタイプに見えますから」

「そ、そうでしょうか……」

言われて、翡翠は不安そうな表情を見せた。

香月が彼女の隣に立って言う。

「僕がいますから、大丈夫ですよ」

「先生……」

気恥ずかしげな表情を浮かべ、翡翠が伏し目がちな目で香月を見た。

「なんだ、君たちはもう、そういう関係なのか」

からかうように、黒越が笑って言う。

「ち、違います」翡翠が声を上げる。「そういうわけでは！」

「あらら、香月先生、振られちゃいましたね」

由紀乃が愉快そうに笑った。

香月はおどけたように肩を竦めて受け流す。

バーベキューを終えたあとは片付けを手伝い、水鏡荘のリビングへと戻った。全員がリビングで過ごすには椅子が足りず、何人かは奥の撞球室《どうきゅうしつ》でビリヤードに興じることにしたらしい。香月はといえば、リビングで黒越秘蔵のワインと共に歓談を楽しんだ。相変わらず、別所は翡翠から離れるつもりがないらしく、リビングでも彼女の近くのソファに腰掛けて、熱心にアピールをしているようだった。翡翠の方はころころと笑いながら、別所の話を聞いているように見える。ほんのりと、頬が赤い。酔っているのかもしれなかった。

少しすると、黒越は有本と共に仕事の打ち合わせをするといって、仕事部屋へ引っ込んでいたのだが、十分もしないうちに二人は戻ってきた。メディア化に関する極秘話だと、黒越は機嫌よさそうに香月に教えてくれた。

それから三十分は経っただろうか、香月が黒越から最近収集したという怪異譚を聞いているとき、廊下から森畑貴美子《もりはたきみこ》が顔を覗かせた。彼女は近所に住んでいる通いの家政婦で、黒越が水鏡荘に滞在する間、彼の身の回りの世話をしているらしい。

「先生、他にゴミはありませんか」

「ああ」黒越が顔を上げて言う。「俺の部屋のも捨ててくれたかい」

「はい、ついさっき。あ、ついでに」森畑が目尻《めじり》の皺《しわ》をいっそう深くして穏やかに笑う。「ふふふ、先生の新刊、ちょっと読んじゃいましたよ」

「お、そうかそうか、そうだった。忘れていた」

黒越がなにかを思い出したのか、腰を上げた。彼はリビングを出ていき、一分もせずに戻ってきた。片手に宅配便の包みを持っている。

「さっき新刊の見本が届いたんだ。よかったらみんな、持っていってくれ。森畑さんも」

そういえば、バーベキューの最中に宅配便が来ていたようだった。こんなところにも黒猫さんが来るんですね、と翡翠が可愛らしい表現で驚いていたのを思い出す。黒越は新刊を取り出して、みんなに配りだした。禍々《まがまが》しい雰囲気のカバーが目立つそれは文庫本で、タイトルは『黒書館殺人事件』と書かれていた。

「もしかして、ここが舞台ですか？」

香月が訊ねると、黒越はにやりと唇の端を吊《つ》り上げた。

ビリヤードに興じていたグループも戻ってきて、黒越は彼らにも文庫を手渡した。ちょうど全員分配ることができたようだ。皆、タイトルを見て驚いていた。自分たちが今いる場所を舞台に殺人事件が起こるミステリが書かれるなど、なかなか経験できることではない。

作家たちが口々に質問をした。

「うお、見取り図がついてますね。こりゃ本格だ。ここと同じ間取りなんですか？」

「もちろん」

「珍しい。文庫書き下ろしですか」

「ああ、最近の四六判はだめだ。さっぱり売れんよ」

しばらく『黒書館殺人事件』について盛り上がったが、一息ついたところで、赤崎《あかざき》、新《にい》鳥《どり》、灰沢《はいざわ》の若手作家三人が帰ることになって、お開きムードが漂った。新鳥は酒を飲んでいなかったので、赤崎と灰沢を連れて車で帰るらしい。ついでに家政婦の森畑のことも、途中まで送っていくという。黒越も、片付けなくてはならない原稿があるから、と仕事部屋へ引っ込んでいった。彼は去り際に、「好きなように過ごしてかまわないよ」と香月たちに言葉を残した。寝ないで心霊現象が起きるのを待っていてもよい、という意味だったのかもしれない。残る有本、別所、新谷の三人は、元から一泊していく予定だったようで、順々に部屋へと戻っていった。別所はそれこそ片時も翡翠から離れようとしていなかったが、酔いが回っているらしいのは傍目《はため》にも見て取れて、少し休みますと無念そうにリビングを去っていった。

結局、リビングには香月と翡翠の二人が残された。

「どうしましょう」香月は訊いた。「ここでなにか異変が起こるまで、待ってみますか。怪しい物音がするか、そこの大鏡に幽霊が映るか……」

二人がけのソファ。香月の傍らに腰掛けている翡翠へと、目を向ける。

霊媒の娘は酔いが回っているのか、微かに頬を紅潮させたまま、どこか眠たげな眼をしていた。休ませた方がいいかもしれない。

「部屋に送りましょう」

香月が言うと、翡翠は緩やかにかぶりを振った。

「大丈夫です。原因を確かめるために、呼ばれたわけですから……。ただ、少し疲れてしまって」

「なら、お水を持ってきますよ」

香月はそう言って、キッチンへ向かった。森畑を手伝った際に、ミネラルウォーターのボトルが冷蔵庫に残っていたのを憶えていた。それをグラスに注いで戻り、翡翠に手渡す。

「すみません」翡翠は笑った。とろんとした眼差しだ。グラスに唇を触れさせて、翡翠が呟く。「人が多い場所は苦手なんです。必要以上に、たくさんのものを感じ取ってしまって」

「例の、匂いですか」

翡翠がこくりと頷くのを待って、香月は彼女の隣に腰掛けた。

「人と関わるのは、とても好きなんですよ。でも、すぐに心が疲れてしまって、だから、一人でいるときの方が楽なんです。贅沢《ぜいたく》な話ですよね……」

「そんなことはないと思いますよ。けれど、疲れているのなら無理をなさらずに、部屋へ戻られたらどうでしょう。寝ずの番をしなくとも、黒越さんは怒ったりしませんから」

「いえ、大丈夫です」翡翠は俯いて、上目遣いに香月の方をちらりと見た。小さな手でグラスを包みながら、はにかむように言う。「香月先生と二人なら、不思議と疲れたりしませんから……」

その仕草と表情の愛らしさに、流石に香月も言葉に詰まった。

「あ、いえ、その」なにかに気づいたのか、片手をぱたぱたと振って翡翠が言う。「先生とは、もう、お友達ですから！　その、余計な気を遣《つか》わなくてもいいというか！」

「そうですか」香月は笑いを堪えながら頷く。「ええ、気遣いは無用の仲です」

「ええと、あの……、あ、わたし、新谷さんとお友達になれそうなんですよ」

急に話題を変えるように、翡翠は小さなハンドバッグからスマートフォンを取り出した。メッセージアプリの画面を見せてくれる。友達の一覧画面に、千和崎真と新谷由紀乃の名前があった。他に登録されている名前はない。寂しい画面だった。

ふんわりとした笑みを浮かべ、画面を見つめながら、翡翠が言う。

「スタンプでやりとりするのって、楽しいんですね。真ちゃんとは、あんまり使わないから、ずうっと憧れてたんです」

「それなら、僕とも交換しましょう。メールの連絡は味気ないですからね」

「わ、よろしいんですか！」

ぱっと表情を明るくして、翡翠がこちらを見た。ウェーブを描く柔らかな髪が、ふわりと翻《ひるがえ》る勢いで、心地よい薫りが香月の鼻孔を擽る。

その薫りは、香月の更に深いところまで入り込んで、心の一端を撫で上げていった。

二人で連絡先を交換し、意味もなくスタンプを送り合った。香月が知る限りの、面白かったり可愛らしかったりするデザインのスタンプを送ると、翡翠はそれを見てくすくすと笑った。彼女が華奢な肩を震わせ、お腹を抱えるように前屈みになると、白く露出した肩周りの肌が、照明の光を得て艶やかに視界に飛び込んでくる。彼女が笑うたびに、そこを飾るようにウェーブを描いて落ちる髪の房が、キューティクルの光と共に踊った。

なんとも甘い時間で、霊障が起こる雰囲気ではなさそうだ。

しばらく他愛《たわい》のない会話を交わした。いつの間にか、話題は『黒書館殺人事件』へと移っていた。推理小説の苦手な自分でも読めるだろうか、という話だったので、香月は本を手に取り、あらすじを確かめた。見取り図があることから、本格推理の要素が強いはずだが、ホラーの雰囲気もふんだんに感じ取れるもので、そこに興味があれば充分に楽しめるだろう。香月はそう答えた。

「それなら、先生、一緒に読みましょう」

ソファに手をついて、少しばかりこちらに身を乗り出しながら、翡翠が微笑んだ。

「ああ、ええ、べつにかまいませんよ」

怪異が起こるまで待つとしたら、徹夜は覚悟するべきかもしれない。それに読書はうってつけかもしれないが、せっかく会話に花が咲いたところで、二人並んで本をかまえるというのは、少しばかり味気ない。

だが、翡翠が乗り気なら、それに付き合うのも悪くないだろう。

香月は文庫本を手にして、ページを開いた。

彼女の薫りを、強く感じる。

翡翠が香月に肩を寄せて、文庫本に視線を落とした。細くすべらかな二の腕が、香月に触れている。二人の体重が強く加わって、ソファが深く沈んだ。翡翠の横顔を見る。彼女は、じっと香月が手にしている文庫のページに眼を向けていた。

「一緒に読むって、こういうことですか」

「え？」きょとんとした表情で、翡翠が香月を見る。それから、くすくすと声を上げて笑った。「わたし、読むのは速い方ですから、きっと大丈夫ですよ」

「もしかして、酔ってますか」

「まさか、そんな……」翡翠はピンクのリップで飾られた唇を不服そうに尖らせた。彼女の身体が微細に震えて、その振動が伝わる。笑っているのだ。翡翠の頭が、香月の肩に乗っている。息が止まりそうになった。「ちょっと、楽しいだけです。先生、これって、あれですよね。噂に聞く、お友達の家での、お泊まりパーティーでしょう？　ついに、念願が叶っちゃいました」

「お友達の家というには、不吉な名前の館《やかた》ですが」

香月は眉を顰めて、振り子時計へと目を向ける。零時が近い。

しばらく、無言でページを捲《めく》った。

十ページも進む前に、規則正しい吐息が耳に伝わる。

香月は肩にのし掛かる体温へと、視線を戻した。

白い瞼が閉ざされていて、陶磁器のような頬は、うっすらと桃色に染まっていた。

いったい、どういう人生を歩んできたのだろう。

想像する余地はあった。

疎《うと》まれたのか。恐れられたのか。

誰も、彼女に近づこうとしなかったのか。

香月をまっすぐに見据えて、訴えてきた翠の双眸を思い出す。

決意と、恐れと、恐怖の入り交じった瞳。

この力の意味を探している、と翡翠は言っていた。

何故、そんな力があるのか。

どうして、自分がそんな宿命を負わなくてはならなかったのか。

彼女の身体の重みに、自分の身体が硬直していくのを感じる。香月が微かに身じろぎすると、ウェーブを描く黒髪が、さらりと零れるようにして香月の腕へと落ちた。潤《うるお》いのある光沢を含んだピンクの唇が、僅かに開いて白い歯を覗かせている。

吸い込まれそうな、色艶《いろつや》だった。

キスの距離。

香月は、彼女の髪に触れる。

その柔らかさを指先で感じ取りながらも、どうにか顔を離したときだった。

ふと、怖気立つような感覚に全身を包まれる。

視界の片隅にある大鏡に、なにかが映っていたような気がしたのだ。

そちらへと、顔を向ける。

背筋に、冷たい汗が流れ落ちていく。

鏡の中。

青い眼をした白人の女が。

なんの感慨もない虚無に等しい表情で。

香月のことを、じいっと見つめていた——。

*

黒越篤の遺体が発見されたのは、翌朝九時のことだった。

第一発見者は家政婦の森畑だった。今日は早朝に水鏡荘へきて、宿泊客のために朝食を作る予定だったという。合鍵《あいかぎ》で水鏡荘に入った森畑は、朝食の準備をしたあと寝室の黒越を起こしに向かった。ところが、自室に姿がない。それで仕事部屋を覗いたところ、頭から血を流して倒れている黒越を発見して、悲鳴を上げた。眠りの浅かった香月は、それを聞いてすぐに駆けつけた。

「被害者の死亡推定時刻は、深夜零時から二時の間で間違いないんですね」

先ほど運び出された遺体の跡を見つめて、香月史郎はそう訊ねた。

鐘場が重々しく頷く。鑑識課の作業員たちが、カメラのフラッシュを焚《た》き続けていた。

「ああ、今の段階でわかるのはそれくらいらしい。この部屋の扉には内鍵しかないから、鍵を掛けていたとしたら、被害者が深夜に犯人を招き入れた可能性が濃厚だろう。背後から殴られているから、知人に違いない。それでお前さん、なにか考えがあると言っていたが」

「ええ、実は僕は、昨夜の零時前から深夜三時ごろまで、ずっとあそこのリビングにいたんです」

「つまり？」

香月は手にしていた文庫本を開いて、最初の方のページを示した。

「これは、この水鏡荘の見取り図です。鐘場さんが来る前に、正確かどうか念のために調べておきました」

「なるほど」鐘場はその見取り図を見て、香月の言いたいことを把握したらしい。「この水鏡荘は、リビングで東棟、西棟と区切ることができるんだな。そして、リビングを通らなければ互いに行き交うことができない――」

その通りだった。実際には、棟というほど明確に区切りがあるわけではないのだが、便宜上、そのように呼称するのが都合がいい。リビングの東側には香月たち来客用の部屋と黒越の寝室があり、西側には黒越の仕事部屋、撞球室、風呂場や洗面所、トイレがある。正確には東側にも洗面所とトイレがあるのだが、こちらのトイレの方は配管の不具合で使用できないと黒越から説明を受けていた。故に、東棟に泊まっている人間がトイレへ行く場合、リビングを通って西棟へ行かなくてはならないのだが——。

「僕はあとで気づいたんですが、昨夜は二十二時ごろから雨が降って、零時前くらいにやんだそうですね。外が泥濘《ぬかる》んでいて、足跡を残さずに移動することは難しい」

「ああ、だが、外に不審な足跡はいっさいない」

「となれば、これは必然的に内部の犯行になります。容疑者は、この屋敷《やしき》に泊まっていた僕を含む五人だけです。ただ、僕は城塚さんと深夜三時までリビングにいました。互いのアリバイを証明することができる」

あれから翡翠はすぐに目を覚ましたのだが、厳密に考えれば彼女が寝入っている間に、香月が犯行に及ぶことはできる。しかし、香月は自分が犯人ではないと知っているし、事態を円滑に進めるためにも、そこは省略した方がいいだろう。

「城塚というと、あの自称霊媒娘か」どうしてまた一緒に遺体を発見するのか、と鐘場は顔を顰めた。「で、別嬪《べっぴん》の小娘と深夜に二人きりでなにをしていたのかは訊かないが、つまり、お前さんたちは、犯人がリビングを通るのを見たのか？」

「ええ、ただ、残念なことに、三人とも通ったんですよ」

そう。なかなか都合よく話は進まない。

翡翠が霊視した通りに別所幸介が犯人なら、彼だけが深夜にリビングを通ってくれればよかったのだ。だが、実際には他の二人、有本道之、新谷由紀乃にも犯行が可能だった。

「なら、三人が通った順序と、そのときの様子を詳しく話してくれ」

香月は、そのときのことを思い返しながら説明した。

リビングを通った一人目は、編集者の有本道之だった。翡翠を起こさないよう、読んでいた『黒書館殺人事件』をテーブルに置いて、香月はトイレに立った。ちょうど深夜零時だったのか、振り子時計の音が響いてきて、驚いたのを憶えている。洗面所で手を洗っているとき、目の前のキャビネットの扉に取り付けられた鏡に、得体の知れないものが映っているのでは……と想像を膨らませていたところだったので、余計に驚いたのだ。結局、リビングの大鏡に映った女は、香月がまばたきをする間に消えてしまっていた。恐怖心が生んだ錯覚だったのかもしれない。トイレから戻ると、ちょうど翡翠が目を覚ましたところだった。気恥ずかしそうに頰を染めた彼女が可愛らしく、なにか言ってからかってみようかと思ったとき、有本がリビングに顔を覗かせた。もしかすると、深夜に男女が二人、片や頰を赤くしておどおどとしていたものだから、誤解をさせてしまったかもしれない。有本は、ちょっとトイレへ、と言葉を零して西棟へと向かった。戻ってきたのは、十五分後くらいだろうか。彼は目礼だけして、東棟へと去っていった。少し長かった気もするが、腹を壊したのかもしれないし、気を遣われたのかもしれない。どちらの可能性もありえる。もっとも、有本は他人に対して無神経なところがあるので、考えすぎかもしれない。編集者ではあるが、黒越の作品をヒットさせたのは自分だと自負しているようで、この水鏡荘でも自分の家のように我が物顔で振る舞っていると、別所が密《ひそ》かに愚痴を漏らしていた。

「十五分もあれば、殺人を犯した可能性はあるというわけだ」

香月の説明に、鐘場がそう補足した。

そう、その通りだ。香月は翡翠の霊視によって、彼が犯人ではないことを知っているので、その可能性に言及しなかったのだ。

「まぁ、そうかもしれません。ただ、彼は二十時くらいから、リビングでの歓談の間も、何度かトイレに立っていたはずです。本当にお腹の調子が悪かった可能性もあります」

二人目は別所幸介だった。一時ごろだったように思う。そろそろ眠るべきか翡翠と話をしていたときで、時計を確認したのを憶えている。リビングに顔を出した別所は、二人が起きているのを見て少し驚いたようだった。しかし、すぐに「トイレへ行くので」と西棟へ行ってしまった。思えば、様子がおかしかったかもしれない。あれだけべったりと翡翠の側にいた彼が、翡翠の方を一瞥することもなく、部屋を去っていったのはおかしい。

「ずっと霊媒娘とべったりだったなら、本当にトイレだったんじゃないのか？」

「ああ、まぁ、その可能性はあります」

　確かに、しばらくトイレへ行ってなかったから、酔いが醒めて慌てて向かった、という見方をするのは自然かもしれない。いけない。霊視によって真犯人を知っているせいで、発想が制限されている気がする。彼の服装はワイシャツにジーンズだったので、着替える暇もなく酔い潰れて眠ってしまい、便意を催して慌てて起きた、と考えることもできる。

　別所は、やはり十五分くらいで戻ってきた。顔色が優れない気がしたので、大丈夫かと声を掛けたのだが、彼は頷くと慌てた様子で東棟へ去っていった。

　三人目、新谷由紀乃がリビングを通ったのは、一時四十五分ごろだった。これは、記録が残っている。そろそろ自室に退散するべきか意見を交わし、香月から鏡に見たものを聞いた翡翠が、もう少し待ちましょうというので、彼も覚悟を決めたころだった。ちょうど、返信していない仕事のメールが来ていたのを思い出し、スマートフォンでそれに返信したときだった。そのタイムスタンプが一時四十五分。数分も経たずに、新谷由紀乃が顔を見せた。由紀乃は、やはり自分たちに驚いたようだった。怪異が起こるのを待っていると翡翠が説明すると、怖いことを言わないでよと不安そうな表情を見せた。別所が言っていた通り、この水鏡荘を気味悪がっているらしい。もっとも、由紀乃の方も寝間着なのだろう、白い薄手のワンピースを着ていたので、黙って立っていれば亡霊のように見えなくもない。暗いところで出くわしていたら、香月も驚いただろう。

香月たちは、由紀乃がどんな怪異に遭遇したことがあるのかと質問をした。丑三《うしみ》つ時《どき》に怪異体験を聞き出そうとするのは、由紀乃にとっては意地悪なことだったかもしれない。躊躇いがちに、由紀乃は答えてくれた。この水鏡荘に泊まるたび、眠っている間に、とんとんと部屋の扉を叩くような怪しげな音がする……。廊下に並んだ鏡に、誰かが映っているような気がして目を向けると、誰もいない……。そういう話だった。

「あんまり話すとお手洗いに行けなくなっちゃう」

由紀乃はそう唇を尖らせて、西棟へ向かった。戻ってきたのは、十分後くらいだろう。少し怯えたような様子で翡翠が気に掛けていたが、廊下の鏡に女性の顔が映っていたような気がする、と由紀乃は答えた。もしかすると自分たちが話を聞き出したせいで、そういったものを連想しやすい状態だったのかもしれない。見間違えだろうと香月は答えた。それに勇気づけられたのか、まだ起きているのならお茶を淹れましょうか、と由紀乃が言ったので、香月は翡翠と一緒にそれを手伝った。香月が先んじて手伝いの名乗りを上げたのだが、翡翠までついてくるかたちだった。ひょっとすると、リビングに一人で残るのが怖かったのかもしれない。

「三人で茶を淹れたわけか。その間、リビングを誰かが通った可能性は？」

「いや、キッチンから西棟の廊下は丸見えですから、誰かが通ったら気づくはずです。特に僕は、ちょっと手持ち無沙汰になって、あちこち観察してましたから」

由紀乃の纏う薄手のワンピースがセクシーだったので、視線を引《ひ》き剥《は》がす必要があった。お茶を淹れる所作の際の胸元や、屈んだ際の細い腰のライン、裾《すそ》から覗く素足など、長いこと見つめるわけにもいかない。香月はすぐに視線を引き剥がし、それからずっと廊下を見ていたので、誰かが通った可能性はないと言いきれる。

その後、香月たちは由紀乃を交えて三十分ほど会話をした。由紀乃が去ったのは二時半ごろで、香月と翡翠は三時まで粘《ねば》ったのだが、鏡の怪異はもう現れることがなかった。諦めて翡翠を部屋へと送り届けたあと、香月も自室に籠もり、すぐに眠った。黒越の死亡推定時刻が零時から二時あたりだとするなら、そのときにはもう、怪奇推理作家は撲殺されていたことになる。

「作家先生の話を纏めると、三人のうちの誰かがホシであることは間違いないようだが、誰なのかを特定するまでには至らないということになるか」

「ええ」

香月は、床の痕跡に視線を向けた。凶器が落ちていた場所だった。

「凶器は、ミステリの賞のトロフィーだった。お前さんも持ってたりするやつか」

「まさか」香月はかぶりを振る。「僕みたいな新参者には手が届かないやつですよ」

「鑑識が持ち帰って詳しく調べているが、全体を拭った形跡があって、指紋の検出は難しいらしい。なかなかの重量があるが、女の手で振りかぶれないほどじゃないから、新谷由紀乃が犯人だとしてもおかしくはない。犯人は被害者の後頭部を、こう、右側から殴りつけたようだ。被害者が背中を向けているときに殴りつけたんだろう。一度殴って被害者が膝をつき、そこから更に二度殴りつけてる。けっこう血が飛んでいるのはそのためだ。傷跡から右手で殴ったと見られるが、容疑者の三人の利き手はどうだ？」

「残念ながら、三人とも右利きです」

「となると、手がかりになりそうなのは――」

鐘場と香月の視線が、ある一ヵ所に吸い寄せられる。

デスクの片隅に、血で描かれた奇妙なマークだった。

明らかに、犯人が残した痕跡である。被害者の血を用いて、現場にあったティッシュペーパーを筆代わりに描いたようだった。

「卍《まんじ》のようにも見えるな」

「『黒書館殺人事件』にも、似たようなマークが出てきます」

「その本は、今回の事件と関係があるのか？　似たような殺害状況だったり、なにかしらトリックが使われていたり？」

「いえ、まるで関係はないでしょう。これは単純に、偽装ですよ」

「そうか。だから、洗面所を保存しろと言ったのか」

何度も共に事件を解決しただけあって、鐘場も香月の考えを弁《わきま》えている。

「ええ。これは間違いなく、犯人にとって不都合な痕跡を隠そうとした形跡に違いありません。おそらく身体をよろめかせるなりして、犯人はデスクへと咄嗟に手をついてしまった。指紋は凶器と同じように拭うことができますが、血に塗れていた手をついてしまったとしたら、手形が残ってしまう――」

凶器のトロフィーには、必要以上に血が擦れたような痕跡が見て取れた。おそらくは指紋を拭き取ろうとして、手を滑《すべ》らせてしまったのではないか。そうして、犯人の手に血がついてしまったのだ。そこで凶器を執拗《しつよう》に拭ったために、血が擦れたような痕跡が残った。指紋は拭えるが、手についた血は簡単には落ちない。その後、ふとした瞬間にデスクへと手をついてしまうなどして、そこに手形が残った。

もちろん、手についた血が僅かな量だとしたら、完全な手形にはならなかっただろう。指の一部や掌の一部だったかもしれないが、部分指紋は犯人にとって致命的な証拠になりえる。現場にあったティッシュなどを使ってそれを拭い取ったのだろうが、自分の手に血がついたと悟られたくなかった犯人は、その痕跡の上に血でマークを描いたのだ。

だとするのなら、犯人は洗面所で手を洗ったはずだ。昨夜、犯行を終えた犯人は香月たちの前を通らざるを得なかったが、三人の誰の手も血に汚れてはいなかった。

となれば、洗面所に別の証拠が残っているかもしれない。

幸い、早朝に黒越の死体が発見されたこともあり、香月は西棟の洗面所を誰も使わないよう全員に通達することができた。森畑も、朝に来てから洗面所には足を踏み入れていないらしいので、ほぼ完全なかたちで保存できているはずだ。

「洗面所の方は、今は鑑識が調べてるよ。容疑者たちの指紋は採取したし、あとは念のため、三人にルミノール検査をしてみるつもりだ」

「ルミノール検査は、あまり意味がないかもしれません。三人とも、バーベキューの調理を手伝っていましたから」

香月の言葉に、鐘場は小さく舌打ちをした。

ルミノール検査はヘモグロビンやミオグロビンに反応する。共に精肉に含まれていてもなんらおかしくはなく、調理を手伝った三人の手から検出される可能性は充分にあった。また、調理をしていないとしても、鼻血が出たなどの理由で言い逃れることは可能であり、証拠能力はほとんどないと言っていいだろう。容疑者を絞り込む目安にはなるかもしれないが、そもそも香月自身は翡翠の霊視によって、たった一人にまで犯人を絞り込めているのだ。

だが、それをどうやって証明すればいいのか？

問題はそこにある。

翡翠の霊視を、はたしてどのように科学捜査で役立てればいいのか。

現状では、別所が犯人だと示す証拠はどこにもない。

いったい、どうすればそれを論証できるだろう――。

「まぁ、どちらにせよ、三人のうち誰かが犯人に違いないんだ。洗面所の方に決定的な証拠が残っているかもしれん」

確かに、鐘場の言う通りだろう。

自分がなにかをするまでもなく、この事件は呆気なく幕を下ろすような気がしていた。

＊

リビングに戻ると、大鏡の前に佇む翡翠の姿があった。

どこか所在なげな表情で、古めかしい鏡面に視線を向けている。

今日の彼女は、光沢のあるオフショルダーのブラウスを着ていた。露出した白い肩が、力なく落ちている。メイクもしっかりとしているので、遺体が発見される前から起きていたのかもしれない。今日の化粧は、昨日よりも神秘的な雰囲気を醸《かも》し出《だ》すものだった。この古めかしい山荘には、それがよく似合っている。黒越に何事もなければ、山荘の怪異に関して霊的な助言を行うつもりだったのかもしれない。翡翠に除霊をする力などはないらしいが、原因さえ突き止めれば、供養するなどの行いで対処することは可能だという。化粧は、その説得力を増すためだろう。

リビングには、他に女性の制服警官が壁際に立っていた。この場所にも鑑識が立ち入っていたはずだが、既に作業を終えているらしい。念のため、洗面所以外のトイレや風呂場、撞球室などを調べているはずだ。容疑者の三人は、別室で聴取を受けている。

「大丈夫ですか」

大鏡を見ている翡翠へと、香月は声を掛けた。

「ええ」

茫洋《ぼうよう》とした表情で、霊媒の娘が頷く。香月は、黒越の話を思い出して言った。

「ヴィクトリア朝後期のものらしいですよ」大鏡のことだ。「ちょうど、霊媒たちが活躍していた時代です」

香月がそう言うと、翡翠は鏡から視線を外して、目を伏せた。

「わたしの曾祖母《そうそぼ》も、英国で霊媒をしていたらしいんです」

翡翠は北欧系の血が混じったクォーターであるという。祖母が英国人というところまでは、雑談で耳にしていた。

「では……、翡翠さんの体質は、遺伝なのですね」

「その曾祖母も、親の代から霊媒だったという話ですから、そうなのだと思います。遡ると、先祖はそれこそ二十世紀の初頭には霊媒として活動していたそうで、古い写真が残っていました。更に曾祖母の血筋を何代も遡っていくと、サンソンというフランスの呪われた分家に行き着くらしいんです」

「フランスのサンソンというと、もしかして……」

「シャルル＝アンリ・サンソンという人が高名です」

「フランス革命期の死刑執行人ですね。ギロチンで多くの人を処刑したという……」

「本当のところはわかりません」翡翠は力なく微笑んだ。「曾祖母や、その前の代の霊媒が、箔《はく》をつけるために詐称していた可能性が高いでしょう。ただ、真実なのだとすると、わたしの血は常に死を振りまく運命にあるのかもしれません」

サンソン家は、そもそもが古くから死刑執行人を輩出した家系で、その四代目当主となるアンリ・サンソンは、人類史において二番目に多く人間の首を切り落としたとされる死刑執行人だ。その恐ろしいエピソードから受ける印象とは異なり、死刑制度の廃止を望んだ心優しい人物だったとも伝えられている。

「黒越さんが亡くなったのは、翡翠さんのせいではありませんよ」

結花《ゆいか》のことに続き、二人もの殺人を間近で目にしたのだ。

それを、気に病んでいるのだろう。

翡翠は力なく睫毛を伏せた。緩やかにかぶりを振って告げる。

「わたしの血は、これまでにも多くの死を呼び寄せてきました。それが、この異質な力の代償なのでしょう。その運命からは、逃れることができません。たぶん、わたしはその報いを受けるのだと思います」

「報い？」

「きっと、最期は死神に首を刎《は》ねられるのでしょう。その予感が、少しずつ膨れあがってくるのを感じます」

「そんなことは……」

香月が言葉に詰まると、目を伏せていた翡翠が、はっとしたように彼を見上げた。それから、急に取《と》り繕《つくろ》ったかのように、笑って言う。

「気のせいですよね。わたしには、未来を知る力なんてありませんから」

以前にも、彼女は自身の最期について口にしていたのを思い出した。

気のせいだと、笑ってすませてよいのだろうか。

彼女の予感する自らの最期とは、どんなものなのだろう。

だが、力なく微笑んだ彼女の様子を見るに、翡翠はこの問題に触れられることを拒《こば》んでいるようにも見えた。

「ひとまず、僕の部屋へ行きましょう」

香月は宛《あて》がわれた部屋へと、翡翠と共に入る。彼女をベッドに腰掛けるように促し、備え付けの椅子に腰を下ろした。香月は迷ったが、結局、事件のことを訊いた。

「翡翠さんは、霊視によって別所幸介が犯人だと言いましたよね。それは、どのような霊視だったのです。降霊をしたわけではないでしょう」

翡翠は頷き、俯いた。それから揃えた膝の上で、きゅっと拳を形作る。

「匂い、です」

「以前の事件で教えていただいた、魂の匂い、というやつですね」

「はい。昨晩のことですけれど、別所さんがトイレから戻ってきたとき、奇妙に感じたのです。別所さんから感じられる匂いが、急激に変化していました。とても強い罪悪感を抱いているような……、同時に、恐怖に怯えて戦《おのの》くような……。そういった激しい変化です。色彩に喩えるのなら、白いものが急激に赤く変化したようなもので、わたしは戸惑いました。ただ、あのとき、わたしは、その、まだ酔いが完全に抜けてはいなくて」翡翠は申し訳なさそうに声を漏らす。「それに加えて、この水鏡荘の奇妙な気配のこともありました」

「水鏡荘の気配？」

「この水鏡荘からは、なにか得体のしれない……、なんて言えばいいのでしょうか、とても言葉に言い表すことができないような、妙な匂いを感じるんです。わたしは、それを本能的に恐ろしいと思いました。この匂いの主に悪意があるのか、そもそも意思のようなものがあるのか、それがまったくわからなくて……。なにか、明るく振る舞わなければ、自分がそれに呑み込まれてしまうような怖さがあって……」

翡翠は露出した白い肩を自身の手で抱いて、小さく身震いをした。

「それは……、かつてあったという黒書館の事件が、なにか関係していると？」

「わかりません。俗に言う、心霊スポットと呼ばれる場所と近い感覚はしました。実際に怪異と遭遇できれば、なにかわかるかもしれないと思ったんです……」翡翠は項垂れたま
ま、静かにかぶりを振る。「全体的に、この匂いがわたしの感覚を狂わせていたんだと思います。強烈な悪臭で、他の匂いが判別しづらくなるような感じです。アルコールも飲んでいましたから、別所さんがトイレから戻ってきたとき、わたしは、わたしの感覚の方がおかしくなったのだと思ったんです。だって、あんな短時間で、人間の匂いがまるきり変わってしまうなんてこと、これまでに経験したことがなくて……」

なるほど、現場の様子を見た限り、あれは計画的ではなく突発的な犯行だった。いくら翡翠でも、誰かを殺したばかりの人間の匂いを感じ取るような機会は、これまでなかったに違いない。

「そうすると、今朝になって、事件発覚後に姿を現した別所さんを見て、自分の感覚がおかしいわけではないのだ、と確信したのですね？」

「はい。間違いなく、罪悪感と恐怖を抱いた殺人者の匂いだと確信しました。でも、すみません、言い訳ばかりで……」

「言い訳？」

「だって、そうでしょう。あのとき、わたしが先生にこのことを伝えておけば……。いい

え、そもそも、この水鏡荘の気配のことだって」

「いや、そうだとしても、どうにかなったわけではないでしょう。前の事件のときとは違って、今回は泣き女が殺人を予知していたわけではありません。亡霊が殺したわけでもない。翡翠さんにはなんの責任もありませんよ」

「わたしの証言で、別所さんを捕まえることはできるでしょうか」

「霊視に証拠能力はありませんからね。まだ、容疑者をあの三人に絞り込めた段階で、別所さんが犯人だとする証拠を見つけることはできていません」

「そうでしたか……。すみません、お役に立てなくて」

「別所さんは推理作家志望ですから、証拠を綺麗に消していたとしても不思議ではありません。なにか、彼が犯人だと示す手がかりが見つかるといいんですが……。結花ちゃんのときと違って、死者との共鳴のようなことは、翡翠さんの身には起こっていないんですよね？」

「はい。黒越先生は歳の離れた男性で、わたしとまるきり違うタイプの方でしたから。経験上、そういうことが起こるためには、ある程度のアフィニティ――ええと、日本語だと、親和性……で、よろしかったでしょうか。亡くなった方との共通項が必要なんだと思います」翡翠は項垂れて言う。「ただ、一つ……。手がかりかどうかは、わからないのですが」

「なにかあるんですか？」

「はい。夢を、見たんです」

「夢、ですか」

「あの、関係があるかどうかはわからないんです。けれど、かなり明瞭で、奇妙な感じがする夢でした」

「どのような夢だったのです？」

「全部で、三つです。その三つを、一つの夢として見たのか、一つずつ、三つの夢として見たのか……、眠っている間のことですから、自信がなくて」

香月は自分が混乱しているのを自覚した。

その表情を見て、翡翠は悟ったのだろう。慌てて言った。

「まずは聞いてください。一つ目の夢には、有本さんが出てきました。すべての夢に共通することなのですが、わたしは、わたしではないようで……、その夢の中に、自分という存在があったのか……。よく、わからないのですけれど、とにかく、動けないのです。顔も動かせず、身体があるのかもわからず、声も発することができない」

必死に伝えようとしている翡翠の表情を見て、香月は慎重にその話を解釈しようと意識を集中した。頷いて、先を促す。

「それで、有本さんが目の前にやってきたんです。すぐ、わたしの方に手を伸ばしました。顔に触れられそうになって、そうしたら、目眩がする感じがして、急になにも見えなくなって」

「それから？」

「一つ目の夢は、それでおしまいなんです。二つ目の夢は、別所さんでした。目眩のようなものを感じて、そうしたら、目の前に別所さんがいたんです。鼻がくっつきそうなくらい、彼はわたしのことを見つめていて……。わたしは気恥ずかしく思ったんですが、顔を背けることも、目を逸《そ》らすこともできなかったんです。それから別所さんは、わたしの頬に触れました。でも、肌に触れられたような、そういう感触はまるでなくて……。彼はしばらくして、立ち去っていきました。二つ目の夢は、それで終わりです」

「となると、三つ目の夢には、新谷さんが出てきたんですか？」

「はい。新谷さんがやってきて、彼女はすぐにわたしの顔へ手を伸ばしました。それで、また目眩のようなものを感じて、なにも見えなくなって……。どうしたんだろうと思っていたら、また急に新谷さんが見えるようになったんです。彼女は、わたしの頬に触っていたみたいなんですけれど、すぐに腕を引いて、その場から去っていきました。それで、終わりです」

「終わり、ですか」

香月は息を漏らし、自身の顎先に指を這わせた。

正直、落胆の気持ちの方が強かったが、それを表情に出すわけにはいかない。

翡翠が語ったのは、あまりにもとりとめのない内容だった。ただの夢だともいえるし、仮に霊視の類なのだとしても、なにを意味しているのかまるでわからない。結花の事件のときの魂の共鳴よりは詳細が判明しているが、これが事件解決の手がかりになるとは思えない。

「そういう夢を見るのは、よくあることなのですか」

「いえ……、初めての経験です」翡翠は申し訳なさそうに肩を小さくした。「ただ、なんとなくなんですが、この水鏡荘に憑いているものが、わたしになにかを訴えてきたんじゃないかって……。一種の共鳴現象なのかもしれません。この館に憑いているなにかの意識が、わたしに流れ込んできたかのような……」

翡翠はもどかしい気持ちを抱えているのか、悔《くや》しげに唇を噛みしめている。しかし、現状で自分たちにできることはあまりない。容疑者は三人に特定できているのだ。思いのほかすぐに物証が見つかる可能性もある。香月も寝不足で頭が回っていない。少し休むべきだろう。

だが、午後になると、事態は急転直下の様相を見せた。

新谷由紀乃が、任意同行を求められたのだ。

*

「まず、押収した黒越のノートパソコンを調べた。パスワードが掛かっていて時間が掛かるかと思ったが、黒越の息子が心当たりのある文字列のパターンをいくつか教えてくれて、解除することができた。それで犯行の動機になりそうなものがないか、メールの履歴を調べたんだ。お前さんも知っての通り、うちの解析班は優秀でな、削除されたメールのデータを見つけ出すことができた。それが、黒越と新谷のやりとりだった。二人は不倫関係にあったんだ」

所轄警察署の狭い一室で、香月は鐘場から経緯を聞いていた。

香月は古びたパイプ椅子に腰掛けていたが、鐘場は捜査資料を片手に語るだけで、腰掛けようとしない。五分だけだ、とも言っていたので、すぐに引き返すつもりなのだろう。

「また、デスクの指紋を詳細に調べたところ、新谷由紀乃の指紋が出た」

「彼女は、何度も水鏡荘に出入りしています。黒越先生の仕事場から指紋が見つかっても、おかしくはないのでは？」

「ああ、だが、ノートパソコンのキーやタッチパッドにも指紋がついていたんだ。指紋のついた順序や時期を特定するのは難しいが、最後に彼女がパソコンを使ったのではないと仮定すると、彼女の指紋が消えて黒越の指紋がべったりとついていなければおかしい。彼女は黒越を殺したあとパソコンを操作して、警察に動機を悟られないよう、自分たちのメールを消去したんだろう」

「動機はなんなんです」

「痴情のもつれだよ。別れ話が持ち上がったのか、あるいは新谷の方が結婚を迫っていたのかもしれない。黒越の方は、奥さんと別れる気がなかったんだろうな。売れている作家なら、遺産目当てで近づいていた可能性も考えられる」

「肝心の当人はなんと言っているんです？」

香月の疑問に、鐘場は肩を竦めた。

「メールを消したのは間違いないと言っている。ただ、自分が部屋を訪ねたときには、既に黒越が死んでいたと供述した。見え透いた嘘だよ。メールを消したのは、脅されていたからだそうだ。自分から別れを切り出したが、公にできない写真を撮られていて、そのデータを消したかったようだ。これまでチャンスがなかったが、死んでいたのを見つけて、ここぞとばかりに消去したらしい」

「では……、このまま、逮捕する気ですか」

「ああ。既に逮捕状を請求した。動機も物証も充分だ。令状をとって家宅捜索をすれば、他にもなにか出てくるかもしれない。起訴できるだろう」

なんということだ。

これは、誤認逮捕だ。

しかし、現状を覆す論理と証拠を、香月は提供できない。

たとえ翡翠の力が真実を見抜くのだとしても、霊媒の証言では……。

「犯人は、凶器や部屋の指紋を拭き取っています。それなのに、ノートパソコンの指紋を拭わなかったのは矛盾するのでは？」

「うっかりしていたんだろう。作家先生には申し訳ないが、現実は推理小説とは違う。そういうミスというのはありえるんだ。それに、犯人はデスクへ血に塗れた手をつくというミスをしている。他にもミスをしていたとしても不思議はないだろう」

「では、洗面所の方は？」

「ああ、ルミノール反応が強く出た。新谷がそこで血を洗い流したのは間違いない」

「他に、不審な点は？」

「そうだな。ミラーキャビネットの鏡の一部分に、指紋を拭い取ったような痕跡があった。その箇所だけ極端に綺麗で、鑑識が不審がったんだ。で、調べてみたら、僅かなルミノール反応が出て、その上に新谷由紀乃の指紋が二つ残っていた。同じ指の指紋が二つだ。血のついた指で触れちまったんで、そこの指紋を拭ったものの、また何度か触っちまったんだろう」

「同じ指紋が二つ……、つまり、二度も触ってしまったということですか？　わざわざ指紋を拭ったあとで？」

「そういうミスもありえる」

確かに不審ではあるが、それは彼女が工作をした証拠とも捉えられてしまう。

「だとしても、何故、キャビネットの鏡を触る必要があったんです？」

「わからんよ。追及したいところだが、あとは弁護士が来るまで黙秘を通すと言っている」

「キャビネットの中に、なにかあったんですか？」

「いや、キャビネットの中に関していえば、ルミノール検査は反応なしだ。指紋は黒越のものだけで、拭った痕跡はない」

「それなら、鏡を触る理由はどこにもありません。不自然です」

「うっかり、手を触れたんだろうよ。それ以外には考えられん」

「しかし……」

香月は唇を噛んだ。

どうして新谷は二度も鏡に触れたのだろう？　指紋を拭った痕跡があるということは、犯人も鏡に触ったということになる。どうして、わざわざ鏡に触れる必要が？

視線を落として、思考を重ねる。

だが、妙案は出てこない。鐘場は賢い刑事だった。本来なら、香月が指摘した矛盾をそのまま受け入れるような真似《まね》はしないはずだ。だというのに、新谷由紀乃が犯人であるという先入観に囚《とら》われて、彼女がミスをしたと思い込んで考えを進めてしまっている。

いや……。

あるいは、逆なのか？

香月は翡翠の霊視によって、別所幸介が犯人だと知っている。

だが、もし知らなかったら？

この事件に翡翠が居合わせていなかったとしたら……。

だとしたら、これだけの証拠が揃っているのだ。

自分も、新谷由紀乃を疑うのではないか？

別所幸介が犯人だと知ってしまったことで、視野が狭まっているのでは？

そもそも、別所幸介は本当に犯人なのか？

翡翠の能力は本物だ。

だが、彼女の霊視は魂の匂いを感じ取るという原理だ。

別所幸介が殺人を犯した瞬間を、千里眼で覗き見たわけではない。

なにか他の理由で強い罪悪感を抱いて、魂の匂いが変化したのだとしたら？

それがありえないと言いきれるだろうか？

「なんだ、お前さん、不服そうじゃないか」

「いや……、ただ、どうにも、すっきりしません」

「なら、他の奴が犯人だっていう証拠があるのか？」

「いえ……」

「不満があるなら、いつものように合理的な筋書きを用意してみろ。それができるなら、犯人逮捕のために、なんだってしてやるさ。だが、それができないのなら――、そろそろ時間だ」

鐘場に促されて、香月は席を立った。

＊

足搔いても、鐘場を納得させる筋書きはまるで用意できそうにない。

仕方がないことだと、そう己に言い聞かせながら、香月史郎は静かになった署内を歩いた。

出口に向かうと、待合席に腰掛けている一人の娘の姿が目にとまる。

城塚翡翠だった。

西洋の自動人形のように美しい娘は、焦燥に表情を翳《かげ》らせていた。普段は丁寧に梳《と》かされている柔らかな黒髪も、力なくほつれて纏まりを失っているように見える。

彼女は立ち上がり、香月に近づく。

「先生、どうでしたか」

不安げに問いかけてくる言葉に、香月はかぶりを振った。

それから、出口へ向かう。自動ドアを潜り抜けて、生ぬるい外気を肌に浴びた。外は既に薄暗い。どっと身体に疲れが押し寄せてくるのを感じる。駐車場まで歩く最中、翡翠が必死に歩調を合わせるようにして追いすがってきた。

「どうして、なにも言ってくれないんです」

「僕らにできることは、もうなにもないからです」

「そんな――」

車に辿り着く。ロックを解除しようとしたとき、香月の前に立ちはだかるように、翡翠の華奢な身体が回り込んだ。

「先生、お願いします。新谷さんは犯人ではありません！　このままでは彼女が逮捕されてしまいます！」

必死にそう訴えてくる彼女を、香月は黙って見返した。

「犯人は別所さんです。それがわかっているのに、どうして罪のない人を――」

「証拠は、あるのですか」

「証拠……」

翡翠の瞳が大きく見開かれた。

愕然としたように、潤いのある唇が開いて言葉を探そうとする。

「それは……」

ぐらりと、そのまま彼女の身体が傾いていくのではないかと錯覚するほどに、霊媒の娘の身がよろめいた。縋るように伸びた手が、香月の腕を摑む。

「けれど……。先生は、これまで、いくつもの事件を解決してきたのでしょう。どうして、そう簡単に諦めてしまうのですか……」

「これまで僕が関わってきた事件は……、基本的には鐘場警部に協力を求められたものです。今回の事件では、彼は僕のことを必要としていない。僕は部外者で、ただの素人だ」

「けれど、倉持《くらもち》さんのときは──」

霊媒の娘の身体は、小さく震えていた。痛みに苦しむように身体を折り曲げていき、最終的には、その頭頂部が香月の胸に触れる。

「結花ちゃんのときは、特別だ。僕は、彼女と親しかった。あのときの僕には憤りがあった。けれど、今回は──」

「先生にとっては、そうなのかもしれません……」

翡翠が言う。その声は、悲しげに揺らいでいた。

「けれど、わたしにとっては……、特別なんです」

「どうしてです」

「新谷さんと……、バーベキューをしました」

「だからって」

香月は、自分の袖を掴んでいる翡翠の指先に視線を向けた。

青白い手が、きつくそこを握り締めている。

怒りに震えているようにも見えた。

悲しみに嘆いているようにも見えた。

「お友達に、なれるかもしれなかったんです。どうしたらいいかわからないわたしを見かねて、お肉を焼いて食べさせてくれました。一緒にお酒を飲んで、面白い話を聞かせてくれて、一緒に笑ってくれました。スタンプも、たくさん交換しました。それじゃ、だめなんですか。それだけじゃ、怒ってはいけないんですか、憤ってはいけないんですか――力になりたいと願っては、いけないのですか――」

香月は息を吐く。

夕暮れの山荘の庭で催された、他愛のないパーティー。

その一幕を、香月は思い返していた。

彼女と、自分とでは、見える世界が違う。

それはなにも、心霊に限った話ではない。

自分にとっての退屈な日常の一片が、彼女の眼には、宝石のように煌めいて映ることもあるのだろう。

「しかし……、別所さんが犯人だという証拠は、どこにもないんです」

「それなら、探してください。先生になら、できるはずです」

「だが……、本当に彼が殺したのかどうかも、わからない」

摑まれた袖から、力が抜け落ちていくのを感じる。

「先生も……、信じてくれないの」

身体に加わる重みが離れて、翡翠が後ろへと下がった。

「先生、教えてください」

霊媒の娘は、顔を上げた。

翠の瞳は、涙に濡《ぬ》れている。

「それなら、どうしてわたしには、こんな力があるのでしょう。真実を知ることができるのに、どうしてわたしはこんなに役立たずなのでしょう……」

それは、自分の運命を嘲笑《ちょうしょう》するような、哀しい笑顔だった。

「なんのために、こんな力を持っているの？　恐れられるためですか？　それとも、頭のおかしい妄想を並べる子だと、憐《あわ》れまれるためですか？」

香月は、娘の頰を濡らす光を見つめていた。

朝露が草花を彩るように、伏せた長い睫毛が濡れて、神秘的な様相を演出するための化粧を滲ませている。その滲んだ神秘性を拭い取ってしまえば、彼女は無力な一人の女性だった。あるいは、少女とさえいってもいいだろう。疎まれ、憐れまれ、他人と関わることを赦されず、誰かの力になりたいと願っても、そうできず無力に打ち震える一人の少女にすぎない。

白くなめらかな肩が、寂しげに震え続けている。

香月は、翡翠を抱きしめることを選ばなかった。

その代わりに、踵《きびす》を返す。

「せんせい……?」

呆然とする彼女を置き去りにしなければ、自身の欲求を抑えることができなかったろう。

香月は署内に戻った。ずかずかと、奥へと足を踏み入れる。

「鐘場さん!」

香月は声を荒らげた。

何事かと、警察官の一人に引き止められる。

「鐘場さんを呼んでください! 鐘場警部です!」

すぐに、廊下へと鐘場が顔を出した。

「おいおい、どうしたんだ、騒がしい……」

香月は鐘場を見据えて言う。

「逮捕は待った方がいい」

「そいつは、どういうことだ？」

「犯人は、別所幸介です」

「どういう筋書きでそうなる？　なにか証拠があるのか？」

鐘場は香月を睨んだ。

その鋭い眼差しを正面から受け止めて、香月は言う。

「今から探します」

「今から……？」

「少しだけ、時間をください。お願いします」

香月は鐘場の言葉を待たずに、踵を返した。

「おい、一時間だけだぞ！」

苛立《いらだ》たしげにそう叫ぶ声が、肩越しに届く。

出口に、翡翠が待っている。

香月は彼女を連れて、署を出た。

駐車場まで歩き、車に乗り込む。

助手席に翡翠が座るのを待って、言った。

「これから、馴染みの喫茶店へ行って、考えます」

「わたしは、どうしましょう？」

「翡翠さんに質問したいことが出てくるかもしれません。僕はしばらく黙り込んでいるかもしれませんが、それでもよろしかったら、一緒に来てくれると助かります」

「はい！」

翡翠が、表情を輝かせて頷く。

香月はエンジンを掛けた。

「先生」

身体を捩って、後方を確認しながら、車を出す。

「ありがとうございます」

傍らの彼女の言葉だけが、耳に届いた。

「わたしの力と、先生の力、二つを組み合わせて、真実を導き出してください。先生になら、できるはずです」

心霊と論理を組み合わせて、真実を提示する――。

自分は、彼女の媒介者となる道を選んだ。

時間はもう、あまり残されていない。

＊

香月史郎は、思索の海に溺れていた。

心地よいコーヒーの薫りが鼻先を擽り、摂取したカフェインが意識を高ぶらせていくのを感じる。仕事で使う馴染みの喫茶店、そのボックス席だった。自分と翡翠の他に客はなく、耳につくのは穏やかな曲調のBGMだけだ。翡翠は向かい側に腰掛けているが、香月にじっと真剣な眼差しを注いでいるだけで、余計な口を挟もうとすることはない。車から引っ張り出したノートパソコンを開いて、要点を纏め上げるためにテキストを記入していく。

残り一時間で、別所幸介の犯行を示す論理を組み立てなくてはならない。

香月が考えているのは、翡翠の見た夢に関してだった。

あれは、ただの夢ではない。確証はなにもないが、そう断定しよう。今のところ、論理の取っ掛かりになりそうなのはその夢が示す内容だけだ。翡翠の言う通り、水鏡荘に取り憑いているなにかが、彼女に見せた夢だと信じるしかない。

香月は、翡翠の見た三つの夢を大ざっぱに纏めた。

①有本が翡翠の元へ来る。有本が翡翠へ手を伸ばす。目眩と共になにも見えなくなる。

②目眩を感じる。目の前に別所が現れる。別所が翡翠に手を伸ばす。別所が去る。
③新谷が翡翠の元へ来る。新谷が翡翠へ手を伸ばす。目眩と共になにも見えなくなる。しばしして、新谷の姿が見えるようになり、彼女がその場を立ち去る。

これらはなにを意味しているのか？

意味がある、と信じるとして、これはなにかを抽象的に表現したものなのだろうか？

一つ目と三つ目の夢は、人物こそ違っているものの、起こった現象に共通する部分がある。二つ目の別所のときだけ違っているのは、彼が犯人だからこそなのだろうか？

「翡翠さん」

香月は顔を上げた。翡翠は、ちょっと驚いたように目を大きくする。化粧が崩れているせいか、あどけない少女がメイクを失敗した顔にも見えて、可愛らしさが強調されていた。

「はい、なんでしょう？」

「この夢は、すべて同じ場所を示しているんでしょうか？　なにか、背景に見憶えがあったりしませんか？」

「背景……」

翡翠は眉根を寄せた。

ピンクの下唇を下からつくように指を押し当てて、思い出すように虚空を眺めている。

「はい……。確かに、どこかで見たような場所だったかもしれません。そうですね、水鏡荘の、どこかという可能性が高い気がします。三つとも、同じ場所だったはず……」

「翡翠さんは、動けないんですよね」

「はい」

「そして、手を伸ばされて、顔に触れられたようなのに、触れられている感じがしない」

「そうですね。なんというか、自分に五感がないというか、奇妙な感じがしました。まるで物にでもなったみたいな……」

「物に……」

そうなのだとしたら。

これは、実際に起こった光景なのではないか？

あの晩に水鏡荘で実際に起こった光景を、翡翠が夢で見たのだとしたら？

だとしたら、あのときの三人が、同じ場所で同じような行動を起こしたことになる。

そんなことが、ありえるか？　いったい、どこでどんな行動をとれば、こんな結果になるというのだろう。

このか細い糸を、うまく手繰《たぐ》り寄《よ》せなくてはならない。ふと顔を上げると、翡翠が不安そうに眉を下げて、香月を見ていることに気がついた。彼女に視線を返し、香月は微笑んだ。

「お化粧を、直した方がいいかもしれませんよ」

「え？」

翡翠は大きな眼をしばたたかせた。

それからハンドバッグを探り、そこから透明な宝石をモチーフにしたようなコンパクトを取り出した。鏡を覗いて、顔を赤くする。

「す、すみません、わたし、ちょっとお化粧を直しに――」

光明は、その瞬間に射し込んだ。

「待って」

香月は無意識のうちに、彼女をそう制止した。翡翠が不思議そうにこちらを見る。

あの夜、三人がそれぞれリビングを通ったのは共通している。なら、そもそも、リビングを通った理由を考えたら、そこに行き着くのは自然のことだ。だとしたら、これを組み合わせることで、論理的に別所幸介を犯人だと示し、新谷由紀乃の無罪を証明することができるのではないか？

香月の頭脳に、閃きが走った。

恐ろしい速度で、計算が組みあげられていく。

そう。それなら、鏡に指紋が残っていたことに説明がつく……。

別所が犯人だと、香月は知っている。だが、そうではなく、違う人物が犯人だったらと、その仮定も検討して、あらゆるパターンを検証しなくてはならない。

そうして、鐘場を納得させることができれば。

「香月先生？」

できるか？

これでは、二人までしか絞れない。

他に材料が必要だ。

有本を否定できればいい。

どう否定する？

材料を探すべく、自身のテキストを読み返そうとして、香月はキーボードに手を添える。長考が続いていたのか、ノートパソコンにパスワードロックが掛かっていた。それを解除することすら、煩わしい……。

「いや……」

香月は立ち上がる。

それから、数歩を歩いた。

しばらく、店内を歩き回る。

「そうか……。簡単すぎる……」

スマートフォンを取り出し、鐘場を呼び出した。

「鐘場さん、一つ、確認してほしいことがあります。黒越先生のパソコンが、どれくらいの時間でパスワードロックが掛かるよう、設定されていたかです」

十分後、折り返しの電話があり、鐘場から返答があった。

「一時間だった。一時間でロックが掛かるようになっていたが……、おい、お前さん、こいつはもしかして……」

流石に鐘場も、気づいたのだろう。

「はい。これで犯人を、一人に絞り込めました」

ボックス席の脇に立って通話をしている香月を、翡翠が驚愕の表情で見上げている。

香月は無言で彼女に頷いた。

霊視では、一瞬だったのだ。

だが、それを証明するための論理を構築することの、なんと煩わしいことか――。

＊

翌日、別所幸介が逮捕された。

当人の自供もあり、聴取は順調に進んでいるという。

香月が翡翠と会ったのは、それから数日後だった。お互いにスケジュールが立て込んでいて、すぐには話せなかったのだ。

「いったい、先生はどんな魔法を使ったんですか」

そんなわけで、不思議がる翡翠に説明する機会が、今日まで先延ばしになってしまっていた。彼女とは、翡翠の自宅で会った。千和崎が腕によりをかけてご馳走《ちそう》を振る舞ってくれるという。約束の時間より少し早く、タワーマンションの高層階を訪ねると、翡翠の部屋の扉から、どこか幸福そうな、まるで憑《つ》き物《もの》が落ちたような表情をした夫妻が出てきた。

彼女はその力を使って、訪れる人々を幸せにすることができるのだろう。

だが、彼女の力を信じるのは、この場所を自ら訪問する者に限られる。

現代社会の中においては、それだけで足りず、論理の力が必要となることがある。

あのとき、香月は信頼する仲である鐘場に真実を伝えることができず、もどかしい思いをした。おそらく、その比にならないほどの想いを、翡翠は日常的に味わっているのだ。真実を知り得ても、それを伝えることができない。信用されず、ときには妄言だと決めつけられる。あらゆる人々から、自身を理解してもらえない苦しみは、どれほどの孤独をもたらすのだろう。

先ほどの来客に応対していたためか、翡翠の化粧は暗く暗鬱なものに見えて、それを指摘すると彼女は恥じらい、お化粧を直してきますと自室へ引っ込もうとした。気にしないでくださいと、どうにか香月は彼女を引き止めて、今回の論理の仔細を説明した。

「鐘場さんを説得するために話した理屈ですが……。まぁ、なんというか、ちょっと小難しくなります。わからないことがあったら、遠慮せずにおっしゃってください」

翡翠は推理小説が苦手だというから、丁寧に説明する必要があるだろう。

「まず、僕は翡翠さんが見たという夢を、それはあの晩に実際に起こったことなのではないか、と仮定しました。翡翠さんが、背景がすべて同じ場所で、水鏡荘だったのかもしれないと、そうおっしゃったためです」

「三人が、わたしの顔を触ったりしたということですか？　寝てる間とかに……」

翡翠は頰を赤らめながら、困ったふうに眉を下げて言う。

「いえ、違います」香月は笑った。「翡翠さんは、夢の中では動けなくて、視線すら外すことができなかったのでしょう？　だとしたら、翡翠さんは、あくまで映画やテレビを観るように、観客としてその夢を見ていたのではないかと考えたんです。そうだとすると、視点が固定されていることになります。設置されたカメラかなにかで見た光景のように連想しました。とすると、三人はそのカメラみたいなものへ、手を伸ばしたり顔を近づけたりしたわけです。さて、ここでお化粧を確かめようとした翡翠さんを見て、『水鏡荘』の名前の由来が頭を過りました」

「あっ、もしかして、鏡――」

「そうです。水鏡荘には、あちこちに古い鏡が掛けられていましたね。そして、新谷さんたちが言っていた霊障の中には、女性が鏡に映っていたというものがありました。僕も、鏡の中に青い眼の女性を見ているんです。もし、翡翠さんに夢を見せた水鏡荘の怪異が鏡に関連するのだとしたら、その映像は鏡に宿る何者かの視点だったのではないかと、そう推測することができる——」

「確かに……、ええ、そう、そうです。そうかもしれません、わたしが視たのは、三人が、鏡を覗いていた光景なんですね！」

「三人ともリビングを通る際に、トイレへ行くと言っていましたね。有本さんはトイレへ頻繁に行っていましたし、別所さんは血で濡れた手を洗う必要があった。新谷さんは、本当は黒越先生と話をするために仕事部屋へ向かったのでしょうが、彼の死体を発見してメールの細工をする際に、飛び散っている血痕に触れてしまったかもしれないと思って、念のために手を洗ったというのは考えられることです。となると、共通するのは三人が洗面所を使ったという点です。それなら、翡翠さんの夢は、洗面所の鏡の中からの視点なのではないかと考えました。有本さん、別所さん、新谷さんが順に洗面所に立ったときの光景だったんです」

「ええと……、そうなると、三人とも、鏡に手を伸ばしたということですか？　どうして？」

「はい。それが、これから話す論理の重要な点になります。どうして三人は鏡へ手を伸ばしたんでしょう？　そして、そのたびに鏡の視点から、翡翠さんが目眩のようなものを感じて、なにも見えなくなってしまうのは何故なのでしょう？　僕は水鏡荘の洗面所の景色を思い返しました。よく憶えています。深夜零時の振り子時計の鐘が鳴ったとき、目の前の鏡に幽霊が映っていたらどうしようかと考えたくらいですから。そう、洗面所の鏡は、キャビネットの扉に取り付けられていたんです。三人は、キャビネットを開けたり閉めたりしたんです。だから、鏡が動いて三人の顔が見えなくなったり、現れたりするように翡翠さんからは見えた――」

「でも、どうしてキャビネットを開ける必要が？」

「今日は解説するつもりでしたから、あのときのメモを印刷して持ってきました」

①有本が翡翠の元へ来る。有本が翡翠へ手を伸ばす。目眩と共になにも見えなくなる。
②目眩を感じる。目の前に別所が現れる。別所が翡翠に手を伸ばす。別所が去る。
③新谷が翡翠の元へ来る。新谷が翡翠へ手を伸ばす。目眩と共になにも見えなくなる。しばしして、新谷の姿が見えるようになり、彼女がその場を立ち去る。

「これを、先ほどの話を踏まえて整理すると、このように表現できます」

①有本が洗面所に立つ。キャビネットを開ける。鏡が脇に向けられる。
②別所が洗面所に立つ。キャビネットを閉じる。鏡が別所を映す。
③新谷が洗面所に立つ。キャビネットを開ける。鏡が脇に向けられる。少しして、キャビネットを閉ざす。

「さて、有本さんと新谷さんは、キャビネットを開けて鏡を避ける必要があった。どうしてでしょうか。二人の共通項を考えると、納得がいきます」

「そうか、怪異が怖かったんですね。鏡に幽霊が映るかもしれないと思ったから――」

「そう。実際にそういう経験をしたのなら、恐怖心を抱くのは当然といえるでしょう。鏡の中に恐ろしいものが映っていて、自分を見ているのでは……、手を洗う間、そういう想像を掻き立てる鏡が、目の前にあるのが怖かったのです。しかし、あの鏡はキャビネットの扉についているものでした。そこを開けてしまえば鏡は脇に向けられて、自分の視界には入らなくなる。対して、別所さんは鏡を確認する必要があった。犯行現場となった黒越先生の仕事部屋は、あの屋敷で唯一、鏡のない部屋でした。そして、撲殺の際に血液が飛び散った……。もし自分の顔や服に血痕がついていたら、リビングを通って戻る際に僕らに見咎《みとが》められてしまう。別所さんは、鏡を覗いてそれを確認する必要があった。しかし、直前に洗面所を使った有本さんが、キャビネットを開けたままにしておいたので、それを閉ざしたわけです。翡翠さんが見た夢は、彼ら三人の、この一連の行動でした」

翡翠は目を見開いたまま、呆けたように香月を見つめている。

「これで、あの夜、洗面所で起こった出来事の説明がつけられます」

「けれど、先生」眉尻を下げて、翡翠は不安そうに言った。「夢の正体や洗面所の出来事がわかったところで、犯人が誰なのかを絞り込めるとは、とても思えません……」

「それが、できるんです」

きょとんとまばたきをする翡翠の表情はあどけなさと驚きに満ちていて、それを見られただけで、この論理に辿り着いたかいがあるというものだった。

「ここからは、霊視で得られた情報を論理に変換しなくてはなりません。三人がその通りに行動すると、どうなるか。この情報を、科学捜査に役立てることは可能なのか——、ええ、可能でした。指紋です」

「指紋、ですか？」

「洗面所の鏡に不審な痕跡があったという話を思い出したんです。そこだけ指紋を拭うように拭き取られているのに、その上に新谷さんの同じ指の指紋が二つ残されていた、という話でした。つまり、彼女は同じ指で二度も鏡の同じ箇所に触っているんです。これは先ほどの話を踏まえると、こう推理できます。有本さんがキャビネットを開けたあと、犯行を終えた別所さんがやってくる。彼は血がついていないか確認をしたくてキャビネットを閉ざし、鏡を見ようとした。しかし、そこでつい、血に濡れた手の方でキャビネットを閉じてしまった。つまり、鏡に触れた指先が血痕と指紋を同時に残してしまった。鏡のそこをわざわざ拭う理由は、それだけしか考えられません。だからこそ、彼は黒越先生の仕事部屋から持ってきたティッシュなどを使って、血痕と指紋を拭き取る必要があったんです。鏡のその部分だけ拭き取られた痕跡があり、その上に新谷さんの指紋だけがついていた理由は、これで合理的に説明がつきます」

「そっか……。そうですね、そのあと、新谷さんが洗面所に入ったとき、怖くて鏡が視界に入らないようキャビネットを開けたので、そのときに彼女の指紋がついたんですね」

「更に新谷さんは、洗面所を去る際にキャビネットを閉めて元に戻しています。つまり、合計で二度キャビネットに触れている。同じ指の二つの指紋が残ったのはこのためです。これらを踏まえて、誰が犯人であれば合理的にこの指紋の状況になり得るのか、僕は三種類の考察を鐘場さんに説明しました」

「三種類の考察……」

「ええ、僕らは翡翠さんの霊視で、誰がキャビネットを開閉したかを知っていますが、夢で見たからですと鐘場さんに説明するわけにはいかない。なので、一つ一つ丁寧に検証した過程を話したんです。前提として、午前零時の段階でキャビネットは閉ざされたままだつたということに留意してください。これは、そのときに洗面所を使った僕が、自分の目で確かめています」

　それから、香月は三種類の考察を、順に翡翠へと説明した。

「まずは、①新谷由紀乃を犯人と仮定する場合です。彼女が犯人の場合は、事前に洗面所を使った有本さんか別所さんがキャビネットを開けたことになります。彼女はキャビネットが開いていたから閉ざした。鏡を見て顔に血が掛かっていないか確認するためです。その際に、鏡に血痕と指紋がついてしまった。だから、鏡についた血痕と指紋を拭った。しかし、現実には拭った痕跡の上に彼女の指紋が二つ残されていたのですから、彼女が犯人の場合、わざわざ更に二度も同じ指でそこに触る必要が出てきます。どうすれば、こうした状況になるでしょう？　考えられるのは、指紋を拭ったあとに幽霊が怖くなり、またキャビネットを開けて、立ち去るときに閉ざしたというケースですが、指紋を拭ったあとはすぐに立ち去ればよいので、それはありえません。指紋を拭う前に、手についた血を洗い落とすという用意はすませたでしょうからね。つまり、彼女が犯人の場合、彼女の指紋が二度も残っているというのは合理的ではありません。これに対して鐘場さんは不自然なことを認めながらも、ミスをしたのだろうという判断でした。しかし、それは裏を返せば、これよりも合理的な解を導けば、そちらを採用してもらえる可能性があるということです。わざわざ痕跡を拭ったあとで、一度ならず二度もうっかりして指紋を残すのは、流石に不自然すぎますから」

翡翠は眉根を寄せながら、じっと香月の話を聞いている。

千和崎がやってきて、アイスコーヒーを出してくれた。休憩にはちょうどいいだろう。

「翡翠ちゃんってば、頭がこんがらがってる感じですねぇ」

そう言ったのは、千和崎だ。プライベートでは、そう呼んでいるのだろう。翡翠は頬を膨らませて千和崎を睨んだが、睨まれた当人はまるで気にした様子もなく、鼻歌交じりにキッチンへ引っ込んでしまう。

「大丈夫です。続けてください。わたし、理解できてますから」

むきになるように、そう言った。

香月はアイスコーヒーを味わいながら、説明を再開した。

「次は、②別所幸介を犯人と仮定した場合です。この場合、先ほどの理屈から有本さんがキャビネットを開けたことになり、別所さんがキャビネットを閉ざして、指紋と血痕が残ったことになります。彼はその痕跡を拭ってから去り、新谷さんがやってきて、キャビネットを開け閉めしたため、彼女の指紋が拭った痕跡の上に二つ残った。実際の状況に説明がつく合理的な筋書きです」

「それではだめなのですか？」

「だめということはありませんが、まだ絞り込めていないのです」

香月は、三つ目の考察を話した。

「最後に、③有本道之を犯人と仮定した場合です。実は、この場合も合理的な筋書きになるパターンがあるのです。さて、有本さんが犯人だとすると、キャビネットは最初から閉じたままですから、鏡を確認するために触れる必要がない。つまり、血痕と指紋を拭き取る必要がなく、その痕跡が発生するのは不合理です。ところが、幽霊を恐れていた有本さんの性格を鑑みると、幽霊が怖かったからキャビネットを開けて、それから手を洗ったという可能性も捨てきれない。殺人を犯したあとで幽霊を気にするかどうかはわかりませんが、いちおう、検討する必要がある。洗面所にやってきて、鏡が気になり、キャビネットを開ける。その際に指紋と血痕がつく。まずは手を洗って、去る直前にキャビネットを閉ざし、顔に血がついていないのを確認して、血痕と指紋を拭き取ってから立ち去る……。この場合は、次に訪れる別所さんはキャビネットに触れる理由がなく、その次の新谷さんが幽霊を怖がってキャビネットを開け閉めするので、彼女の指紋だけが残る筋書きになる。有本さんが犯人の場合でも合理的です。困りました」

「夢でわかりきっていることを……、鐘場さんに納得してもらうために、ものすごく手間を掛けて理屈を並べているんですね」翡翠はようやく納得したというふうに唖然とした表情で言う。「新谷さんが犯人では不合理だけれど、有本さん、別所さんなら合理的、というところまではわかりました。そこから、どうやって有本さん犯行説を除外したのですか？」

「パスワードロックです」

　きょとんと、翡翠が双眸をしばたたかせた。

「新谷さんは、黒越先生のパソコンの中にある、自分にとって不都合なデータを消したがっていた。消したがっていたということは、これまでできなかったということです。あの仕事部屋には内鍵しかありませんでしたし、何度も水鏡荘を訪れている彼女なら、これまでデータを消す機会はいくらでもあったはず。それなのにできなかったのは、パソコンにパスワードが掛けられていたからでしょう。実際に、パスワードは掛かっていました。ところが、あの日、黒越先生の死体を発見した彼女は、データの消去に成功しています。何故、できたのか？」

「パスワードが掛かっていなかった……。あ、ロックされてなかったんですね！　黒越先生が亡くなって、自動的にパスワードが掛かる前だったんです！」

「その通り。調べてみたら、一時間で自動的にスクリーンセーバーが起動し、ロックが掛かる設定になっていたようです。つまり、黒越先生が亡くなって、最大で一時間以内に彼女が現場を訪れたことになる。彼女がリビングを通ったのは、深夜の一時四十五分ごろ。有本さんが犯人だった場合、犯行時刻は遅くて零時十分ごろになりますから、一時間半も経っていることになり、パスワードロックが掛かる。新谷さんがデータを削除することは不可能ですから、これは不合理です。つまり、もっとも合理的に状況証拠が整うのは、別所さん犯行説だけなんです」

これが、残された指紋や、新谷の証言、そのすべてに符合する筋書きだった。

話を聞いた鐘場は、狙いを新谷由紀乃から、別所幸介へと移した。

その筋書きで令状をとり、別所幸介の住んでいるアパートを家宅捜索したようだ。

新谷由紀乃が署に任意同行を求められたのが、期せずして功を奏したのだろう。別所は油断していたようで、犯行時に穿《は》いていたと思われるジーンズのポケットから血液反応とＤＮＡが出た。自宅近くのゴミ捨て場にも未回収のゴミが残されており、その中からＤＮＡが採取可能な血を含んだティッシュペーパーが押収された。ＤＮＡは黒越篤のものと一致した。血液を拭ったティッシュを、ジーンズのポケットに入れたのだろう。そうして香月たちをやり過ごしたのだ。現場にティッシュを残さなかったのは、自分の指紋や皮膚片が採取されるのを恐れてのことらしい。

「動機はなんだったのでしょう」

「『黒書館殺人事件』……。あの夜、黒越先生の新作に、自分のアイデアが使われていることに気づいたようなんです。一気に酔いが醒めて、黒越先生のところへ問いただしに行き……、お前には才能がないからと告げられ、頭に血が上ったと供述しています」

「そう、でしたか……」

翡翠は視線を落とした。

それから、別所が黒越に告げられた言葉を吟味するような間を置いて、ぽつりと零す。

「その一言は、別所さんの魂を、容易《たやす》く反転させてしまうものだったんですね……」

あんなふうに、他者の匂いが短時間で変化するのを感じたのは初めてだった、と翡翠は言っていた。香月はその言葉の意味を考える。たった一言で、己の人生が反転してしまう瞬間というのは、誰にでも等しく訪れるものなのかもしれない。香月にも、経験があった。瞼を閉ざせば、その言葉を告げた相手の表情を鮮明に思い浮かべることができる。たった一言で、自分という人間が作り替えられてしまう瞬間は、きっと存在するのだ。

「人を殺さずにいられる人間というのは、ただその不運が訪れていないだけで、そこに特別な差はないのかもしれません」香月は深く息を吐きながら言った。「誰だって、ちょっとしたことで、人を殺してしまう。それを経験しないでいられるのは、ただ幸運なだけなのでしょう。僕たちは、ただそんな違いだけで、生きているのかもしれない」

「先生も、別所さんと同じ目に遭ったら……。人を、殺してしまいますか」

不安そうに揺れる翡翠の瞳を見て、安堵させるように香月は笑う。

「そんな理由では、殺したりはしませんよ」

実際のところは、同じ立場になってみなければ、わからないことだろう。

あの夜、別所幸介を襲ったのは、どんな感情だったのか。

そういえば、鐘場から気がかりなことを耳にしたのを思い出す。

それは、自供する別所が漏らした言葉に関してのものだった。

「なにか、奇妙な声が耳元で囁いたというんだ。怖気立つような、本能的に恐ろしいと感じるような……、形容しがたい何者かが、殺すのなら今この瞬間にするべきだと……。自分の耳元でそう囁いたって、言いやがるんだよ」

まぁ、心神喪失を主張したいだけの嘘っぱちだろうがな——。

鐘場は、歯牙《しが》にも掛けず、そう笑って切り棄《す》てていた。

だが——、と香月は考える。

あの水鏡荘には、なにがいたのだろう。

香月は先日、水鏡荘近くの図書館で、古い郷土資料を調べた。黒書館を建てた英国人に関する記述がそこに残されているらしいと、ネットの情報に書かれていたためだった。黒書館の主は、確かに謎の失踪を遂げたらしい。だが、それ以前にも失踪者がいた。それは失踪した英国人の一人娘だった。古びた白黒写真が残っていて、それを見た香月は薄ら寒いものを憶えた。眼の色こそわからなかったものの、香月が鏡の中に見た白人女性と、うり二つの姿に見えたのだ。香月が見たものは、ただの錯覚だったのか、それとも——。

いったい、どのような怪異が、なんの目的で、翡翠にあのような夢を見せたのだろう。

何者が、なんのために、別所幸介の耳元で悪意を囁いたのか……。

黒越篤は、なにも感じ取らなかったのか。

彼はなにかに囁かれたことはなかったのか。

例えば、そう。

お前の弟子のアイデアを盗んでしまえ、と――。

そんなふうに囁かれた経験は、なかったのか。

なにか、人間というものを嘲笑《あざわら》うような意思を、そこに見出《みいだ》してしまうのは、考えすぎか？

あの場で生み出された黒書は、誰を犠牲にして、なにを呼び寄せたというのだろう。

翡翠でも判別がつかない、鏡に潜んでいたもの。

香月は視線を感じて、振り向いた。

そこには、アンティークの古びた鏡が壁に掛けられている。

誰の視線も、あるはずがない。

スマートフォンが、音を立てた。

香月ではなく、翡翠のものらしい。

「由紀乃ちゃんです」

翡翠は、ちょっぴり誇らしげに笑った。

「あれからときどき、メッセージを交換してるんですよ」

その、操ったそうな表情を見て、香月は浮かんだ考えを振り払う。

「お友達に、なれそうですか」

得られたものがある。

今は、それだけで充分だろう。

香月の問いかけに、霊媒の娘は笑顔で頷いた——。

“Grimoire” ends.

インタールードII

また、失敗してしまった。

白い腹部から溢れ出る血を見下ろし、鶴丘文樹《つるおかふみき》は虚無感に苛まれていた。

既に女は事切れている。刺されたあとに何度も鶴丘に助けを求めながら、涙を流していた。滲んだ化粧の目元が掠れて、苦痛と絶望に喘いだ表情はとても醜《みにく》いものだった。

あのときの再現には、遠く及びそうにない。

あの日の思い出。

それを取り返したいと切望しているのに、どうしてこんなにも叶わないのだろう。

女は鶴丘の質問に答えてくれなかった。それどころか、痛みを訴えてみっともなく身体を暴れさせていた。やはり、痛いのか？　痛いから、死んでしまったのか？　つまり、俺に原因があったのか……。自分のせいで、彼女を殺してしまったのだろうか？

違う。

そんなはずはない。

きっと、刺されたとき、既に彼女の運命は決まっていた。

自分がナイフを抜いたから、死んだわけじゃない……。

鶴丘は自身の顎を撫で上げる。それから、頬にも手を滑らせた。粘ついた女の血液が散っていて、鶴丘の顔を汚している。その生暖かさは、あの日のことを彼に強く思い起こさせた。美しい髪、優しく歪んだ笑顔、血に濡れた女の裸体……。

大丈夫よ。文樹君のせいじゃない……。

言葉が耳に甦《よみがえ》る。それは、自分の脳が作り上げた幻だろうか。それとも、確かに記憶へと刻まれたものだったのか？　わからない。確かめたい。実験をしなくてはならない。

だが、実験の頻度は明らかに増している。徐々に自制が利かなくなっているのだ。このままでは自分の首を絞めることになりかねない。いつまでも、運は味方をしないだろう。

彼が信じる予感と直感は、冷静になるように自らを促していた。なにが悪かったのだろう。やはり、あのときの選択だろうか？　それが、いつまでも鶴丘を不安にさせていた。だが、それは懸念にすぎないのでは？　まだまだ、警察は自分に辿り着く様子がないではないか。

やはり、このやり方で正しいはず……。

鶴丘は、女の亡骸《なきがら》に目を落とす。

「なぁ、痛くなかったよな？」

そう質問をするが、女は答えない。

「そっちには、なにがあるんだ？　なにかあるんだろう？」

女は答えなかった。

どうして、死んだ相手に、質問ができないのだろう。

死んでしまったら、相手がなにを考えていたのかわからなくなるなんて……。

この世界は、おかしい。

鶴丘は、しばらくリビングの中を歩き回った。

ふと、テーブルの上に広げた資料に目をとめる。

それは、鶴丘の実験候補者の資料だった。女たちの容姿を収めた写真や、彼が自分で収集して判明している限りの、住所やメールアドレス、使っているSNSなどの情報が書かれている資料だ。これらは、鶴丘が残す唯一の証拠らしい証拠品といえる。警察に押収されたら、自分は罪を逃れられないだろう。だが、そもそもこの場所に警察が辿り着くことはありえない。万が一、そのときが来るとしたら、証拠を押収する必要もなく、彼らは自分という人間に行き着いているはずだ。

鶴丘は、その資料の中の一つに目をとめる。

一枚の写真に、吸い寄せられた。

男と一緒に写っている写真だが、男の方はどうでもいいといわんばかりに見切れていた。

フォーカスは、女の方に合っている。

華奢な体軀と、毛先に向かうにつれてウェーブを描く艶やかな髪。

北欧系の血が混じった、人形のような美貌。

そして、優しい眼差しと、柔らかな笑顔。

完璧な素材が、写真の中に収められている。

城塚翡翠《じょうづかひすい》。

なんて美しい名前だろう。

写真を見つめるだけで、愛しさすら溢れてくる。

彼女は鶴丘の理想、そのものに見える。

どうにかして、彼女で実験を行いたい。

鶴丘の信じる直感が、そうするべきだと訴えていた。運命が、そうだと彼に教えている。だが、彼女の住居や交友関係を見る限り、それには大きな危険が伴うだろうと理性は判断していた。故に鶴丘は迷っていた。衝動と理性の狭間《はざま》で、どうするべきか揺らいでいる。彼女を狙わずにすむなら、自分の身は安全だろう。だが、溢れ出る欲求には、逆《さか》らいがたい。

そう。彼女の側にいる人間が邪魔だが、その障害さえ乗り越えることができたら、実験は可能かもしれない。

ああ、早く。

早く。

彼女の肌に、この切っ先を、つき立てたい。

「痛くないだろう?」

鶴丘は呟いて、転がる女の遺体を引き摺る。

「そっちには、なにがある?」

死者よ。

どうか、答えてくれ……。

第三話
女子高生連続絞殺事件

これで何人目だろう。

香月史郎《こうげつしろう》は、サインを施した本を、前に立つ女性に手渡した。

「あの、握手をしていただいてもよろしいですか」

「はい。もちろんです。いつもありがとうございます」

差し出された手を握り締めると、女性は気恥ずかしそうな笑顔を浮かべて、ぺこりと頭を下げた。ありがとうございましたと香月が礼をすると、彼女は離れた場所で待っていた友人の元へと去り、互いに同じ本を抱えて黄色い声を上げる。隣に立つ編集者の河北《かわきた》が、次の読者から受け取った本と宛名《あてな》が書かれたメモを香月の前へと流してくる。香月は座って、本にサインを記した。

「先生、握手をしていただけますか」

「ええ、もちろん――」

まだ宛名を添える前だったが、そう声を掛けられて、香月は顔を上げた。

目の前に立っていたのは、若い女性だった。

柔らかそうな白いフリルを胸元にあしらったブラウスに、細い腰つきを強調するような朱のハイウエストのスカートを穿いている。長い黒髪は、耳のあたりから緩やかにウェーブを描いており、切り揃えられた前髪は微かに内側へとカールしているのがわかる。

「翡翠《ひすい》さん――」

城塚《じょうづか》翡翠だった。

彼女は微笑んで、小さな手を差し出した。

「驚いた」香月はようやく言った。「いらっしゃるなら、いってくれれば――」

差し出された手を握って、香月は言う。彼女は小さく首を傾げて笑った。

「先生を、びっくりさせたかったんです。驚いてくださったのなら、成功ですね」

そう言って、ちろりとピンクの舌を覗かせる。

「これ、差し入れです。お荷物になって申し訳ないですけれど、よろしかったら」

可愛らしい手提げ袋に入っている菓子を、香月は受け取った。

「ありがとうございます。ああ、少し待っていてもらえますか。このあと打ち上げがありますから、よろしかったらどうですか」

「わぁ、よろしいんですか？」

「ええ、もちろんです。編集さんが、あなたのことを知りたがっているようですから」

隣の河北が、この人物は何者だ、という訝しんだ表情を浮かべて、無言で香月に信号を送っている。彼には先月の、水鏡荘事件《みかがみそう》のことを話しているので、翡翠を紹介してもかまわないだろう。

「それにしても、先生ってば、女性のファンが多いんですね。半分くらいいません?」

「ええ、いや、まぁ、ミステリ作家といえど、僕が書くのは本格ではありませんからね。いわゆる広義の……。まぁ、女性でも親しみやすい作品なんだと思います。ありがたいことです」

ひとまず香月は腰を下ろして、彼女の宛名を著書に入れた。見たところ、あと一人で列は終わりのようだった。長い時間のようにも、あっという間だったようにも感じる。

最後の一人は、少女だった。高校の制服を着ている。十代の読者というのは珍しくないが、セーラー服を着てやってきた子を見るのは初めてだった。ネクタイ状に結ばれた深い翠のスカーフが愛らしい。今日は平日だったから、もしかすると学校が終わってすぐ駆けつけてくれたのかもしれない。少女は、少し緊張しているようだった。渡された宛名には、『藤間菜月《ふじまなつき》』とあった。

「今日は学校帰りに来てくださったのですか」

サインを記しながらそう訊ねると、少女は頷いた。

言葉はない。緊張しているのだろう。無理に会話を強いても気の毒かもしれないと感じて、香月は宛名を記したサイン本を少女に渡した。礼を述べようとしたとき、少女が勢い込んで言った。

「あの、香月先生――」

それから、可愛らしい封筒を差し出して、頭を下げる。

ファンレターだろうか、とありがたい気持ちになった次の瞬間、香月が耳にしたのは意外な言葉だった。

「香月先生、お願いがあります。あたしたちの学校が巻き込まれてる殺人事件を、解決してくださいませんか――」

＊

「第一の事件が起こったのは、今年の初め、二月の十五日。被害者は武中遥香《たけなかはるか》、十六歳になったばかりだった。件の高校の一年生で、塾から帰宅しない娘を心配した両親が警察に相談――、翌朝になって、犬を連れて公園を散歩していた老人が遺体を発見した」

馴染みの喫茶店のいちばん奥のボックス席は、他の席からは見通しが悪い。そのためか、鐘場《かねば》正和《まさかず》はファイルから取り出した数枚の写真を、躊躇う様子もなくテーブルに並べた。

最初の一枚は、入学式の際に撮られたらしい、少女の生前の姿だった。

そして次に並べられたのは、命を絶たれたあとの、無惨な姿。

「絞殺、ですか」

少女の細い首筋には、索条痕《さくじょうこん》らしき僅かな変色が見られた。だが、それよりも香月に少女の死因を思い当たらせたのは、あまりにも痛々しいその死に顔だった。

愛らしい目は驚愕に見開かれて焦点を失い、口元は苦しみに喘ぐようにいびつに歪んでいた。鬱血《うっけつ》した表情は、写真であっても直視するのが躊躇われるほど醜く変色してしまっている。

「凶器はまだ特定できていない。索条痕がはっきりしていないところから、マフラーかなにか、柔らかい布状のものが使われたと考えられている。着衣の乱れや性的暴行の形跡は見られない。死亡推定時刻は、二月十五日の十六時半から十八時半ごろで、学校を出たあと、通っていた塾に向かう途中で殺害されたと考えられている」

「首に、吉川線《よしかわせん》がありますね。爪《つめ》から犯人の皮膚片や凶器の繊維は出なかったのですか」

鐘場は重々しい息を吐いて、もう一枚の写真を差し出した。

「ご丁寧に、爪が切られている。おかげで、犯人のDNA検出は無理だったらしい」

写真には、被害者の指先がアップで写っている。爪切りなどを用いたのか、かなり深くまで切り取られていた。偏執的ともいえる手口だった。

「遺体は、発見時からこの状態だったのですか？」

香月は、写真の一枚を示して訊ねた。

少女の全身が写るアングルで撮影されたものだった。公園のベンチを寝台代わりにするように、セーラー服の上にコートを羽織《はお》った少女の身体が、姿勢よく仰向けに寝かせられている。

「ああ、犯人のクソ野郎がやったんだろう」

「犯行現場は？」

「同じ場所だろうという見方が強い。ベンチの足元周辺には、抵抗する際にもがいたのか、地面に靴が擦れた形跡が複数あった。だが、足跡と言えるほど明確な痕跡はない。もう少し地面が軟らかかったら、くっきりと採れたかもしれないんだが」

「なるほど……。捜査はどのように進んだのですか」

「捜査本部が立ち上がってすぐ、怨恨《えんこん》の線で捜査を進めた。学校の友人に話を聞いた結果、彼女は年上の男性と付き合っていたという話が出たんだ。その相手を割り出すのに、少し手間取った。今どきの若い子は、交際相手の連絡先を携帯電話に登録しないみたいだからな」

「ああ、SNSなどですましてしまいますからね」

「そのアプリにもロックが掛かっていたりで苦戦したらしいが、どうにか塾講師のアルバイト、今野《こんの》悠真《ゆうま》、二十一歳に辿り着いた。当人は相談を受けていただけだと、交際を否定している。しばらく周囲を洗ったり、証拠を固めようとしていたんだが、アリバイがあることが判明した」

「確実なアリバイでしたか」

「ああ、防犯カメラに写っていた。それで捜査は振り出しに戻っちまったんだ。交友関係を当たっても、これといった人物がまったく出てこない。前科者の線も洗っているんだが、時間が経つばかりで五里霧中……。捜査本部の規模を縮小せざるを得ない、という時期になって——」

「第二の犯行、ですか」

「第二の事件が起こったのは、最初の事件から四ヵ月後の六月十七日だった。被害者は北《き》野《の》由《ゆ》里《り》、十六歳で、最初の被害者と同じ高校に通う二年生だ。これも学校から帰らない彼女を心配に思った両親の通報があった。最初の事件のこともあって警官たちがすぐに捜索にあたり、遺体が発見されたのは深夜の一時ごろ。現場は高校近くにある建設現場跡地だった。雑居ビルを建設中だったが、何年か前に事故があり、工事が取りやめになったまま放置されている場所だ」

言いながら、鐘場はテーブルへと先ほどと同じ要領で写真を並べた。

「手口が、変わっていますね」

「ああ、だが、同一犯だ。索条痕が一緒なんだよ。凶器はまだ判明していないし、その情報はマスコミには流れていない。同じ痕跡を残せるのは、この胸クソ野郎だけだ」

写真の少女の遺体には、着衣に明らかな乱れがあった。雨が降ったのだろうか、仰向けに地面に横たわる少女の身体は、ほんの微かな雨粒に彩られていた。その凄惨《せいさん》な表情を除けば、どこか艶めかしいともいえる肢体だ。

セーラー服は下着が見えそうなほどに捲り上げられて、小さな臍《へそ》が覗いていた。スカートの裾も乱れており、片足には白いショーツが纏わりついている。奪い取られた翠色のスカーフがふわりと二つ折りの三角形状に広がって、暗鬱な色彩の景色に唯一の彩りを与えていた。抵抗の際に暴れたのか、スカーフにはローファーらしき靴跡が残っており、それが事件の痛々しさを香月に連想させる。

卑劣な犯人に捕まり、逃れようと抵抗したものの、衣服を強引に剝がれて、地面へ押し倒される。少女の首に凶器が巻き付いていき——。

「DNAは採取できませんでしたか」

「いや、残念ながら、唾液《だえき》も体液も、なにも検出できなかった。小雨《こさめ》に洗い流されちまったのかもしれない。爪を切る手口も同じで、皮膚片もない。だが、奇妙なのは……。解剖の結果、性的暴行はなかった、ということがわかったんだ」

「なかった……。なるほど、痕跡がなかったんですね？　衣服を半《なか》ば剝いだものの、それ以上のことにまでは及んでいない……」

「性的不能者なのかもしれない。少女の首を絞めるのに快感を感じるサイコ野郎なんだろうさ」

香月は無言で少女の遺体を写した写真を見比べた。

第一の事件では、欲望を抑えていたが、第二の事件では抑えることができなかった？　いや、欲望を抑えていたのだとしたら、そもそも第一の事件はなんのために殺したのだろう？

「第二の事件があって、捜査本部を立て直すことになったんだが、どうにも手がかりが得られない。東京とはいえ郊外の田舎だから、防犯カメラの数もそう多くはないし、不審な男の目撃情報もない。余所者《よそもの》はわりと目立つはずなんだが、怪しい人間や車を見たって話がまったくないんだ」

「念のために確認しますが、ここ数年関東を騒がせている、連続死体遺棄事件とは、別の手口なのですか？」

「ああ。奴はナイフを使うし、殺害現場は未だに不明のままだ。被害者も二十代女性と十代の少女とで、差異が大きい。奴の犯行に触発された可能性はあるが、別人と見るべきだろう」

香月は顎先に手を添えて、しばし熟考した。

「とにかく、なんの手がかりも得られないまま、ずるずると三ヵ月が経っちまった。捜査本部長の管理官とはわりと親しくさせてもらっているんだが、少し前に意見を求められてな。注目度の高い事件だし、作家先生の知恵を借りるべきかと、そう思っていたところなんだが……」

声を掛ける前に、どうしてこの事件に興味を持ったのか、と鐘場は不思議そうな顔をした。

「ああ、いや、一風変わった話なんですが、読者の子から、お願いされまして」

藤間菜月は手紙を渡した際、香月の返答を待たずに足早に去っていった。いたずらかと思ったが、香月はその場で手紙を開封して、数ヵ月前にテレビを賑《にぎ》わせたその事件が未解決であることを知った。香月が警察の捜査に協力をしていた事実は間違いない。しかし、それは鐘場に捜査協力を求められたときに限る。自分は門外漢だし、日本の警察はとても優秀だ。亡くなった友人のため、藁にも縋る思いで手紙を書いたのだろう少女の一途《いちず》さを思うと胸が痛むが、丁寧に断りの手紙を書くしかない。だが、打ち上げの席に同席した翡翠の一言で、気が変わってしまった。

「力になってあげるべきだと思います」

そのときの翡翠は、霊媒としての眼差しで香月を見ているように感じた。

「あの少女から、なにか感じるものがあったのですか」

「そうですね……。ただ、明確なものではなく、直感です」

彼女の直感には、従うべきかもしれない。香月も仕事柄か、そうしたものがもたらす影響を無視できないと知っていた。まして、翡翠の力は本物だ。

香月は、翌日には鐘場に連絡をとった。意外なことに、鐘場の方もこの事件に関して、香月へ連絡をとろうとしていたのだという。

「管理官もお前さんの活躍を知っているから、捜査本部にはなんとか話を通すことができるかもしれない。もちろん、非公式なものだ。どうする？　ひとまず現場でも見てみるか？」

「そうですね。ただ、僕の他にもう一人、同行させてもらいたい人がいるんですが──」

＊

「あ、あのう……。あれは、いったいなにをしてるんですかね」

とても言いづらそうに疑問の言葉を発したのは、捜査本部の蝦名《えびな》海斗《かいと》巡査部長だった。

年齢は二十代後半だろうか。捜査一課には珍しい童顔なので、大学生と言われても不思議はない。捜査本部長に命じられ、鐘場に代わって香月たちをエスコートする立場にあるようだ。基本的に捜査員というものは二人一組で行動するが、香月の介入はあくまで非公式なので、案内をする蝦名刑事は単独だった。香月の活躍を知っていて、彼の介入に不服がなく、なおかつ傍から見て刑事に見えないという理由から任命されたらしい。彼は今も、第一の犯行現場である公園に二人を案内し、細かく当時の状況を聞かせてくれていたところだったのだが――。

蝦名の視線の先へと目を向けて、香月は頷く。

「ああ、あれはですね、被害者の目線に立って、当時の状況を再確認してもらっているんです。遺体がどのようにあったのか、再現することで見えてくるものもありますから」

「なるほど。流石、数々の難事件を解決した香月先生ですね。ドラマみたいな捜査手法っす」

二人が目を向ける公園のベンチ。そこで、まるで放棄された人形のように仰向けになっているのは、城塚翡翠だった。今日の服装は、警察に同行することを意識してなのか、落ち着いた雰囲気のベージュのスーツ姿だった。胸元にフリルをあしらったデザインを好むのか、ブラウスの雰囲気はいつもとあまり変化がない。タイトスカートからすらりと伸びた細い脚はストッキングに包まれていて、同系色のヒールを履いた足が、ベンチの端《はし》からはみ出るようにして浮いていた。ウェーブを描く長い黒髪もベンチから零れて、地面すれすれにまで垂れている。

彼女はなにかをじっと待ちかまえるかのように、瞼を閉ざし続けていた。

もちろん、香月が蝦名に説明したのは、でたらめな理由だ。蝦名には、翡翠は優秀な推理力を持つ香月のアシスタントだと説明してある。少し前に蝦名と初めて顔を合わせたときに、こんなやりとりがあったくらいだ。

「蝦名さん、もしかして今度ご結婚されるんですか？」

「あ、はい。そうですけど、指輪もしてないのに、よくわかりましたね」

「初歩的な推理です」

ふふふ、とにこやかに笑って、しかし翡翠はどのように推理したのかを明かさない。あとでこっそり訊いたところによれば、彼からはそういう幸福の匂いがしたそうだ。ともあれ、蝦名はそれで、香月と翡翠の実力をすっかり認めるようになったらしい。

被害者の少女と同じ姿勢をとりたい、と言いだしたのは翡翠だった。

彼女なりに狙いがあるのだろう。まさかいきなり降霊を始めるとは思わないが、なんらかの霊的な反応を探っているのかもしれない。死者と翡翠との間に、ある程度の親和性がある場合は、例の魂の共鳴を意識的に起こしやすいのだという。

翡翠が目を開けた。

それから、どこか途方に暮れたような表情で曇りかかった空を見つめる。

「どうですか」

ベンチの傍らに立って、香月は翡翠を見下ろした。

「すみません」

その表情を見るに、結果は芳《かんば》しくないらしい。彼女が身を起こしたので、香月は翡翠の手をとって、立ち上がるのを手伝った。

「ほとんどなにも感じ取れませんでした。時間が経ちすぎているんだと思います」

「半年以上も経っていますからね」

だが、翡翠がベンチで横になることで、判明したこともある。この公園は植え込みに囲まれていて、被害者が横になっている姿は遠目からは視認しづらい。しかも人が通る道からは、防災用具のコンテナの陰《かげ》になってしまい、犯人が爪を切るなどの細工をしていたとしても、その様子はまるで見えなかっただろう。明らかに、土地勘がある人間の犯行だ。

香月は蝦名に渡された捜査資料のファイルを開いて、そこに視線を落とす。

「犯人は、ここで被害者を絞め殺したとみられているんですよね」

「ええ、おそらくは」蝦名が答える。「今のところ、遺体を運んできた形跡は見られません。死斑《しはん》などから、遺体は死後すぐにそこへ寝かされたと考えられます」

「殺害現場がここだとしても、強引に連れ込んだ形跡もないようですね」

「ええ、通りからは離れてますし、そういった痕跡もないんです」

「それなら、犯人は被害者と話をするそぶりで、一緒に腰を下ろしたのかもしれない」香月は顎先に指を添えて思索を続けた。「高校生の女の子が、こんなところで一人きりで座っていたとは考えにくいですから、しばらく一緒に行動したのでしょう。恋人か、友人か、ベンチに一緒に腰掛けても不自然ではない関係になる。共に腰を下ろして、そのあとは、どうしたか──」

するると、翡翠が香月に言った。

「それなら、先生、再現をしてみましょう」

翠の双眸を輝かせて、柔らかく握った両手の拳をぐっと掲げるようにしている。

「再現?」

「わたしが高校生の女の子で、先生が犯人です」

翡翠はそう言うなり、ベンチに腰を下ろした。香月の様子を覗うように、首を傾げている。

「なるほど」

香月は手にしていたファイルを閉ざし、ベンチに腰を下ろした。

すぐに、僅かに開いていた二人の間を、翡翠が詰めてくる。

「事件があったのは、冬でしたでしょう?」翡翠がいたずらっぽく笑んで言った。「寒空の中、こんな場所に一緒に腰掛けていたのですから、かなり親しい間柄だったんじゃないですか?」

「一概には決めつけられないけれど、その可能性は高いか」

肩が触れ合うような距離だった。彼女の薫りをずっと近くに感じ取れるが、翡翠は気にした様子もなく、香月の考えを覗うようにして瞳を輝かせていた。その様子があまりにも無邪気だったので、いたずら心が芽生《めば》えたのは自然な流れといえるだろう。香月は翡翠を見つめ返して囁いた。

「なら、僕たちは恋人ですね」

「え？」

眼を大きくして、翡翠が唇を開く。

「ひとまず、そういう設定でいきましょう」

「え、あ、はい、そうですね、そ、そういう設定で……」

それから、見る見るうちに頰を赤くすると、そのまま俯いてしまう。

「あー、おほん」

蝦名が咳払《せきばら》いをする。視線が痛い気がして、香月は苦笑した。寸劇を続けることにする。

「さて、被害者の少女と親しかったと思《おぼ》しき犯人は、こうしてベンチで過ごす中で、不意に凶器を取り出して――、確か、正面から絞め殺したのですよね？」

「あ、ええ」手帳に目を落とし、蝦名がこくこくと頷く。「索条痕の形状から力の加わった向きがわかります。およそ正面の方から、こう、なにか布状のものを巻き付けて、犯行に及んだと見られます。当初は冬だったので、マフラーが使われたと考えられてたんです」

今は代用できるものがない。香月はパントマイムで、想像上のマフラーを手にした。それを持って隣の翡翠に向き直る。翡翠は香月の意図を察して、眼を大きくした。

「うわぁ、わたし、先生に絞め殺されちゃうんですね」

「そうなります」

「ちょっとドキドキしちゃいますね」

想像上のマフラーを、照れくさそうに笑う翡翠の首に巻き付けようとするが――。

「先生、もうちょっと迫真の演技でお願いします」

腕が迷ってもたついたせいか、翡翠に睨まれてしまった。

「迫真の演技、ですか」

「殺人鬼の役ですよ。お得意のはずです」

「え?」

「ミステリ作家なんですから」

「ああ、いや、まぁ、確かにそういう描写もしますけれどね」苦笑して、彷徨《さまよ》う自分の腕に視線を落とす。「一緒に座っていると、男性であっても被害者との身長差が縮まって、マフラーを巻き付けるにしても、少しもたつきます。正面からなら、逃げられてしまうと思って」

「男性がマフラーを巻いてくださったのなら、女性は無防備になるかもしれませんよ。その……、こんなふうに、目も閉じちゃうかもしれません。これなら、絞め殺せます？」

翡翠はそう言って、キスでも待つみたいに瞼を閉ざし、微かに顎を上げた。

白い首が、なめらかな丘陵を描いている。

フリルで飾られたブラウスの胸元が、無防備に開いていた。

再び、蝦名の咳払いが聞こえて、香月はそちらに目を向けた。

「や、城塚さんのおっしゃる通り、自分たちも当初、そう考えてましたよ。被害者の所持品にマフラーはありませんでしたから、ありえる筋書きだったんすよ。ところが、そうだとすると第二の犯行が不可解なことになるんです」

「六月にマフラーを巻き付けたりはしない、か」

「そうなるっす。第二の手口も同じで、正面から絞殺してますんで」

後ろから不意を打つならともかく、正面から凶器を巻き付けるというのは、いかにも不審で大仰な動作だ。被害者は抵抗するなり逃げるなりするだろう。だとしたら、ベンチから離れて、地面に手をついたり、尻餅《しりもち》をついた痕跡が残るのではないだろうか。

香月はファイルを開いて、他に確認するべき情報がないか確かめた。

「そういえば……。これはなんですか？　この、地面にあった線状の痕跡というのは」

写真を縮小した画像が添えられていたが、小さすぎて判別しづらい。

「ああ、そいつは、あっちにあったものっすね」

そう言って蝦名が振り返った先にあるのは、色褪《いろあ》せた滑り台だった。

ベンチから僅か二メートルほど離れた場所に、それが設置されている。

「以前はもっと遊具があったらしいんですけど、ほとんど撤去されちまったみたいです。これは、そんなに高くないので残ってるんでしょう。で、このあたりです」

滑り台の足元を示して、蝦名が言う。

「あそこからベンチの方へ、ちょうど一・五メートルほど、僅かな線が引かれていました。正直なところ、事件と関係があるかはわかりません。ほんのうっすらとした線で、肉眼じゃかなり気づきづらいものでした。もともと、足跡の類がくっきりと残るような地面じゃないんですね。鑑識が念のために写真に撮ったんですが、子どもが木の枝かなにかで描いた線という見方が強いです」

現在は、その痕跡は微塵も残されていない。

残念ながら、他に見るべきところはなさそうだった。

香月たちは蝦名の運転で、第二の犯行現場へと向かった。

次の現場は、車で十分も掛からない場所だ。路肩に停車させて、フェンスに囲まれたその場所へと向かう。そこにはまだ、規制線のテープが張られていた。雨風に汚れているのがわかる。

フェンスの端には、花束《はなたば》が供えられていた。

ここで一人の少女の命が奪われた事実を、ありありと見せつけられるようだった。

翡翠が足を止めて、手を合わせた。香月も倣《なら》って目を閉ざす。

少ししたあとで、蝦名が規制線のテープを持ち上げて、二人を招きながら言った。

「土地の所有者がしばらく使う予定がないっていうんで、事件解決の目処《めど》が立つまで保存の許可をくれているんすよ」

旧建設予定地は、周囲をぐるりとフェンスに囲まれていたが、重機や機材を入れるためか、その入り口は大きく開け放たれていて、侵入するのは容易だろう。通りはあまり交通量が多くなく、歩行者も登下校中の生徒がほとんどだという。人気のない第一の現場同様に、他者の視線を気にすることなく犯行に及ぶことができそうな場所だ。

内部は整地されているものの、ほとんど工事は進まずに中止されたようだった。敷地《しきち》の隅にプレハブ小屋がある他には、作業に使われるはずだった鉄骨が積み置かれている程度で、フェンスに囲まれてさえいなければ、公園や空き地といったイメージが近い。

殺害現場と知っているせいか、妙に空気が淀《よど》んでいるような錯覚を受ける。フェンスから落ちた暗い影から、何者かの眼差しを注がれているような気になった。

樹木は見えないのに、ざわざわと、風に木々がそよぐ音が鳴っている。

妙な汗が、額を流れた。

「遺体はこのあたりに倒れていました」

プレハブ小屋の手前あたりまで歩んで、蝦名が足元を示す。現場保存されているものの、少女が倒れていた痕跡を示すものはなにも残っていない。

「死亡推定時刻は十六時から十九時ごろです。遺体が雨に当たっていたので、多少、推定時刻の幅が大きくなってます。足跡が残っていてもおかしくない地面ですが、小雨のせいで判別がつきにくく、被害者のものしか採取できていません」

「雨は予報通り？」

「ええ。雨で証拠が流れることを、犯人が期待した可能性はありえます」

翡翠を見ると、彼女は遺体が倒れていた場所の近くに佇んで、じっと瞼を閉ざしていた。この空間の妙ないびつさを、翡翠も感じているのだろうか。

プレハブ小屋の扉は閉ざされている。窓はあるが、室内はほとんどもぬけの殻だ。

「扉に鍵は掛かっていませんでしたが、中にはなんにもありません。ホームレスが住み着くのには格好の物件かもですが、埃《ほこり》だらけで誰かがいた痕跡はおろか、足跡もまったくないっす」

小屋の側面にはハシゴが立て掛けられていた。工事に使うはずの道具だったのかもしれない。

「犯人に追われてこの場所へ逃げ込んできた、というのはなさそうだ」

通りにはもっと別の建物や住宅がある。わざわざこんなところへ逃げ込む必要はない。

「となると、友人や恋人といった親しい間柄の人物と一緒にここへ入ったことになるか」

「こんな場所へ、いったいなにしに来たんでしょう？」

「逢瀬《おうせ》か、密会か……。やはり、恋人かもしれない。プレハブ小屋というのは、意味深です」

「やっぱ、セックスが目的だったってことすか？」

そう言って、蝦名は慌てて口を噤んだ。気にしたふうに、翡翠の方を一瞥する。可憐《かれん》な女性の前で口にするには直接的すぎる表現だと思ったのかもしれない。

だが、翡翠は顎を上げて、虚空を見つめるようにしながら微動だにしていない。

なにかを探るような顔つきだった。

「まぁ、そうした行為が目的だとしても、常習的にそうしていたわけではないはずです。プレハブ小屋の中が埃だらけだったわけですから」

「捜査会議でも、そうした意見は出ています。ただ、疑問も多くてですね。殺害目的で被害者をここまで連れ出したのだとしたら、どうして、こう、中でしなかったんでしょう？互いに行為に及ぶことを承知していたのなら、小屋の中で首を絞めた方が、更に見られる可能性が減るんじゃないですか？」

「被害者の方が、直前で躊躇ったのかもしれません。帰ろうとしたところを襲われて、犯人が彼女の衣服を剝ごうとした。スカーフが落ちて、逃れようとした被害者がそれを踏んでしまう。犯人は暴れる彼女の首に凶器を巻き付けて、仕方なく殺害した……。そもそも、まずはセックスやレイプが目的だったが、それが叶わずに殺害したのかもしれません。凶器を用意していたわけだから、事後に殺害するのが目的だった。最初の事件のとき、倒錯した性衝動を憶えたのでは？」

「あー、首を絞めながら、というやつですか」蝦名が顔を顰めた。「最初の事件で、首絞めの快楽を憶えたわけですね。そんで、事に及びながら、相手の首を絞めてみたくなった。とすると、犯人が被害者の衣服を剝ぐようになった説明がつきますね」

思っていたより少女の抵抗が激しかったために、犯人はやむを得ずすぐに殺害してしまった。本来なら、そうした行為の最中に首を絞めるつもりだったのだろう。

資料に目を落としながら、香月は積まれた鉄骨の方へと歩んだ。鑑識が細かく調べたはずで、今更なにかが見つかるとは思えないが、他に目を向けるべき場所も思いつかない。

「先輩……。どうして、こんなこと、を……」

「え——？」

声の方へ、香月は振り向いた。

翡翠が蒼白な表情で佇んでいる。

彼女の身体が蹈鞴《たたら》を踏んで、よろめいた。

香月は慌てて駆けつける。

倒れそうになるその身体を掴んだ。

「翡翠さん！」

空気を求めるように、彼女の唇が開く。

真っ青だった。翡翠の身体が、地面に膝をつく。

翡翠の指先が持ち上がり、息苦しそうに喉元を弄《いじ》った。そのまま、もどかしそうにブラウスのボタンを外していく。支える香月の位置から、白いブラに包まれた胸元が覗くほどだった。

「はぁっ……、ぁ、ぁっ……」

見開かれた翠の双眸から、涙が滲んでくる。

「だ、大丈夫ですか？」慌てた様子で、蝦名が駆け寄ってくる。「どうしたんです？」

翡翠は静かにかぶりを振った。

少しずつ、呼吸が落ち着きを取り戻している。

「大丈夫、です……。すみません、立ちくらみがして」

怪訝そうに、蝦名が翡翠を見ていた。

「病気の発作なんです」涙を滲ませたまま、翡翠が微笑んだ。「もう、大丈夫です」

「そ、そうですか？」

そのとき、スマートフォンのコール音が鳴った。

蝦名が背広からスマートフォンを取り出し、画面を確認する。

「すいません、別件です」

通話に出て、彼は入り口の方へと離れていった。聞かれてはまずいような、別の事件に関する話なのかもしれない。それを幸いに、香月は翡翠を促した。

「立てますか？　あそこに座りましょう」

積み上げられた鉄骨の一角に、ちょうど腰を下ろすことができそうだ。

頷く翡翠を連れて、彼女をそこに座らせる。

「なにかを視たんですね」

問うと、彼女は息苦しそうに首筋を押さえながら、頷いた。

「今回のは……、強烈でした」

涙に濡れた双眸が、上目遣いに香月を見上げる。

「先生……。犯人は、女の子です」

＊

香月史郎は困惑していた。

曇り空へと視線を向けて、翡翠の言った意味を考える。

短時間で被害者と親しくなっている様子から、犯人像を同じ高校に通う男子生徒なのではないかとプロファイリングしていたが、女子生徒とはまったく想像していなかった。

そうか……。そうなると……。

「先生、聞いてます？」

不安そうな翡翠の声を受けて、香月は頷く。

「ああ、ええ……。ですが、その、それよりも、まずは胸元を閉じてください。もう、苦しくなければ、ですが……」

「え？」

息を呑むような音が聞こえた。

しばらく待ってから、翡翠の方へ視線を向ける。

彼女は頬を赤らめて、俯いていた。

フリルで彩られた胸元は、既に閉ざされている。唇の色も、よくなりつつあるようだった。

「す、すみません！　大変、お見苦しいものを……」

「いや、そんな」

むしろ魅力的すぎる景色に、衝動を掻き立てられてしまったほどだ、などと言うわけにはいかないだろう。

続く言葉が出てこず、香月は押し黙る。

しばらく、奇妙な沈黙が訪れた。

「その」一つ咳払いをして、香月は言った。「今のは、共鳴というやつですよね」

「はい。たぶん、相性のようなものが、よかったんだと思います」

「結花《ゆいか》ちゃんのときのように、なにかを言っていました。憶えていますか？」

「いえ、見たもの、感じたものは憶えていますけれど、わたし、なにか言いました？」

「ええ。『先輩、どうしてこんなことを』、と――」

翡翠は視線を落とした。

まだ違和感が残るのか、白い首筋に手を這わせながら、翡翠が言う。

「そうですか、わたしが感じたのは、映像に近いものです。わたしの首を絞める感触と、目の前にいる、女の子の姿です。セーラー服を着た女の子でした」

「顔はわかりますか？」

「すみません、そこまで鮮明ではなくて……。でも、たぶん、被害者の子たちと、同じ高校の制服です」

「それが、ここで殺された北野由里の言葉だとすると、二年生である彼女にとっての先輩、つまり、三年生の女子生徒だということになるか」

翡翠は頷く。

「凶器は見えましたか？」

「そこまでは……。場所は、ここで合っているように思えましたけれど……」

そこで、蝦名が戻ってきた。

「城塚さん、大丈夫でしたか？」

「はい。ご心配をお掛けして、すみません」

立ち上がって、翡翠がぺこりと頭を下げた。

「蝦名さん、僕なりに犯人像をプロファイリングしてみたのですが、聞いていただけますか」

「あ、ええ、もちろんです」

彼は慌てて手帳を取り出した。

「犯人は人目につかない犯行場所、証拠隠滅しやすい布状の凶器、指紋や靴跡を残さないようにしていることから、極めて知能の高い秩序型のシリアルキラーだと考えられます。女子生徒たちに不審に思われることなく近づき、信頼関係を築けることから、彼女たちの信用を得やすい立場にあり、あの年代の少女たちを惹きつける魅力を備えた人間です。ただ、犯行場所がいずれも学校の周辺に限られていることが気になります。車の免許を持った大人の男性は、少女たちの関心を惹きやすい人物像ですが、その場合、もっと遠方の場所に彼女たちを連れていき、人目につかない場所を選んだり犯行の発覚を遅れさせることができるはずです。遺体には自己顕示欲を示すためのメッセージは添えられていませんでした。犯人は、遺体を見つけてほしい、とは考えていないのです。つまり、犯人は車の免許を持っていない。それにもかかわらず、不審人物の目撃情報がないこと、被害者が警戒心を抱かなかったこと、二人の被害者の死亡推定時刻が学校が終わり、自宅に帰宅するまでの夕刻であることなどを考慮すると、犯人は未成年の可能性が極めて高い。同じ高校に通う男子生徒――、いや、女子生徒なのではないでしょうか」

とうとうと語る香月のプロファイリングを耳にして、蝦名は目を見開いた。

「となると、第二の被害者の着衣が乱れていたのは――」

「死後に行われた偽装です。あるいは、そうした性衝動が芽生えているのかもしれませんが、犯人が女子生徒なのだとすると、行為に及んだ形跡がないのも、体液が採取できないのも、当然です。捜査本部は、十代の少女が犯人かもしれないと考えて、交友関係を調べたことがありますか？」

「いや、それは……。まったく、盲点でした」

滑稽で、逆説的な推理だった。

まさか、犯人は女子生徒だという答えを事前に知った上で、その結果が導き出されるよう、恣意的《しいてき》にプロファイリングを組み立てることになるとは。

こんなのは推理とはいえない。

ただのつじつま合わせだ。

だが、翡翠の霊視に証拠能力がない以上、今はそれが必要だった。

「香月さん、こうしたシリアルキラーというのは、なにか記念品を持っていくものなんじゃないでしょうか？　今回は、どうなのでしょう？」

「ああ、ええ、そうですね。現場から、被害者の持ち物など、なにかを持ち去っている可能性はあります。それがわかれば、犯人を特定できるかもしれないですが……」

「しかし、同じ高校の生徒か……。参りましたね」

「なにがです？」

「学校での交友関係を探るのは、なかなか骨が折れるんですよ。一種の閉鎖空間ですから、学校側は、もちろん協力してくれるでしょうが、女子生徒が犯人かもしれないと、こっちが狙いをつけていると知ったら渋い顔をするでしょう。あくまで、外部の不審者が犯人だろうというていで聞き込みをしなきゃならない。少女たちの交友関係に鍵があるのだとしたら、彼女たちの警戒を解く必要もありますし、情報を集めるのはなかなか大変そうです」

確かに、おたくの学校の生徒が犯人だから協力しろ、というには証拠がまったく足りない。学校側が素直に協力してくれるかどうかはわからないだろう。少女たちも、警察を不審がって秘密を教えない可能性もある。

「ならば、ここは一つ、コネを使ってみるとしましょうか」

香月が思い浮かべたのは、あの一風変わったファンレターを差し出した少女の顔だった。

＊

手紙に書かれていた内容によると、藤間菜月は件の高校に通う二年生で、写真部に所属しているらしい。彼女には、二人の被害者との間に、共通点があった。

第一の被害者、武中遥香とは同学年で、写真部で知り合った親しい仲だったという。第二の被害者、北野由里とも同学年で、ほとんど交流はなかったが、クラスメイトだった。菜月は手紙の中で、武中遥香に関することを詳しく綴《つづ》っていた。親友と呼べる仲だったということ、彼女が塾講師に惹かれていたのは事実だが、付き合ってはいないはずだということ、不審な男性においそれとついていくようなタイプの女子ではなかったということなど――。

翡翠の霊視が正しければ、犯人は女子生徒だ。

北野由里が先輩と呼称する相手となれば、三年生ということになる。

だが、明確な理由もなく学校側に要請して、三年生の女子生徒全員に聴取を行うことは現実的ではない。二人の犠牲者に共通する交友関係から、三年生の女子生徒を割り出す必要がある。その取っ掛かりとして、まずは写真部の生徒たちに話を聞くのは悪くない手だろう。あくまで外部の不審者の犯行の線として学校に協力を要請し、二人の交友関係を改めて洗うのだ。さっそく、蝦名が学校に連絡をとってくれて、数日後に訪問が叶うことになった。

「うわぁ、ここが高校なんですね……」

放課後の校舎を見上げて、うっとりと吐息を漏らしたのは、翡翠だった。

今日の格好も、ブラウスにタイトスカートとシックな装いだった。香月の方も久しぶりにスーツを着て、警察関係者らしい格好を心がけた。香月と翡翠は、来賓受付の方へ姿を消した蝦名を待って、まだ校舎には足を踏み入れていない。授業を終えた生徒たちが帰路に就くべく昇降口からぱらぱらと姿を現して、目立つ翡翠のことを物珍しそうに眺めながら、正門へと姿を消していった。女子はセーラー服姿、男子は詰襟で、一見すると中学校のような雰囲気だ。

「ずいぶんと、物珍しそうに言いますね」

顔を輝かせて、校舎やグラウンド、楽しげに歩く生徒たちに目を向けている翡翠の横顔を覗く。彼女はちらりと香月を見て、少し決まりの悪そうな表情をした。

「すみません」俯いて、ぽつりと零す。「わたし……、高校に、通えなかったものですから」

「ああ、そうでしたか」香月は言葉を選んで言った。「けれど、中学校の校舎と、あまり変わらないものでしょう?」

「いえ、わたし、十五のときに日本に来たので、それまではニューヨークにいましたから、日本の中学にいられたのは、三ヵ月くらいなんです」

表情を曇らせて、翡翠はそう答えた。

「それなら、今日は少しだけ高校生気分を味わうとしましょう」

「ええ……。制服、可愛いですね」

下校する少女たちの姿を見つめるその眼差しは、憧憬の色に満ちたものだった。

蝦名が教職員らしき人を連れて、戻ってきた。

蝦名、香月、翡翠の三人を教室に案内してくれたのは、写真部の顧問をしている石内《いしうち》教諭だった。四十代半ばくらいの、生徒に懐かれていることがよくわかるような、人のよさそうな目をした男性だった。写真部の部室はあるが、そこは狭くて全員が入れないので、空き教室で話を聞かせてくれるという。既に、男女合わせて十人の生徒たちが席に着いていた。男子生徒は数人で、女子生徒の方が多いようだ。藤間菜月の姿もあって、香月と目が合うと、彼女は驚いたように双眸を開いた。それから、ぺこりと頭を下げる。

「前に言った通り、刑事さんたちが、例の事件のことでみんなにいろいろと訊きたいそうです。つらいかもしれないけれど、亡くなった二人のためにも、協力してあげてください」

童顔の蝦名は、生徒たちの警戒心を解くには最適な刑事といえるだろう。彼が名乗り、捜査協力者として、香月、翡翠を紹介した。生徒たちの食いつきが凄かったのは、当然というべきか翡翠が自己紹介したときだ。生徒たちのほとんどが、翡翠の姿に見とれていて、呆けたように口を開けている男子生徒までいる。緊迫した空気を破るように、女子生徒の一人が言った。

「城塚さんは警察官なんですか？」

「いえ、その、正確には違うのですけれど……」

「ダブルなんですか？」

「あ、いえ、でも祖母が英国の人で――」

「クォーター！　めちゃくちゃ可愛いです。モデルさんみたいです」

「え、あ、そ、そうですか？」

「あとで写真撮らせてください！」

そう声を上げたのは菜月だった。他の女子生徒がすかさず続く。

「あ、ずるい、あたしも！」

空気が一変して、教室が賑やかになった。これには香月も呆気にとられてしまった。あたしもあたしもと女子たちが次々と挙手をして、翡翠が慌てふためいている。

「え、ええと……、わかりましたから、捜査に協力を、してもらえると……」

すぐに、ぱんぱんと手を叩いて石内が場を鎮めた。

「はい。静かにしましょう。みんな、もう子どもじゃないんだから。刑事さんたちは、事件の解決のためにお仕事をしに来たんですよ」

だが、おかげで空気が和やかなものになった。

こうした雰囲気の方が、生徒たちも口を開きやすいだろう。

まず一人一人に簡単な自己紹介をしてもらった。会話の主導を蝦名に任せて、香月は一人一人の様子を観察していく。女子は七人、男子は三人。男子はどちらかといえば内気な子が多くて、女子は快活な子が多いように見える。とはいえ、今重要なのは、三年生の女子生徒を探ることだった。スカーフは、入学年度によって色が違うらしい。朱が三年生、翠が二年生、紺が一年生といった具合だ。つまり、注意して見るべきは、朱のスカーフをしている生徒だけでいい。

だが――。

「写真部の部長をしています。三年の、蓮見《はすみ》綾子《あやこ》といいます」

写真部に、三年生の生徒は、彼女一人だった。

椅子に腰掛けていてもわかるほど、すらりと背の高い美人だと思った。

他の生徒たちの浮き足だったような表情に比べて、よくいえば大人っぽく、悪くいえば冷めたような表情をしている。耳や首筋が覗くほどのショートカットで、肩幅の骨格が広いせいか、宝塚《たからづか》の男役のような雰囲気を秘めている。彼女だけは先ほどの騒ぎや、他の子たちの会話に交じることなく、ただ淡々と、こちらを――、香月たちの様子を、観察しているように見えた。

「武中さんとは、それほど交流がありませんでした。わたしより、他の子たちの方が親しかったと思います。ただ、彼女はわたしの作品を気に入ってくれていたみたいで、部活のとき、どうしたら綺麗な写真が撮れるのか、たまにコツを訊かれることはありました」

綾子は落ち着いた様子で、蝦名の質問に答えていく。

「北野由里さんとは、委員会が同じでした。図書委員です。たまに顔を合わせるくらいで、連絡先も知りません。何度か、読んでいる本の話題で盛り上がったことがあるくらいです」

北野由里とも、接点があった。

だとすると、翡翠の口を借りた由里が言った、『先輩』とは彼女のことなのだろうか？

香月は翡翠を見る。彼女は香月の視線に気がついて、どこか困惑した様子でかぶりを振った。なにかわかったことがあれば、合図して共に中座する手筈《てはず》になっていた。だが、翡翠は殺人者の匂いを感じ取れなかったのかもしれない。

「なるほどなるほど」蝦名が訊いた。「ところで、二月十五日の十六時半から十八時半、六月十七日の十六時から十九時ごろ、どこにいたのか憶えてる？　ああ、アリバイとかじゃないよ。二人が被害に遭ったのがちょうどそのころで、みんなその時間に彼女たちや、不審な男を目撃したりしていないかなって」

「いえ、憶えていません。たいてい、夕刻はすぐに帰ります。自転車通学なので、写真を撮るためにふらふらすることはあるけれど、遅くなると親がうるさいので」

他の子にも質問を投げかけるが、やはり同じ部員だった武中遥香の話は出ても、北野由里について知っている子はほとんどいないようだった。

「他に、北野さんと親しい人は知らない？」

香月が訊ねると、全員、首を傾げてしまった。

「あんまり、社交的な子じゃなかったんです。大人しくて、ちょっと話し掛けづらいっていうか、友達も多い感じじゃなくて」菜月が言った。「教室でも、本を読んでることが多かったんですよね。ミステリを読んでくれてたら、話が合ったのかもしれないけど」

菜月は視線を落とし、無念そうな表情を浮かべた。

同じ教室で学んでいる仲だったのだ。

友達になりたかった、という想いがあったのかもしれない。

「ああ、読書家というと、藁科《わらしな》さんが、なにか知っているかもしれませんね」

そう言ったのは、石内教諭だった。

「藁科さん？」

「藁科琴音《ことね》さんです。僕が担任をしているんですが、彼女は図書委員長なんです。読書家みたいですから、もしかしたら委員会で親しかったりするかもしれません。けっこう社交的な子で、本を読む同好の士がなかなか見つからないと、いつも嘆いているくらいですから」

「もう帰ってしまいましたかね？」

「どうでしょう。水泳部員なのですが、今日は部活がないはずなので、図書室にいるかもしれませんね。呼んできましょうか？」

「ああ、僕たちの方から伺いましょう」香月は言った。「図書室の雰囲気も見てみたいですから」

写真部の子たちに礼を述べて、香月たちは図書室へ向かった。蝦名と石内が話をしている間に、香月と翡翠は少し後ろを歩いて、密やかな情報交換をした。

「どうでした」

翡翠はかぶりを振る。

「すみません、なにもわかりませんでした。一人ずつ面談できたらよかったのでしょうけれど、いろいろなものが混ざっている感じで……。ただ――」

「ただ？」

「あの蓮見さんという子は、少し変わっていますね。我が強いというか、個性的というか、うまく言えないんですが、匂いが強くて。先生のプロファイリング像に合う子です」

「罪悪感などは?」

「まったく」翡翠はかぶりを振る。「事件とは無関係なのか、それとも……」

「殺人を犯しても、そんなものを抱かない人間なのか」

案内された図書室は、想像よりも大きな空間だったが、生徒の姿もちらほらと見受けられた。読書や調べ物をしているというよりは、ノートを広げて勉強をしている子の方が目につく。邪魔をしても悪いので、石内に、藁科琴音を廊下まで呼び出してもらった。

藁科琴音は、眼鏡のよく似合うお淑《しと》やかな雰囲気の美人だった。既に大人っぽく、少女という印象はない。香月の仕事柄、どうしてもフィクションの上で勝手なイメージを抱いてしまうのだが、学校司書や古書店員といった仕事がよく似合いそうな子だ。

北野由里について訊ねると、琴音は眼鏡の奥の大きな双眸を、ぱちくりと瞬いて答えた。

「あ、はい、そうですね。よく小説の話をしました。あんなことになってしまって、残念です」

北野由里の交友関係や人となりについて質問をしたが、めぼしい話は聞き出せなかった。小説の話以外では踏み込んだ話をしたことがなく、連絡先も交換したことがないらしい。

「誰か、付き合っている人がいたとか、心当たりはないかな」

　香月が問うと、琴音は少し首を傾げて考える様子を見せた。

「いえ、どうでしょう。でも、あの子が男の人と付き合うのは、ありえないと思います」

「どうして？　大人しい子だから？」

「いえ」ネクタイ状に垂れた朱のスカーフを弄《もてあそ》びながら、琴音が言う。「彼女、たぶん、同じ図書委員の、蓮見さんのことが好きだったんじゃないかな――」

　その言葉に、香月と翡翠は顔を見合わせた。

「好きな本も、女の子同士の感情を描いたものが多くて。蓮見さんは、大人っぽいしカッコイイから、あの子も憧れてたんだと思います。自分から声を掛けることはなかったと思いますけれど、気づくと目で追いかけている感じで……」

　これは有力な手がかりかもしれない。蓮見綾子なら、北野由里を人気のない場所に連れ出すことも可能だったのではないだろうか。彼女なら骨格も大きく、背が高い。凶器を巻き付け、少女を絞殺することができる。

「あの、すみません。わたし、そろそろ帰らないと。家の手伝いをしなくちゃならなくて」

　三人は少女に礼を言って、廊下を引き返した。

「石内先生。すみませんが、写真部の部室を見学させてもらってもよろしいでしょうか」

「え？」石内教諭が振り返り、不思議そうな顔をする。「かまいませんが、何故です？」

「武中遥香さんの作品が、部室に残っていないかと思いまして。彼女の写真から、なにか手がかりが摑めるかもしれません」

「不審者が写っているかどうか、とかですか？」

「ええ、そんなところです」

部室はそれほど広くはなかった。長机が二脚、中央に置かれている他は、雑多なもので溢れている。女子部員が多いせいか、女の子らしい装飾で、作品らしき写真が何枚かコルクボードに貼られていた。

室内には、四人の女の子たちがいた。藤間菜月や、蓮見綾子の姿もある。

「あ、香月先生！」

気がついた藤間が立ち上がり、ぴょこりと頭を下げた。

「お願いを聞いてくださって、ありがとうございました」

「いや」香月は苦笑して答える。「まだ、なにができるかはわからないけれど、解決できるよう、尽力します」

自分たちが入ると、流石に狭い。香月は壁際に立ったまま、周囲に視線を巡らせた。コルクボードに貼られた写真の一つに、目がとまる。

「これは、集合写真ですか」

「ええ」石内が頷く。「確か、去年の秋ごろ撮ったものですね」

どこかの自然公園で撮ったのだろう。秋の紅葉が際立つ木々を背景に、石内と写真部の生徒たちが集合している。撮影会の合間に違いない。みんな、愛機と思しきカメラを手にしていた。

「ああ、武中さんは、トイカメラが好きだったんですね。これはホルガだから、フィルムのやつだ。凄いな、今の子でも、フィルムをやるんですか」

「いや、うちでも二人だけですね」石内が擽ったそうに言う。「やっぱり、今はフィルムなんて見たことも触ったこともない子たちがほとんどですよ。部長の蓮見ですらさっぱりで、僕以外には教えられる子もいない」

「だって、非効率的です」蓮見が表情を崩さずに言う。「お金も掛かるし、撮影枚数だって、三十枚くらいなのでしょう？　触る気にもなれません」

「ほら、これですよ」石内が香月を振り返った。「香月さん、写真、お詳しいんですか」

「ああ、大学時代は、写真サークルに入っていたんですよ」

「あのう、トイカメラって、なんです？」

隣に立って写真を覗いていた翡翠が訊いた。

「玩具《おもちゃ》のような作りのカメラ、かな。安価なんだけど、独特のボケや歪みがあって、味が出るんですよ。かたちも可愛らしいから、女の子に人気があるみたいです」

「あたしも、トイカメラですよ、ロモ」菜月が鞄《かばん》から白いトイカメラを取り出して言う。「普段はお父さんの一眼レフですけど、遥香のを見て、ほしくなっちゃったんです。これなら小さくて、持ち歩きやすいし」

「うわぁ、可愛らしいですね」

菜月の手にしたカメラを見て、翡翠が歓声を上げた。

「触ってみます？」

「いいんですか！」

ぱっと表情を明るくすると、翡翠は子どものように無邪気な笑顔を浮かべて、差し出されたカメラをおそるおそる受け取った。

「白いのは、確か限定版だね、珍しいな」

香月が言うと、菜月は意外そうな顔をした。

「そうなんですか？　ここの近所の写真屋さんで買ったんです。中古だったんですけれど」

「藤間さん」石内が言った。「刑事さんたちが武中さんの作品を見てみたいらしいんだけれど、なにかある？」

「えっと、確か、遥香のアルバムがあったような……」

戸棚を探って、菜月が一冊のアルバムを取り出してくれる。翡翠が菜月からトイカメラの指導を受けている間、香月は椅子に腰を下ろして、アルバムをじっくりと眺めていた。

作品は、モノクロの風景写真が多い。学校周辺と思しき路地の光景がほとんどだったが、トイカメラらしい不思議なボケ感があって、白黒の景色はどこか異界めいて写っていた。公園や、空、教室で無邪気に笑う友人たちを撮ったものもある。ときどき、恥ずかしそうに微笑んだ菜月を収めたポートレートもあった。人物が写っている何枚かは、カラー写真だ。仏頂面でカメラをお腹に抱えている蓮見綾子の姿もある。

だが、新たな人間関係が覗けるような写真は見受けられなかった。

残念ながら、収穫はなさそうだ。アルバムを閉じて視線を上げると、長机の隅で顔を寄せ合う、菜月と翡翠の姿が見えた。翡翠がカメラをかまえて、その様子を隣で見守っている。菜月がレンジファインダーの特性を教えて、翡翠の指をシャッターボタンへと導いた。

カメラレンズが香月を睨んで、かちりと音が鳴る。

どうやら、自分が撮られたらしい。

香月が気づいたのを見て、まるでいたずらを仕掛けることに成功した姉妹のように、菜月と翡翠は顔を見合わせてくすくすと笑い合った。

「それじゃ、そろそろ僕たちはお暇《いとま》しようかと――」

「あっ！」

がたん、と椅子を鳴らして菜月が立ち上がる。

「翡翠さん、写真を撮らせてくださいよ！」

「あ、あたしもあたしも！　さっきの約束！」

他の女子部員たちも椅子から腰を上げて、翡翠に詰め寄る。

「えっ、ええと……」

困惑気味の表情が、助けを求めるように彷徨って、香月を見た。

「撮らせてくれるって言ったじゃないですかぁ」

菜月が唇を尖らせて笑う。

確かに、自己紹介をした際に、勢いに負けて折れていたような気がする。

「うう、それは、そうなんですけれど……」

「翡翠さん、制服着ましょうよ！　絶対似合う！」

「おお、いいね！　それいい！」

がやがやと室内があっという間に賑やかになっていく。

こうなると、十代の少女たちの勢いに反発できるものはいない。

「こら、お前たち――」

石内教諭の言葉すら、かき消えてしまうほどだった。

「ほら、立って立って！」

「あたしの着てみてください！　サイズ合うはずだから！」

「えっ、えっ……」

菜月が翡翠の腕をとる。

「究極の被写体を確保ッ！」

「どこで着替える？」

「暗室使える！」

台風のような勢いで、少女たちが翡翠を連行し、部室を去っていく。

残っている部員は、クールな蓮見綾子だけだった。

その綾子すら、呆《あき》れたような顔をしている。

「暗室があるのですか？」

呆気にとられながら、とりあえず香月は気になったことを石内に訊いた。

「あ、ええ。モノクロ現像ができます。今となっては、使うのはもっぱら藤間くらいで。いや、それよりも、すみません、あいつら、勝手に……」

「いや、お気になさらず。たぶん、当人は迷惑してないはずです」

「目線こっちでお願いします！　もっとキュートな感じで！」

「唇、窄める感じで！　ウィンクいってみましょ！　小悪魔的にッ！」

「翡翠先輩、可愛すぎっす！　ああ、このローアングルたまらないッ！　ふとももイイっ！」

少女たちの声音が、きゃあきゃあと教室に木霊《こだま》していた。

「女子高生というか、ほとんどおじさんみたいな台詞だ」

「確かに、ほとんどおじさんっすね……」

蝦名巡査部長が漏らした感想を受けて、香月は苦笑する。

セーラー服を着た城塚翡翠は、純真可憐な少女そのものだった。

本来の顔の作りがもたらす神秘的な仮面は、いっさいが剝ぎ取られてしまっている。もともと北欧の血が混じった美しい顔立ちだし、素の表情や仕草からは幼さが覗えるのだ。

「こ、これ……。ど、どうなんでしょうか、わたし、変じゃありませんか」

香月の前に連れてこられたセーラー服姿の翡翠は、顔を真っ赤にしてそう俯いていた。その恥じらいをごまかすように、襟から垂れる深い翠のタイをいじらしく片手で弄ぶ様子が、とてもキュートだ。

「いや、よく似合ってますよ」

「そ、そうでしょうか……。これ、わたしが中学で着たことのあるセーラー服と、少し違ってて、スカーフ留めがないんですね。タイの結び方、変じゃないです？」

「あたしが直したんでバッチリですよ！」ジャージ姿の菜月が、興奮に頰を赤くして拳を掲げた。「さぁ、バリバリ撮るぜ！」

最初こそひどく恥ずかしがって困惑していた翡翠は、やはり少女たちの勢いに押されるように、徐々に笑顔を取り戻していった。

翡翠は今、教室の机で頰杖《ほおづえ》をつくようなポーズをとらされていた。女子部員の要求に応《こた》えて、気恥ずかしげに笑ったり、頑張って物憂《ものう》げな表情を作ってみたりと、ころころと表情を変えている。

「吉原《よしはら》、レフの位置変えて、ほら、そっち。ああ、もっとライトほしいなぁ」

あの蓮見綾子すら、一眼レフカメラをかまえて真剣に構図を探っているようだ。

蓮見のカメラは、レンズ一体型のネオ一眼と呼ばれるタイプだった。本体とレンズキャップを繫ぐストラップに花のチャームがあしらわれていて、当人の雰囲気とのギャップが可愛らしく感じられる。彼女の愛機らしく、集合写真や武中遥香の写真でカメラを手にしていたときも、そのチャームはワンポイントとしてよく映えていた。

「ちょ、ちょっと、菜月ちゃん、なんでそんな下から撮ってくるんですか！」

「だって、ふとももが！　ふとももが！」

菜月は床に寝そべるようにしながら、一眼レフのシャッターを鳴らしている。翡翠は困った顔を浮かべているものの、菜月の仕草が面白いのか、堪えきれずにくすくすと笑いだしていた。

楽しそうだった。

まるで、クラスメイトと一緒に、教室で他愛のない放課後を過ごしているときのように。

「しかし、元気でよかったっす」

その光景を離れたところで見つめながら、蝦名が漏らした。

「ちょっと心配してたんすよ。でも、逞《たくま》しいというか、なんというか」

仲間を失った少女たちを慮《おもんぱか》っての、言葉だったのだろう。

「どうなのでしょう。この子たちがこんなふうに騒がしいのは、ずいぶんと久しぶりな気がします」眩しそうにその様子を眺めて、石内教諭が答えた。「薄情と思われるかもしれませんが、高校生でいられる時間は、たったの三年です。いつまでも引き摺るわけにはいかないと、心のどこかで理解しているのでしょう。彼女たちなりに必死になって、日常を取り戻そうとしているのかもしれません」

それから、蝦名と香月に向き直る。

「どうか、犯人を捕まえてください。よろしくお願いします」

少女たちのはしゃぐ声を背後に、石内教諭は深々と頭を下げた。

＊

そろそろ夕食が恋しいなと感じて、パソコンの時計を確認すると十九時を過ぎていた。

香月史郎は馴染みの喫茶店のボックス席で、いつものように原稿を書いているところだった。

正午には新しい企画の打ち合わせを兼ねた会食があり、午後には雑誌のインタビューを受けた。珍しくスケジュールが目白押しで、事件の捜査は警察に任せて、二日間、片付けるべき自分の仕事に集中していた。

捜査本部は香月のプロファイリングを参考に、捜査方針を改めてくれたらしい。被害者たちと親しかった男子生徒、あるいは女子生徒の犯行と見て、再度の聞き込み捜査や防犯カメラの確認を行っているという。『男の不審人物』を探しているときには見逃してしまった映像でも、そうした新しい観点から確認することで、見えてくるものがあるはずだ。

しばらくは捜査本部の活躍に期待するしかない。

なにか食べるものを注文しようかと、一息《ひといき》ついたところだった。

店のベルが鳴って、店内に客が入ってくる。

「よかった。こちらにいらしたんですね、先生」

翡翠だった。

だが、メイクはいつもと違って、荒涼とした廃墟《はいきょ》が似合いそうな神秘的で暗鬱なものだ。

「もしかして、お仕事の帰りですか」

「ええ。ご家族が悪夢に魘されているという相談で、実際に家を視てきたところです。原因がはっきりしていたので、たぶん、うまく対処ができたはずなんですけれど」

彼女は向かいに腰を下ろしながら言う。

「ちょうど近くだったものですから、もしかしたら先生がこちらでお仕事をしていらっしゃるかと思って……。でも、先生、電話に出てくださらなくて」

「ああ、それはすみません」香月は頭を掻いた。「バッテリーが切れてしまって、充電中です」

香月はノートパソコンを閉ざし、資料やメモで散らかっているテーブルを片付けた。

「あ、もしまだでしたら、夕食をご一緒しませんか」

「え、よろしいんですか」翡翠がぱっと表情を明るくして微笑む。「じゃあ、わたし、オムライスが食べたいです。前にここのメニューの写真を見たとき、美味しそうだなぁって思って」

「あ、いや、もっと美味しいところへ行きましょう」

せっかく翡翠と食事をするのだから、もう少し贅沢なディナーを楽しんでも罰は当たらないだろう。幸いなことに、いくつかの店が候補に浮かんだ。

「え、でも、オムライスが……」

しょんぼりとした表情で、翡翠がそう零す。

香月は笑って、候補に浮かんだ店の名前を頭から追い払った。

代わりに、立て掛けてあったメニューを取り出して、彼女に渡す。

「では、そちらにお連れするのは、後日ということで」

「す、すみません……」

子どもっぽいことを言った自覚があったのだろう。翡翠は顔を赤らめると、受け取ったメニューで表情を隠すように俯いた。

「今度の土曜日とか、どうでしょう」

「え、あ、はい……。大丈夫、です……」

表情を見たかったが、喫茶店のくせに無駄に大きいメニュー表のせいで、翡翠の可愛らしい瞳がどうなっているのか、まるで覗えない。

うまくデートの約束を取り付けることができたが、彼女はそう捉えてくれただろうか。まだ、デートらしいデートというのは、したことがない。夏の間に彼女を遊園地に連れていったことがあるが、そのときは千和崎《ちわさき》も一緒だった。今回は二人きりでのつもりだが、彼女には天然気味なところがあるので、油断ならない。まぁ、そんなところも翡翠の魅力の一つだろう。

結局、翡翠はオムライスを頼んだ。香月の方はカツカレーである。

「そういえば先生、昨日の夜、菜月ちゃんからメッセージをもらったんです」

翡翠は、あれから女子部員たちとすっかり打ち解けたらしい。

帰りに車で送る際に、みんなとメッセージアプリで連絡先を交換したことを嬉しそうに話していたのを思い出す。スマホを片手にぶんぶんと振り合って、こんな方法があるんですねと、菜月たちと一緒に笑い転げていた様子が印象的だった。

「武中遥香さんのことで、思い出したことがあるというお話でした。現像……、というのでしょうか？　去年、写真屋さんで受け取ったデータのCDを、間違えて彼女の分まで持って帰って、パソコンに取り込んだことがあるそうなんです。それで何枚か、こんな写真がありましたよ、参考になりますかって、送ってくださったんですが」

そう説明して、スマートフォンを差し出してくる。香月はそれをテーブルの上に載せたまま、指先で画面をスクロールさせた。メッセージアプリの、菜月との会話履歴だ。何枚かのカラー写真が添付されている。どれも風景写真で、残念ながら目新しい情報はなさそうだ。

「他の写真は容量が大きいので、USBメモリでお渡ししたいそうですよ」

「おや、これは――」

少し履歴を遡りすぎてしまったようだ。

尊い！　という文字の添えられたスタンプと共に、一枚の写真が添付されていた。

夕暮れの教室で、セーラー服姿の翡翠を写したものだった。

例のローアングルで撮ったものかもしれない。なかなか際どい構図で、美しく組まれた太腿《ふともも》の白さがよく映えており、その奥が覗けてしまいそうだ。

「わ、先生、だめですよ！　それはおしりがっ」

翡翠が慌ててスマートフォンを回収する。

「やぁ、すみません。いや、綺麗に撮れてますね」

翡翠は胸にスマートフォンを抱えて、頬を膨らませた。

「短時間で、ずいぶんと仲良くなったみたいですね」

「はい」翡翠は幸せそうに微笑んだ。「グループメッセージ、というのですか、あれも作ってもらいましたし、今度、撮影会に行きませんかって、誘ってもらいました。トイカメラを貸すから一緒に撮影しましょうって。あと、初心者にも読みやすい推理小説を紹介してくれたり……」

照れくさそうにしながらも、話題は尽きないらしい。

「菜月ちゃん、写真を撮るのが凄く上手なんですよ。何枚か送ってもらいましたけれど、わたしじゃないみたいなんです。ぜんぜん別の人が写っているみたいです」

「いや、菜月ちゃんの腕が確かなのはそうですが、翡翠さんの魅力があってこそですよ。そのままの翡翠さんを、上手に引き出しているんです」

「そう、でしょうか」

翡翠は俯いて、上目遣いに香月を見る。

「先生は、もう、写真を撮られないんですか」

「ああ、そうですね、いいカメラがあるんだけど、埃を被《かぶ》ってるな……。写真サークルにお邪魔していたときは、結花ちゃんを被写体にしてよく撮影したものです。サークルの男子たちは、みんな彼女を撮りたがってて、うん、懐かしいな……」

「そう、ですか」

翡翠はなにか、苦虫を噛み潰したような複雑な表情をした。こんなときに、結花の話をするべきではなかっただろう、と後悔する。香月がその名前を口にするたびに、翡翠は胸を痛めたような表情をして、苦しげに吐息を漏らすのだ。救えなかった命を悔《く》やむのと同時に、いっときとはいえその身に宿した結花の感情が残り火となって、彼女の心を焦《こ》がすのだろう。

命を無惨に奪われた者を宿せば、悪夢を見続けるようになるのだ、と翡翠は言っていた。

もう、あんな手段を使わせるわけにはいかない。

「あの……、わたしでよろしければ、撮って、ください……」

「え？」

「写真、です」上目遣いにちらりと見て、翡翠が不安そうに零す。「いえ、すみません、差し出がましい、ことを……」

そのまま、身を小さくするみたいに、居心地悪そうに肩を狭めていく。

「ああ、うん、それは是非。実は菜月ちゃんたちを羨《うらや》ましがっていたくらいです。腕が鳴るな」

翡翠は俯いたまま、小さく頷いた。

奇妙な空気になり、会話が止まってしまう。

少しすると、そんな雰囲気を察したかのように、料理が運ばれてきた。

「うわぁ、ふわとろですね」

オムライスを前にして、翡翠が顔を輝かせた。

もう調子を取り戻したみたいだ。

しばらく、他愛のない話をした。けれど、翡翠は新しくできた女子高生の友人たちのことを話したがっているようで、香月は聞き役に徹した。せっかくグループメッセージに入れてもらったのだから、変なことを言わないようにしなければ、と意気込んでいる。

「変なこととは？」

「わたしにしかわからないことです。例えば、吉原さくらさん」菜月と親しい二年生の部員で、眼鏡を掛けていてテンションが高めの子のことだ。「彼女、しっかりと目で視えるくらいに、強い女の子の霊を連れています。初めて視たとき、びっくりしました。悪いものじゃなくて、守護霊かなにかだと思います。顔立ちが少し似ているので、もしかしたら、姉妹を幼いころに亡くしているのかもしれません」

そういうことを、さらりと言ってのけてしまう。

そんな会話を自然に零してしまえば、離れていってしまう関係もあったのだろう。最近は、香月に対してこういうことを言う頻度が増えてきたような気がする。話しても信じてくれる、理解してくれる、と彼女が香月を信用している証《あかし》なのかもしれない。

「それで、菜月ちゃんったら、お昼ごろに変な動画を送ってきたんですよ。授業中のはずなのに、そんなの関係ないみたいで——」

ふと、スマートフォンが着信を告げた。

香月のものではない。

翡翠が自分のスマートフォンの画面に目を落とす。

「あれ、蝦名さんです」

不思議そうに言って、彼女が電話に出た。

「もしもし、城塚です。はい……。え、先生ですか？　はい、一緒にいます。ああ、えっと、たぶん、充電が切れているとかで……、え——？」

翡翠の目が見開かれた。

通話口から、蝦名の声が漏れているが、内容までは聞き取れない。

妙な胸騒ぎがした。さっきまで、目まぐるしく変化していた彼女の表情が、電池の切れた人形みたいに、停止する。

いっさいの感情を奪い取られて、ただただそこには、虚無があった。

これまでの彼女とはなにもかもが違う、見たことのない表情だ。

思考が停止しているように、開いた唇が止まり、それから少しだけ震える。死者を映す翠の双眸から、泉が湧き出るように、光が潤んで溢れ出していく。

「はい……」

スマートフォンを支える白い手が、力なく下降していった。

「先生……」

翡翠が香月を見る。

虚ろな眼だった。

「菜月ちゃんが……、遺体で、見つかったそうです……」

「被害者は……、藤間菜月さん、十六歳……。近隣の高校に通う二年生、です。少し前に、帰りが遅いのを心配した両親が警察に連絡していますが、ちょうどそのころ、帰宅のためにここを通りかかった女性会社員が、ご遺体を発見、通報しました」

判明している事実を、蝦名巡査部長が淡々と読み上げていく。

寂れた公園の一角だった。第一の被害者が殺された現場から、数キロも離れていない。低めのジャングルジムがあるので、昼間はそれなりに子どもたちで賑わうが、夕刻以降は人通りのない場所なのだという。遺体を発見した女性会社員は、近道のためにこの公園を横断したらしい。

＊

夜の静けさを破るように、カメラのフラッシュが光り、機械音が鳴る。鑑識課の人間たちが、一片の証拠も取り逃すまいと地面を這うようにして周辺細部を観察していた。少し遅れて臨場した検視官の鷲津《わしづ》哲晴《てつはる》警視が、倒れた少女の亡骸をくまなく検分している。応援に呼ばれたらしい鐘場警部の姿もあり、制服姿の警察官に指示を出していた。この場に集《つど》ったすべての者たちが、この恐ろしい殺人鬼の正体を摑むべく、憤激の情を抑えて冷静に仕事に徹しているのがわかる。

香月史郎は、離れた場所で、ライトに照らされている藤間菜月の亡骸を見ていた。

少女の肌は、夜に浮かぶほど、ただただ白い。

まるで、生きていないようだ。

そう。生きていない。

少し前まで、翡翠と無邪気に笑い合っていた笑顔が、今はもう、どこにもない。

少女の双眸は、驚愕と苦悶《くもん》に見開かれていた。鬱血した表情が醜く歪んで、舌をつき出すような勢いで唇が大きく開け放たれている。まるでそこから、怨嗟《えんさ》の声が放たれようとしているみたいだった。それは、誰に向けてのものだろう?

事件を解決してほしいと、頭を下げた相手にだろうか?

「どうして、こんな……、こん、な……」

掠れた声を漏らして、傍らに立つ翡翠がよろめいた。

「嘘でしょう……? 嘘ですよね、先生……」

香月は彼女の身体に腕を回し、自身の肩に彼女を抱き寄せた。どうしても自分も一緒に行きたいという翡翠に押されるかたちで同行を許したのだが、その判断は誤りだったかもしれない。

「見ない方がいい」

遺体の白い首筋には、索条痕らしき変色があり、抵抗を示す際に自分の爪で引っ掻いたような傷も覗えた。セーラー服は北野由里のときと同様に半ば剝がれており、傍らには翠色のスカーフが綺麗な状態でふわりと落ちている。白い肌と臍が露出され、下着も脱がされていたが、片足ではなく両膝に掛かっている状態だった。

「同じ手口だ」鷲津が立ち上がって言う。以前の事件で、香月は彼と面識があった。「解剖を待たないと断定はできないが、死亡推定時刻は、十七時から二十時ごろ。凶器は同様のものだろう。ほぼ正面から絞殺されている。おそらく、途中から馬乗りになっているはずだ。現段階では、着衣に乱れはあるものの、性的暴行の痕跡は見られない。肌は綺麗なもので傷一つなく、爪も切られていて、体液も汗も検出できないかもしれん」

シャッター音が鳴る現場を、悲痛な沈黙が包んでいる。

跳ねる翡翠の背を、香月はさすった。

自分にできることは、これくらいしかない。

なにをどう、間違えたのか？

相手が異常心理を持ったシリアルキラーなら、衝動を抑えきれずに三件目の犯行がなされることは、予測していた。それは、捜査員たちもわかっていたはずだ。

だが、まさかこんなにも早く、三件目の殺人が起こるとは……。

「どうして……。どうして、菜月ちゃんが……」

香月の胸に額を押し付けるようにして、翡翠が呻く。

カメラをかまえて笑っていた少女の顔が、脳裏に浮かんだ。

「カメラ……」

はっとして、香月は視線を巡らせた。

遺体の近くに、白くて小さなカメラが落ちている。

「蝦名さん、そのカメラですが、フィルムはどうなっています？」

「え？」近くにいた蝦名が、そのカメラを拾い上げる。「いや、これ、たぶんフィルムが入っていないんじゃないですか？　ほら」

そう言って、蝦名がカメラの裏側《うらがわ》を示した。ロモの本体には小さな窓があって、どの種類のフィルムが入っているのか判別できるようになっている。中身が空なのが見えた。

「犯人が抜き取った可能性があります」香月は言う。「菜月ちゃんは、よくそのトイカメラを持ち歩いていたようです。ここで彼女と一緒にいた犯人を撮影して、それに気づいた犯人が中身を盗んだのかもしれない」

「なるほど……。指紋がとれるかもしれませんね」

蝦名はカメラを慎重な手付きで鑑識に渡す。

「お前はもう帰れ」

鐘場が香月を見て、重々しい声で言った。

「しかし、鐘場さん」

「本来なら、お前はここにいていい人間じゃないんだ。だが、あとでお前さんの力が必要になる。お前さんの言う通り、その霊媒娘が有能だって言うなら、この殺人鬼を捕まえるために交霊会でもなんでも、なんだってしてやるよ。だが、今は帰れ。そいつを送ってやるんだ」

「わかり、ました……」

鐘場は、翡翠のことをどう捉えているのだろう。

彼女のことに関しては、自分の推理力を引き出す優秀な助手なのだ、という紹介をして今回の件に加えさせてもらっていた。だが、鐘場は翡翠の素性を知っている。霊魂の存在など信じてはいないだろうが、翡翠と関わるようになってからの香月は、水鏡荘のものだけではなく、立て続けにいくつもの事件を解決していた。なにか感じるものがあるのかもしれない。

香月は大人しく、翡翠を彼女のマンションまで送っていくことにした。

助手席の翡翠は、始終無言だった。呆けたように唇を開いて、シートに力なく身体をもたれかからせている。ときおり目をやると、サイドウィンドウに、虚ろな彼女の表情が映し出された。長い沈黙に、息が詰まりそうになる。

駐車場を出て、マンションのエレベーターまで歩く間、翡翠はなにかを堪えるように固く唇を結んでいた。その身体がよろめくのを感じて、慌てて支える。

「いちおう、部屋まで送っていきます」

翡翠の指先が、香月の服の袖を摑んだ。

「先生……」項垂れている彼女の表情は覗えない。「今日は……、真《まこと》ちゃんが、遅くなるんです。それまで、少し、一緒にいていただけませんか」

「ええ」

エレベーターで上がり、翡翠の部屋へと入る。

香月が入ったことのない部屋へと通された。大きめのリビングだった。前に訪れた部屋とは違って、柔らかなグリーンの色彩の家具で統一されている。夜景が覗ける大きな窓、高級そうなソファに、壁面ボードに囲まれた大型テレビが置かれていた。

二人で、ソファに腰を下ろす。翡翠は揃えた膝の上で、ぎゅっと拳を握って俯いていた。

香月は彼女が落ち着くまでの間、黙って隣にいた。

どんな慰めの言葉があるというのだろう。

菜月が殺されたのには、香月にも責任の一端があるような気がしてならない。

犯人が衝動を堪えきれなくなったのは、香月たちが学校へと聞き込みに行ったせいではないだろうか？　自分の周囲にまで捜査の手が及んでいることに、犯人が気づいたからなのでは？　そうした感覚は、香月にも理解できる気がした。これまで書いた作品でも、犯罪心理を緻密《ちみつ》に描写してきたつもりだった。それなのに、今回の犯行をまるで予測できなかっただなんて――。

「わたしのせいです……」

しばらくして、翡翠がそう零した。

「それは違う」

「いいえ、わたしのせいです。助けられたはずなのに、なにもできなかった。犯人は三年生の女子生徒です。そこまでわかっていたんです。それなのに……。わたしが、もっと、自分の言葉をみんなに信じてもらえるような人間だったら……！」

顔を上げて、翡翠は叫んだ。

潤んだ双眸から、涙が散って煌めくような錯覚があった。

確かに、霊視によって犯人はある程度、特定できていた。

三年生の女子生徒に注意しろと、学校や警察に警戒を呼びかけることもできたかもしれない。そうすることで、菜月の命を救うことはできたかもしれない。だが、なんの根拠もないその話を、誰が信じてくれただろう。

どうしてその責任を、彼女一人が引き受けなくてはならないのだろう。

「どうして、そんなふうに、人の死のすべての責任を、背負おうとするのですか」

城塚翡翠は、いつもそうだ。

これまでの事件すべてで、自分の力が至らなかったことを悔いている。

「わたしは……」唇を嚙みしめて、翡翠は目を伏せた。濡れた長い睫毛が細かく震えている様子を、香月はじっと見つめていた。「先生にはわからないんです。世界のあらゆる人々から、拒絶と否定を繰り返される苦しみは……」

痙攣するように持ち上がった腕が、己の身体を掻き抱く。

「いつもいつもそう。お前は間違っている。お前はおかしい。お前は病気なんだ。それなのに、わたしだけが、正しいことを知ってしまう。助けられるはずの力を持ってしまっている……」

ゆらりと、翡翠の顔が持ち上がる。

自虐に唇を歪め、ぎこちない笑みを浮かべながら。まばたきを繰り返すたび、翠の瞳から大きな雫《しずく》が零れ落ちていく。

「でも、わたしはなんにもできない……！　いつも、なんにもできないんですよ！　わたしはただ、誰かの力になりたいと願っているだけ！　自分は間違ってないって証明したいのに！　嘘なんてついていないって知ってほしいのに！　だからわたしは、この力を役立てなくちゃいけないのに！　それなのに、いちばん肝心なときに……、友達を、見殺しに、してしまうだなんて……」

香月は、娘の戦慄《わなな》く唇を見つめる。悔しげに唇を嚙んで、強引に笑おうとし、虚無に喘ぐその様子を、じっと見守った。

そして、城塚翡翠という女性のことを考える。彼女が送ってきただろう幼少期の苦しみを想像した。自分の言葉を誰にも信じてもらえず、常に他者からつき放されてきた少女は、その力を誰かのために役立てることを己の使命とした。そうでなければ、きっと耐えられなかった。なんのためにこんな力があるのか、その理由を少女は欲していたのだ。きっと、そうすることで、世界に溶け込めると信じたかったのだ。

「わたしのせいです。わたしの、呪われた血が……。そうです……。わたしが……、わたしが、殺されてしまえばよかった。この血のせいで報いを受けるなら、わたしは今日死ぬべきだったんです！　こんな……、こんな、価値のない人間なんて……」

夏の遊園地で、翡翠は香月に告げたことがある。

妨げようのない死が、すぐそこまでこの身に近づいている──、と。

それは、呪われた血がもたらす絶対的な予感なのだと。

翡翠の能力を鑑みれば、その予感は、正しいものなのかもしれない。

けれど、だからといって──。

香月は、翡翠の身体を抱きしめる。

その背に手を回して、彼女の体温を包み込んだ。

乱れた黒髪に指を差し込んで、そっと撫でつけていく。

「せん、せい……？」

呆けたような言葉が、香月の耳を擽る。

「君に価値がないだなんて、そんな考え方は間違っている。君は闘っている。ずっと闘ってきたんだ。それは僕がよく知っている。なにもできていないなんてことはない」

「けれ、ど……」

「僕は、どこにも行かない。君から離れたりはしない。僕は、君を最後まで信じ続ける。君の力になる。あなたと、ずっと一緒です」

そっと、身体を離して、翡翠の顔を覗き込んだ。

困惑したような双眸が、香月の目を見返した。

「だから、今は彼女のために泣きましょう」

翡翠の顔が、くしゃくしゃと、ひしゃげていく。

「もっと……、仲良くなりたかった……」

「ええ」

「一緒に、写真、撮りたかったよ。もっと、お話、したかった。もっと、いっぱい、もっと……」

それから、大きな声を上げた。

子どものように、香月に縋るようにしながら、大粒の涙を零して、わんわんと声を張り上げて泣き続けた。

今は、藤間菜月のことを想って泣こう。

「そして、明日から闘うのです」

香月の衣服に爪を食い込ませて、大声で呻く彼女の背を、優しく摩りながら。

決意するように、彼は言った。

「僕たちにしか、できないことがあるはずだから」

＊

香月たち四人は、捜査本部のある所轄署の、小さな一室に集まっていた。

鐘場と蝦名、そして翡翠も一緒だ。今日の翡翠は、いつもより凛《りん》と引き締まった表情と佇まいをしていた。翠の双眸には固い決意の影が見られ、淡々と語る蝦名の報告に耳を傾けている。

「まず、藤間菜月の死亡推定時刻ですが、解剖の結果、より詳細となって十七時から十九時の間と判明しました。死因はこれまでと同様で、凶器も一致しています。性的暴行の痕跡はなく、ホシのＤＮＡは採取できませんでした。ただ――、指紋が出ました」

これまでいっさいの痕跡を残さなかった犯人にしては、意外な結果といえた。

「被害者の肌から採取できたものです。遺体の二の腕あたりですね。おそらく、抵抗する彼女を捕まえるなり、衣服を脱がそうとしたときについたものと考えられます」

「指紋って、肌から採取できるものなのですか」

少し驚いたふうに翡翠が言う。

「ええ、状態がよければ稀にです」蝦名が手帳に目を落として言う。「今回も、奇跡的に残っていました。家族のものとは一致していません」

「だが」鐘場が口を挟んだ。「作家先生の筋読み通り、犯人が顔見知りの女子生徒なのだとしたら、決定的な証拠にはならない。被害者とじゃれあうなりして触ったと言われたらおしまいだ」

「ええ」香月は頷く。「しかし、目星をつけることができれば、監視をして証拠を固めることもできるでしょう。問題は、関係者たちの指紋を採取するのが困難だということですが」

犯人は被害者たちを殺害現場へ抵抗されることなく連れ込んでいる。顔見知りの犯行に間違いはない。一緒にベンチに座っていた武中遥香や、人目につかない旧建設現場に連れ込まれた北野由里は、犯人と特に親しい仲だったはずだ。その彼女たち三人と共通する立場にいる人物は――。

「今朝の会議でも意見を出したんすけど」蝦名が言った。「三人に共通する関係者で今のところはっきりしてるのは、蓮見綾子っすよね。彼女は図書委員の関係で北野由里と顔見知り、部活動で武中、藤間の二人とも接点があるわけっすから」

とはいえ、香月たちが知らないだけで他にも接点のある人物がいる可能性は高い。捜査本部の人員がそれを探り出しているはずだが、学校という閉鎖空間の関係性を探るのには、時間が掛かるだろう。被害者の通話履歴などを探っても、犯人らしき人物とのやりとりは見つかっていないという。おそらく、犯人は証拠が残らないよう、学校で直接声を掛けて連れ出すなりしているのだ。

「優先的に蓮見をマークする方針になったが、犯人像に合うというだけで身柄を引っ張れるほどの根拠や証拠はなにもない。マスコミもうるさいし、未成年が相手ということで、管理官も慎重になってる。蓮見の両親と面会して、任意で指紋を提供してもらう方がいいかもしれんな」

「そのことなんですが、少し疑問があります」香月は言った。「最初、僕もプロファイリング像に一致する蓮見綾子を疑っていたんですが、どうにも自信がなくなってきた」

「どういう理由っすか?」

「そうですね……、その前に、先に菜月ちゃんのパソコンを調べさせてもらっていいですか」

「ええ、かまいませんけど。他にも、交友関係を調べられそうなものを借りてきましたよ」

長机には既に、両親の許可を得て押収した被害者の私物が並べられていた。今日はひとまず、これを確かめるために来たのだ。

ビニル袋からノートパソコンを引っ張り出して、起動させる。パスワードが掛かっていないのは、今はありがたいことだった。写真が保管されていそうなフォルダを探す。

探していたものは、すぐに見つかった。

ご丁寧に、『Haruka』というフォルダ名がつけられている。

彼女が間違って自分のパソコンに取り込んでしまったという武中遥香の写真データだ。

「なにを探してるんすか？」

「わかりません。誰か写っていればいいんですが」

蓮見綾子が犯人でないとするなら、やはり他の三年生女子生徒との接点があるべきなのだ。それを示す手がかりが、どこかにあるかもしれない。香月はじっくりと写真のデータを確かめていく。隣の翡翠も、身を寄せて真剣な眼差しで画面を覗き込んできた。

残念ながら、路地や景色を捉えたものばかりで、ポートレートはほとんどない。

だが──。

「先生……、この写真、あそこじゃないですか」

翡翠が言った。

「ええ」

写真に写し出されていたのは、あの建設現場跡地だった。武中遥香はあまり女子らしい写真の趣味ではなかったらしく、路地や電柱、塀などの写真を撮るのが好きだったようで、これはその一環なのかもしれない。あのプレハブ小屋の荒涼とくすんだ質感を、カラー写真で見事に捉えていた。だが、問題なのは——。

「これは……、そうか、そういうことか」

「どうした?」

鐘場と蝦名が立ち上がり、不思議そうにディスプレイを覗き込んでくる。

「あっ」蝦名が言った。「これ……。ハシゴがありませんね」

「ええ。僕らが見たとき、このプレハブ小屋は、ハ、ハ、ハシゴが立て掛けられていたんです。けれど、去年撮影されたこの写真には、写っていない」

「犯人が、そこに立て掛けたっていうのか?」

「断定はできませんが、そうだとしたら、仮説が成り立ちます。そうか……。なら、やっぱり蓮見綾子は犯人じゃないかもしれない……」

「どういうことっすか。香月さんは、どうして蓮見が犯人じゃないって思うんすか」

「僕がそう最初に考えた理由は、菜月ちゃんのトイカメラにあります」

「トイカメラ? あの、犯人がフィルムを抜き取ったという……」

「ええ、あのトイカメラです。犯人がフィルムを抜き取ったのだとすると、犯人はあのカメラの裏蓋《うらぶた》を開けたことになる。けれど、ロモの裏蓋というのはボタンを押して開けるものではなく、クランクを引っ張る構造になっていて、なんの知識もない人が開けようとすると、かなり苦労することになる。また、たとえ開けることができたとしても、そこからフィルムを抜き取るのには一手間掛かります。撮影途中のフィルムを強引に抜き出そうとすると、スプールに巻き付いているフィルムが千切れて本体に残ってしまう……。カメラの中は調べましたよね？」

「あ、ええ、綺麗に抜き取られていて、千切れたフィルムなんてのはありませんでした」

「千切れないようにフィルムを抜き取るには、ある程度のフィルムカメラの知識が必要なんです」

「それが、どうして蓮見綾子が犯人でないことに繋がる？」

「彼女はフィルムカメラを触ったことがないんですよ。石内教諭がそうおっしゃっていました。彼女が使っているのはデジタルカメラです。今どきの高校生は、フィルムの扱い方なんて普通は知りません」

「でも、知らないふりをしていた可能性があるんじゃないっすか？　石内先生が、たまたまそう思い込んでいただけで、本当は触ったことがあったのかもしれないっすよ。触ったことがないだけで、知っていたかもしれない可能性だって」

「ええ。菜月ちゃんの事件以降、自分でそう言ったのならともかく、あのときに知らないふりをする理由はないはずですが、可能性はありますね。ですから、『犯人ではないかもしれない』という程度に考えていました。けれど、もう一つの根拠を見つけて、僕としては、彼女が犯人ではない可能性がかなり高まったと感じるんです」

「もう一つの根拠？」鐘場が厳めしい眉を顰めて訊ねた。

「このハシゴです。このハシゴを犯人が動かしたと仮定すると、当然ながら、どうしてそんなことをしたのかという疑問に行き当たります。まぁ、ハシゴですから、当然、上るために使ったわけです。犯人はプレハブ小屋の屋根に上りたかった」

「プレハブ小屋の上に？　なんのためにだ？」

「思い返してください。他の二つの事件現場にも、高い場所がありました。公園の滑り台と、ジャングルジムです」

「そこにも、犯人が上った？」

「なんのために？」

二人の刑事が愕然として言う。

香月が答える前に、黙り込んでいた翡翠が、ぽつりと言った。

「ひょっとして……。撮影、ですか」

「撮影？　まさか、遺体の写真を撮ったのか？」

「ええ。僕はその可能性が高いと思います。犯人は被害者をベンチに寝かせたり、衣服を剝いだりして望む絵を作ったあと、その死に様を撮影したんじゃないでしょうか。構図を探って至近距離からも撮ったでしょう。けれど、全身を写すには高いところに上って撮るのがいちばんいい。だからこそ犯人はハシゴを移動させて、プレハブ小屋の屋根に上ったんです。撮影した写真。それこそが、シリアルキラーとして犯人が持ち帰った記念品だった」

「でも、先生……」翡翠は不思議そうに訊ねた。「どうしてそれが、蓮見さんが犯人ではない、もう一つの根拠になるんですか？」

「思い出してください。最初の殺害現場には、もう一つ不可解な痕跡がありました。滑り台のところから、ベンチの方へとうっすら描かれていたという、細い線のことです」

「あれは、子どもが描いた無関係な痕跡じゃないのか？」

鐘場の疑問に、香月はかぶりを振った。

「もっと早く気づくべきでした。僕にも何度か経験がある。あれは、滑り台から、レ、レンズキ、ャ、ャ、ャップを落とした際についた痕跡だったんです」

「レンズキャップ――。一眼レフカメラのレンズの、蓋っすよね？」

「はい。あれは落としたとき、転がっていくことがあるんですよ。犯人は滑り台から遺体を撮影しようとして、望遠レンズのキャップを外し、取りこぼしてしまったんでしょう。その際に落ちたキャップが転がって、線を描くように走った。とりたてて犯人の特定に繋がる証拠ではありませんし、それを消そうとする際に足跡がついてしまう可能性を嫌って、犯人はその痕跡をそのままにしておいたんでしょう。実際、今まで誰も気づかなかった」

「それが、蓮見綾子を除外する理由になるのか？」

「なります。蓮見綾子の愛機は、ネオ一眼と呼ばれるタイプの機種です。いいですか、犯人が滑り台の上でキャップを落としたということは、滑り台に上ってキャップを外した可能性が極めて高いということを意味します。犯人は地面にいるときにも、遺体の撮影をしたでしょう。その際にはもちろんキャップは外して、ポケットなどにしまったはず。さて、そのあとで高所からの撮影をするべく滑り台を上ります。このとき、レンズキャップはしまわれたままです。滑り台の上から落とすためには、ここでレンズキャップをつけたり外したりするというアクションが必要になります。一度外したキャップを、滑り台の上でつけ外しする理由はなにか、わかりますか？」

「レンズ交換、か――」

納得したように、鐘場が呻く。

「はい。単焦点や標準のレンズを、滑り台の上から撮影するために、望遠レンズなどと交換した。この際に、キャップをつけたり外したりする必要が出てきます。それで犯人はキャップを落としたんです。ところが、いいですか。ネオ一眼カメラは、レンズ一体型で、い、い、い、いレンズ交換ができません――」

「それでも……」蝦名が慎重に言う。「交換をしなくても、たまたま落ちた可能性も捨てきれないいんじゃないっすか。滑り台を上る際に姿勢が前屈みになるなりして、ポケットからはみ出てしまったとか」

「はい。その可能性は既に考えたんですが、思い返してみると、実はありえなかった。僕は蓮見綾子が翡翠さんを撮影する際に使っていたネオ一眼を見ていたんですが、彼女のカメラには、本体とレンズキャップを繋ぐストラップがつけられていたんです。そもそも、レンズキャップが落ちる可能性は微塵もなかった」

「最初の事件後に、もう落とさないようにとストラップをつけた可能性は？」

「去年の集合写真にも、彼女のカメラが写っていました。少なくとも、彼女は去年からずっと、レンズキャップを落とさないためのストラップをつけ続けているんです。他の部員が撮ったポートレートに写る蓮見綾子は、どの写真もあのカメラを手にしていました。他のカメラを持っている可能性は低いですし、高校生が手にするには充分に性能がいいものですから、犯行のときだけわざわざ別のカメラを使ったとは思えません」

「なるほど……。理解はできた。だが、百パーセントじゃない」

「ええ」

香月も、彼女が犯人ではない可能性が極めて高い、と感じるだけで、確実に容疑者の中から除外できるとは思っていない。彼女はたまたま裏蓋の開け方を知っていたのかもしれないし、たまたまうまくフィルムを抜き出すことができたのかもしれない。そうして、たまたま犯行の際には、まったくぜんぜん別のカメラを持ち歩くようにしていたのかもしれない。だが、こうまで、そんな偶然が重なるだろうか？

確かに、この残虐な犯人を一刻も早く捕まえる必要があるだろうが、だからといって根拠の弱いうちに聴取や逮捕をして、一人の少女の名誉を傷付けるわけにもいかない。

「理屈をこねるだけで他の容疑者が浮かんでこないんじゃ、捜査が後退するだけになるぞ」

「そうですね。他に、三人の被害者と共通する人物を探し出せればいいんですが……」

香月は顎を撫で上げ、それからおもむろに、自身の鞄からモレスキンのノートを取り出した。こういうときはアナログ作業に限る。三人の簡易的な相関図を書き上げて、接点を見つけ出そうとしていく。

一人目の被害者、武中遥香は、写真部。美化委員。塾通い。

二人目の被害者、北野由里は、藤間菜月のクラスメイト。図書委員。帰宅部。

三人目の被害者、藤間菜月は、写真部。放送委員。

「このうち、二人の間で共通する事柄《ことがら》から、もう一人の接点を見つけ出せればいいんですが」

「こうしてみると、北野さんが、浮いていますよね」翡翠が言った。「他の二人は写真部なのに」

「ええ。蓮見綾子が犯人なら、ちょうど三人を結びつけることができるんですが。他に、探っていない関係性がまだあるはず……」

「一年生のときのクラスメイトとか、同じ中学とか、そのあたりはどうだ？」

「去年のクラスはバラバラでした」鐘場の疑問に手帳を捲りながら蝦名が答える。「三人とも、近隣の中学から進学していますが、そこも見事にバラバラ、違う中学からです。また、三人ともアルバイトをしていません」

教室でもない。委員会でもない。出身中学でもない。

やはり、三人のうち二人に共通しているのは部活だ。

そこに見落としがあるのだろうか？

「あの」

ぽつりと、翡翠が言った。

「写真屋さん、というのは……。どうでしょうか」

「写真屋さん？」

「はい。ええと……、先生が、三人のうち二人の間で共通する関係から探していく、とおっしゃったので……。写真部という関係を除くと、三人のうち二人の間で共通する場所は、写真屋さんなのかなと……」

「写真屋……、なるほど……」

香月は呻いた。学校の中という場所に囚われていて、そこまで考えが及んでいなかった。

菜月は誤って遥香の写真データのCDを持ち帰ったということだった。二人はカラー写真を現像していた。学校の暗室で現像できるのはモノクロ写真だけで、カラー写真の現像は写真屋に依頼する必要がある。二人は同じ写真屋を利用していたはずだ。そう。菜月は学校近くの写真屋でロモを買ったと言っていた。あとは、そこに北野由里との接点を見つけることができれば――。

鐘場が頷くと、蝦名がさっそくスマートフォンを取り出してなにかを調べ始めた。

「ええと、高校近くの写真屋ですね。検索してみます」

少しして、蝦名が呻いた。

「香月さん……。当たりかもしれません」

蝦名が差し出すスマートフォンの画面に、三人が視線を向ける。

映し出された写真屋の情報に、店舗名が大きく掲載されていた。

『藁科写真店』、とある――。

藁科という苗字《みようじ》は、珍しい。

香月は、藁科琴音のスカーフの色を思い出していた。

彼女は、三年生だ。

「翡翠さん、お手柄《てがら》です」

偶然として、見過ごすことは、もうできない。

「これで、繋がりました」

＊

香月と翡翠は、蝦名と共に藁科琴音の家を訪ねた。

彼女の家は、藁科写真店の二階にあった。経営が苦しいのか母親はパートに出ていて、父親は下の店から席を外せないという。父親には訝しがられたが、不審な男の目撃情報を探しているということで、三人は琴音と会うことを許された。

狭いリビングの、四人がけのダイニングテーブルに香月と翡翠の二人はついた。蝦名は立っていることにしたようだ。向かいに、不思議そうな表情をした制服姿の琴音が腰掛けていた。しっかりしているようで、琴音は三人に麦茶を出してくれた。

「それじゃ、武中さん藤間さんとは、親しい間柄だったんですね」

香月が訊くと、琴音は眉根を寄せて、少し考え込んだ。

「どうでしょう。よくうちのお店に来てくれるので、学校でも話をしたことはありますけれど、連絡先までは知らない間柄でした。フィルムカメラのコツとかは、よく訊かれましたけれど」

「カメラ、お好きなんですか」

「ええ。家が写真屋ですから、どうしても影響は受けてしまって。今は部活の方に集中したいので、そこまで本格的にしているわけじゃないです」

「僕も大学時代は写真サークルにいたんですよ」香月が世間話のように言う。「もしかして、一眼レフとかお持ちなんですか？」

「ええ、まぁ。父さんのお下がりですけど」

「いやぁ、羨ましい。僕が一眼レフを触るようになったのは、大学の三年のときだったかな。バイトをして、なんとかお金を貯めて」

「ところで、一昨日の十七時から十九時の間は、どちらにいらっしゃいましたか」蝦名が言った。「藤間菜月さんが亡くなったと思われる時間です。彼女や不審な人物を見ていませんか」

「いいえ、学校からまっすぐ帰って、家にいました」

「そのとき、ご両親は？」

「いません。わたし一人でしたけれど……。なんだかアリバイを訊かれてるみたい」

琴音は訝しむように、目を細めて蝦名を見上げる。

「や、形式的なもので、関係者にはみんな確認をとってるんですよ」

蝦名は笑って、手帳になにかを書き込んだ。

「今日のところはこれでお暇しますが、もしなにか思い出すことがあったら、こちらに連絡してください」

蝦名は名刺を取り出して、琴音に差し出す。

琴音が立ち上がって、それを受け取った。

「きゃっ」翡翠が小さく声を漏らす。「あっ、ごめんなさい、わたしったら！」

麦茶の入ったグラスを倒してしまって、液体がテーブルに零れた。それだけに留まらず、彼女のタイトスカートが濡れていく。

「はわわわ」

「あの、大丈夫ですか？」

琴音が訊ねる。

「なにか拭くものを貸していただけませんか」

香月が声を掛けると、琴音はすぐそこのキッチンに身体を向けた。タオルを取り出して、慌てて翡翠に手渡す。その間に、香月はテーブルの上に置かれていた蝦名の名刺をすり替えた。

「あうう、ご、ごめんなさい。わたしったら、ドジっ子で……」

受け取ったタオルで、翡翠がスカートの裾や濡れた太腿を拭いた。

「手伝ってあげたいですけど、そこは見ることしかできないですね」

香月がおどけて言う。

「もう、先生ったら」

ストッキングまで濡れてしまったようで、翡翠は睫毛を伏せて顔を赤くした。

いくつか打ち合わせしたパターンのうちの一つだった。

とはいえ、テーブルに零すだけで、スカートまで濡らす予定はなかったのだが。

「あのう、お手洗いをお借りできますか」

翡翠が立ち上がって言う。

「あ、ええ。そこですけれど」

「すいません」

申し訳なさそうに言って、翡翠が手洗いへ向かおうとする。

「わっ」

だが、今度は本当にドジっ子としての才能を開花させたのか、彼女の身体がよろめいた。ぶつかりそうになった琴音が、慌てて受け止める。大丈夫かと香月が見ると、翡翠は恥ずかしそうに睨み返して、そそくさと手洗いへ去っていった。

「なんか……、変わった人ですね。刑事さんなんでしょう？」

トイレの方を見遣り、琴音が不思議そうに言う。

「あ、ええ、まぁ、正確には捜査顧問と言って、専門知識なんかで協力してもらってるんですよ」

「今日は、学校がないのに制服なんですか」

「あ、ええ」香月が問うと、琴音は柔らかく微笑んで言った。「出かける用事があるんですが、私服を選ぶのが億劫《おっくう》で。高校生って、そんなものですよ。制服の方が可愛いですから」

翡翠がトイレから出てくるのを待って、三人は藁科家を辞する。なるほど、翡翠は濡れたストッキングを脱ぎたかったようで、タイトスカートから伸びる生足が妙にセクシーに見えた。

通りを歩む間、翡翠は香月をむすっと睨み付けていた。

「先生、わたしのこと、間抜けな女だと思っていらっしゃるでしょう」

「いや、打ち合わせ通りの名演技でしたよ」

「ええ、城塚さんのおかげで、指紋が採取できたっす。裁判じゃ使えませんけれど、これで指紋が一致したら、逮捕までこぎつけられるかもしれません。令状をとれれば自宅を捜索できますし、これ以上の犯行を防ぐことができるはずですよ」

「それなら、いいんですけれど……」

苦肉の策だったが、任意で指紋提供を呼びかけても、断られてしまえばそれで終わりだ。疑っていると知られれば、警戒させて証拠を隠滅される恐れが出てきてしまう。それならば、とまずはこの作戦をとった。未成年が相手で慎重になっている管理官も、指紋が一致すれば大胆な捜査に踏みきれるだろう。

「自分、署に戻ってすぐに調べます。先生方はどうします？」

「僕たちは……。そうですね、少し遅くなりましたが、お昼にしましょうか」

蝦名とは、警察署の前で別れた。駐めさせてもらっていた車を出して、ネットで見つけた洋食屋へ向かった。小さいが昔ながらの趣のある洋食店だった。そこで、翡翠と遅めの昼食をとった。オムライスがあったが、翡翠はそれを頼まなかった。

食事が終わったころに、蝦名からショートメッセージが届いた。

『一致しました』

「どうやら、僕たちの役目はここまでのようです」

スマートフォンの画面を翡翠に見せる。

翡翠は、ほんの少しだけ微笑んだ。

「そうですか」

安堵には、程遠い。

失ったものが、あまりにも大きすぎた。

香月も、後悔していた。せめて、菜月には本当のことを話せばよかったかもしれない。被害者たちに共通する知人の三年生の生徒を探していると言えば、藁科琴音のことを話してくれたのに違いない。あのとき、自分たちは学校側の反応を気にして、あくまでも外部の不審者を捜しているていで事情を聴いていた。少女たちは、わざわざ訊かれなかったから、写真店や藁科琴音のことを口にしなかったのだ。

きっと、想像もしていなかった。

身近に、殺人鬼がいて。

明日、自分が殺されてしまうだなんて。

誰も、想像しない。

香月は、翡翠を見つめた。

どこかぼんやりとしていた彼女は、香月を見て首を傾げる。

「先生？」

「いや」香月は小さく笑う。「綺麗な眼だなと思って」

「えっ」

大きな瞳を見開いて、翡翠は香月を見返す。

一瞬の間のあとで、彼女は顔を赤らめて俯いた。

髪の間から、ほんの少しだけ覗く耳の端が、赤かった。

「あの、先生……」テーブルの上で組み合わせている五指を、もじもじと動かしながら、翡翠は話題を変えるように言う。「このあと、公園に行きませんか。菜月ちゃんに……。菜月ちゃんに、お別れを、言いたいです」

「ええ」

翡翠にとっては、死者の念がある場所は、墓や亡骸のあるところではないようだった。人の意識は、死んでしまえばその場に霧散して、滞るしかない。彼女は以前、そんなことを言っていた。

人の魂は、どこにあるのだろう。

香月は、翡翠と出会ってから、彼なりの仮説を組み立てていた。魂とは、空間にあるのではないか。魂は、この世界とは相の異なる空間に蓄積された情報なのかもしれない。それは喩えるなら、ネットワークを介してクラウド上に重要なデータを保存する仕組みに似ている。人の魂は別次元にあって、脳はそれを受信し、処理をしているだけなのではないだろうか。だから人間が死んで脳が朽ちれば、情報を取り出すことは叶わなくなり、魂は活動を停止する。けれど翡翠の脳は、誰もアクセスしなくなった情報に触れることができる。ちょうどラジオのチューニングをするように、誰も耳にしない番組にアクセスして、失われた情報を引き出すことができる――。

二人は、藤間菜月が亡くなった公園に立っていた。

既に規制線は張られておらず、陰惨な殺人事件があった痕跡といえば、ジャングルジムの傍らに供えられた花束くらいのものだろう。

途中で寄った花屋で、翡翠も百合《ゆり》を買っていた。

その花束を地面に置いて、彼女は手を合わせる。

香月も倣った。

長い静謐の中で目を開けると、翡翠が風になびく髪を片手で押さえながら、こちらを見ていた。

「菜月ちゃんは……」香月は訊いた。「天国に、行けたでしょうか」

「わかりません」

睫毛を伏せて、翡翠が静かにかぶりを振った。

「天国なんて、本当にあるんでしょうか」

霊媒の娘は、夕陽に染まり始めた空を見上げ、哀しげにそう呻く。

「あると、願いましょう」

しばらく、そこに佇んだ。

翡翠が横髪を押さえて、険しい表情を浮かべる。

空を見上げる彼女は、どこを見つめているのだろう。

帰ろうか、と声を掛けようとしたとき、翡翠がハンドバッグからスマートフォンを取り出した。なにか、メールの返信をしている。

「どうしました」

「いえ、真ちゃん……。千和崎さんです。お家で待っていますよって……。心配されちゃってて」

「千和崎さんとは、仲がよろしいんですね」

「ええ。日本に来て一人きりだったわたしに、初めてできたお友達です。わたしの力を、多くの人のために役立てるべきだって、そう後押ししてくれたのは彼女なんですよ」

翡翠は、どこか浮かない表情をしていた。

「わたし、けれど、そのころは人を信用できなくて。わたしが相続したものを目当てに近づく人が、大勢いました。彼女もそうなんじゃないかって疑って、打ち解けるまでにずいぶんと時間が掛かっちゃって……」

だが、他のことが気になるのか、そう話す翡翠の眼は遠くを見ていた。

「翡翠さん？」

「先生……。本当に、これで終わりなんでしょうか」

「え？」

「なにか、さっきから嫌な予感がするんです。胸が、ざわざわしていて……」

「どういうことです」

問いかけた直後、スマートフォンが着信を告げた。

蝦名だった。

「どうしました」

「ああ、香月さん、すいません！　実は、藁科琴音の姿を、見失ってしまって！」

「見失った？」

「尾行をつけていたんですが、まかれてしまったんです！　行方を追ってたら、写真部の子──、ええと、吉原さくらと、藁科琴音が一緒に歩いていたって、目撃情報がありまして！」

「それは、どこでです」

蝦名が告げた住所は、ここから十分ほど離れた商店街の通りだった。

「急いで人をかき集めて、探してるところっす！　先生も、心当たりがあれば──」

「わかりました。探してみます」

通話を切って、香月は翡翠を見る。蝦名の焦った声が聞こえていたのだろう。霊媒の娘は目を大きくして、香月を見上げていた。

「先生……」

「こっちが疑っていることに、気づかれていたのかもしれない。捕まるのを覚悟で、最後に殺人を楽しもうなんて考えているんだとしたら……」

香月は駆けだそうとして、しかし、踏《ふ》み止《とど》まった。

「いや、闇雲に探しても意味はないか」

いくらここが郊外の静かな土地とはいえ、藁科琴音が向かう先を特定できなければ無駄足を踏むだけだ。

「でも、急がないと吉原さんが！」

翡翠が悲痛な声を上げる。

「翡翠さんは、吉原さんに連絡をとってください」

「それが……、通話が繋がらなくて……」

藁科は吉原さくらを殺すつもりだ。

これまでと同様に人目につかない場所で首を絞めるに違いない。

「公園や、空き地、人通りの少ない場所か……」

スマートフォンを開いて、周辺の地図を探る。

あまり情報がない。どこが空き地で、どこが住宅地なのか、判別しづらかった。

航空写真に切り替えて、周辺をズームして探す。

いや、このあたりは、むしろ田舎だ。人目につかない場所の方が圧倒的に多い……。

どうしたら……。

「菜月ちゃん……。教えて」

はっとして、振り向く。

翡翠が、地面に跪いていた。

藤間菜月が、冷たくなって倒れていた場所だ。

「翡翠さん、だめだ――。あれは、負担が大きすぎる！」

翡翠がしようとしていることに気がついて、香月は慌てて彼女の元へ駆け寄る。

腕を摑んで、強引に立たせようとした。

「けれど！」

今にも泣き叫びそうな表情で、翡翠が唸《うな》った。

「強引に菜月ちゃんを呼び出したって、彼女は死の間際の苦痛を訴えるだけだ！　彼女が藁科の今の居場所を知ってるわけじゃない！」

「それじゃあ、どうしたらいいんですか！　また友達を見殺しにするしかないんですか！」

手を振り払って、翡翠が唾を飛ばす。

「それは――」

だが、今できることは、なにもない。

警察は、令状をとって藁科琴音のGPS情報を辿ろうとするだろう。だが、それには時間が掛かるはずだ。おそらくは間に合わない。

なにか、推理する材料はないか。

どうしたら……。

「香月先生」

「え」

弾むような明るい声に顔を上げると、翡翠が香月を見ている。

妙だ、と感じた。

まるで、別人がいるみたいだ、と錯覚する。

先ほどまでの悲痛な表情が、嘘みたいにかき消えていた。

なんだか、晴れやかな笑顔すら浮かべて、翡翠は香月を見ている。

微かに首を傾げて、優しく笑った。

それから、彼女は腕を持ち上げた。

方角を示すように。

「あっち。遥香が見つかった公園です。さくらを助けてあげて」

ぞわりと、身体が震えるような感覚が走る。

「君は」

「今は、さくらのお姉さんが、なんとかしてあげてるみたいだけど、たぶん、長くはできないんだと思います」

香月はスマートフォンに目を落とす。

武中遥香が殺害された公園は、ここからそう遠くはない。車を走らせれば、五分と掛からないだろう。

「あたし、先生のこと、恨んでませんからね」

ほんの少し哀しげに、翡翠は笑った。

冷たい風が吹いている。

「待ってくれ――」

手を伸ばそうとした瞬間には、翡翠の身体が倒れていた。

慌てて、抱き止める。

「翡翠さん！」

彼女はきつく瞼を閉ざして、小さく呻いた。

何度か身体を揺する。翡翠はこめかみに手を当てて、顔を顰めた。

「先生……？」

「時間がない。歩けますか？」

翡翠は困惑した様子だったが、体調に問題はなさそうだった。香月は彼女の腕を取り、駐めていた車へと駆けだす。

「先生？」

どうにかついてくる翡翠が、息を切らしながら訊いた。

「藁科琴音の居場所がわかったんです。急ぎましょう」

二人で車に乗り込んで、エンジンを掛ける。翡翠がシートベルトを締めるのを待つことすら、焦れったく感じるほどだった。時間がない。今にも、藁科琴音が吉原さくらの首に手を掛けようとしているかもしれない……。

香月は翡翠に頼んで、蝦名刑事に電話を掛けてもらった。

ハンズフリー状態でハンドルを切りながら、香月は叫んでいた。

「蝦名さん！　最初の遺体発見現場の公園です！　藁科琴音はそこにいます！」

「わかりました。しかし香月先生、いったいどうやって――」

「詳しい話はあとです！　急いでください！」

通話が切れたあとも、香月は万が一にでも道を間違えないよう、細心の注意を払った。

信号に引っかからないよう、祈りながらアクセルを踏み込んでいく。

「お願い、間に合って……」

助手席にいる翡翠が、スマートフォンを両手で握り締めながら、呟いた。

「もう、誰も、死なせたくないの……」

涙に濡れた双眸が、スマートフォンをじっと見つめている。

指先が、素早く動いていた。吉原さくらが気づくように、何度もメッセージを送ってみるよう、香月が頼んだのだ。しかし、少女からの返答は未だない。

死を振りまく、呪われた血。

翡翠の力は、それを代償としているのだろうか。

確かに、彼女はどうしようもなく、死を引き寄せているといえるのだろう。

だが、今回の件は、まだ取り返しがつくはずだった。

「お願い……」

もう一度、祈りの言葉を耳にしたとき、公園が見えた。

香月は荒々しい勢いで路肩に車を駐めると、入り口へ向かわず、植え込みの合間から公園内に身を躍らせた。素早く周囲に視線を向ける。

滑り台の近くで、少女が少女を押し倒していた。

藁科琴音が、馬乗りになって、吉原さくらの首を絞めている。

香月は叫んだ。

藁科琴音は振り向かない。

首を絞めることに、夢中になっているように。

その横顔に、愉悦の表情が刻まれているのを見た。

愉しんでいる。

人を殺すのが、愉しい。

人が苦しむ様を見るのが、心地よい。

そんな感情が伝わってくるようで、香月の心を震わせた。

背後から、翡翠の悲痛な声が聞こえる。

のし掛かられた吉原さくらは、ぴくりとも動かないように見えた。キスをしようとするみたいに、鼻先が触れるほどの距離を詰めて、藁科琴音が苦痛に歪んだ少女の顔を覗き込んでいた。

香月が叫ぶ。

藁科琴音の肩を摑んで、駆けつけた勢いをそのままに、彼女の身体を引き摺り倒す。

殺人を愉しむ少女は、暴れた。

尋常ではない力だった。

香月はどうにか、少女の身体を押さえ込んで、腕を捻った。

格闘は、長く続いたようにも、一瞬だったようにも思える。

「さくらちゃん！　さくらちゃん！」

パトカーのサイレンに交じって、翡翠が声を上げていた。

唸る少女の身体を押さえ付けたまま、香月は息をつく。

背広姿の男たちや、制服の警官たちが駆けつけてくる。

香月は、翡翠を見た。

倒れた少女の身体を抱きかかえるようにして、翡翠が叫んでいる。

「さくらちゃん、さくらちゃん――」

香月は、少女の手が持ち上がるのを見た。

苦しげに咳《せ》き込《こ》みながら、首に纏わり付いた凶器を取り除こうとしている。

「先生……」

翡翠が顔を上げた。

涙に頬を濡らしながら、翠の瞳が希望を見出したかのように輝く。

少女は、咳き込んでいるものの、意識があるようだった。

「よかった……、間に合った……」

顔をくしゃくしゃにしながら。

「よかった……。よかった……。生きてた。よかった……。生きてた……」

翡翠は少女の身体を、愛しげに抱きしめていた。

*

香月史郎は、マジックミラー越しに狭い室内の様子を眺めていた。

鐘場警部の厳めしい眼差しを受けながらも、少女は平然とした様子で微笑んでいる。

ただ、笑うだけだ。質問には、ほとんど答えることがない。

少女のスクールバッグには、一眼レフカメラと交換用レンズが入っていた。吉原さくらは無事だった。凶器を巻き付けられる際に、首との間に指を滑り込ませることができたのも功を奏したのだろう。すぐに救急車で運ばれたが、命に別状はないということで、簡単な事情聴取が行われた。琴音とさくらは、同じ中学校出身という繋がりがあって、互いに連絡先も知る仲だったらしい。武中遥香を追悼するための写真作品を撮りたいので、手伝ってほしいと言われて、琴音と共にあの公園へ向かったという。公園に着いてからはしばらくの間、遥香の思い出話をしていたというが、ベンチで長電話をしていた女性が去ったとたん、急に襲い掛かられたらしい。琴音は話をしている間、ちらちらと電話をしている女性を気にしていたという。目撃者がいなくなるタイミングを辛抱強く待っていたのかもしれない。

刑事が、さくらにその女性の特徴を訊いたところ、こんな答えが返ってきたという。

「その女の人、電話が繋がりにくいのか、通話してる間も何回か途中で途切れちゃったみたいで、ずっとそこで苦戦してた感じなんですけれど、やっと電話が繋がった感じで、ようやく用事を終えたのか公園から出ていったんです。先輩が……、あんなことをしたのは、そのあとなので、その人はなにも見ていないと思います」

例えば、その女性がすぐに通話を終えて公園を出ていったとしたら、どうなっていただろう。もう少し早く、藁科琴音がさくらの首を絞めていたとしたら――、香月は、間に合わなかったかもしれない。

さくらのお姉さんが、なんとかしてあげてるみたいだけど――。

吉原さくらには、守護霊のようなものが憑いている、と翡翠は言っていた。

そんなことが、ありえるのだろうか。

ありえるのかもしれない。

人の意識は、やはりどこかで、留まるのだろう。

あるいは、そこは、この世界とは違う場所にあるのかもしれない。

だが、手を伸ばせば、届くこともあるのだろう。

そうして指先が触れ合うその僅かな瞬間を、人は渇望して生きていくのだ。

「香月」

扉を開けて、鐘場が顔を覗かせた。

「やはり、だめですか」

マジックミラー越しに、藁科琴音の様子を覗う。

少女は退屈そうに、自身の髪を片手で梳《す》いていた。

「聞いていただろうが、お前さんが相手なら話す、と言っている」

「どうして、僕なんでしょう」

「さぁ、まったくわからん」

数々の事件で鐘場に協力してきたものの、取調室には入ったことがない。

鐘場は、琴音の要求を受け入れた。香月は頷いて、取調室に入る。

室内にいた少女が顔を上げて、ほんの少し微笑んだ。

眼鏡の奥の眼が、まるで獲物でも見つけたみたいに、細められていく。

香月は彼女に向き合って、椅子に腰を下ろした。

それから、琴音を見つめて言う。

「武中遥香、北野由里、藤間菜月の三人を殺したのは、君か」

「はい」笑って、琴音は答えた。誇らしげな表情だった。「スカーフで、絞め殺しました」

少女の着ているセーラー服の胸元には、それがなかった。

彼女は、常に自分が身に着けている道具を使って、少女たちの首を絞めた。

あのとき、吉原さくらの首に巻き付けられたスカーフは、度重なる殺人で摩耗した痕跡があった。指が食い込んだ跡や、裂けそうなほど強引に引き伸ばした痕跡だ。少女たちのDNAが充分に採取できるに違いない。たぶん、洗濯はしていないだろう、と香月は考えた。

あれは、殺人鬼としての彼女の勲章だったのだ。

「どうして、殺したんだ」

「あることが、気になったから」

「なにが？」

「可愛い女の子でも、首を絞めたら醜い顔をするのかなって」

少女は饒舌に答えた。

話したくてうずうずしている。聞いてほしくて仕方ない。やっと誰かに自分のしたことを教えることができる。そんな表情で、藁科琴音は歌うように言う。

「ほら、人間って首を絞められると、ものすごい顔になるって言うじゃないですか。顔が鬱血して、眼や舌が飛び出て、見るも無惨な顔になっちゃうって。それで、どんなふうになるのかなって気になったんです。可愛い女の子でも、首を絞めちゃえば、みんな同じような顔になるのかなって。一度、気になりだしたら、夜も眠れなくなっちゃって」

「それで……、試したのか」

「はい。やってみたら、意外と簡単でした。やっぱり、可愛い子でも、凄い顔になるんだなって。実験が成功した感じで、自分は間違ってなかったなって。大事でしょう？　予測を立てて、実験をして、実証してみるのって……。それで、凄く絵になるなって思って、写真を撮りました。あの、カメラのメモリーカードに、全部作品が入っているんで見てみてください。わたし、早く誰かに見てもらいたくって、うずうずしてて、感想、ほしくて」

少女は机に身を乗り出す勢いで言った。

「北野さんも、藤間さんも……。同じ理由で?」

「そうです。あの、わたしのカメラは?」少女は室内に視線を巡らせた。「ちゃんと見てくださいね。凄くいい出来なんです」

香月は息を漏らした。

「我慢できなくなって、殺したのか」

「そうです。もっと実験してみたくなって。可愛い子だけじゃなくて、地味っぽい子とか、不細工な子とか、もっといろんなバリエーションで試してみたくなって。でも、たいてい、おんなじような顔になっちゃって。死んだら、人間ってみんな同じ感じになるんですね。ちょっと尊いなって思いました」

「吉原さんを殺そうとしたのは……、自分が怪しまれていると思ったから?」

「はい。捕まらないように工夫してたつもりなんですけど、そろそろだめかって思いました。でも、受験勉強、したくなかったし、大学に行ってもやりたいことないし、そんなことより、実験と作品作りが大切だなって思って。ほら、学校の先生とかも、高校生活は三年間しかないんだから、後悔しないように、やりたいことをやりなさいって言うでしょう。どうせ捕まってもすぐに出てこれるし、チャレンジするなら今しかないって」

少女は、目を輝かせて言う。

顔を赤らめて、明らかに興奮していた。

まるで、教師に褒められたくて勉強をしてきた児童のようだった。

ずっと、話したくて話したくて、仕方なかったのだろう。

その夢が、叶っているのだ。

「どうして、鐘場警部じゃなくて、僕に話したいと思ったの？」

「え、だって」

少女は不思議そうな顔をした。

それから、考えるように眉を顰める。

「あなたなら、わかってくれるかなって、そう思って」

「わからないよ」

そう告げると、少女はショックを受けたようだった。

まるで、恋の告白を拒絶された女子生徒のような表情で、香月を見返す。

それから、彼女は俯いた。ぽつりと言う。

「最後に、あの綺麗な人で作品を撮りたかった。名前、なんていいましたっけ。香月さんと一緒にうちに来てくれた、翠の眼をした人……」

琴音は顔を上げて、香月を覗う。

名前を知りたいのだろう。けれど、香月は答えない。

「あの人、凄い美人ですね。あんな人、見たことなかった。可愛いけれど、でも、なんか普通と違う。香月さんと同じです。なに考えているかわかんない感じが、ちょっと怖い。あの人も絞め殺したら、凄い顔するんですかね？　香月さんも、見たいでしょう？　やってみたかったな……。綺麗な顔でも不細工に膨らんで、涎《よだれ》たらたら零して、びくびくしながら泡《あわ》噴いちゃうのかな……。気になるなぁ……、スタイルよかったから、裸にして、写真、撮ってみたい」

香月は立ち上がり、無言で取調室を辞した。

隣室から、鐘場が顔を覗かせる。

「あとは俺が引き継ぐよ。もう話すだろう」

「ええ」

なんだか、ひどく疲れてしまった。

連続殺人犯逮捕で慌《あわ》ただしい署内の廊下を、足早に歩いた。

その廊下に沿うように置かれたソファに、一人の女性が座っている。

香月はそこで足を止めた。

よほど疲れたのだろう。

城塚翡翠は、眠っていた。

身体を背もたれに預けていて、今にも傾いて倒れてしまいそうなほどだ。

香月は、彼女の隣に腰を下ろす。

翡翠の唇から吐息が漏れると、彼女は身じろぎをして、彼の肩に頭を載せた。

まだ起きる気配はない。

香月は、眠る翡翠の顔を見つめた。そのすべらかな頬を飾る黒い髪の一房に、指を伸ばす。それから、そっと指で目元を撫でた。

そこが、濡れていたからだった。

あのとき、少女の身体を抱いて翡翠は泣いた。救急車が来るまで、わんわんと大きな声を上げながら、少女の髪を撫で続けていた。よかった。よかった。と繰り返し言葉を零して。

彼女は間違いなく、一人の少女の命を救った。

決して後味のよい事件ではなかったが、それだけは真実だ。

翡翠が微かに呻く。

白い頬が、ほんのりと朱に染まっている。

吐息を漏らす唇は、とても艶やかで、潤いに満ちていた。

熱い情動が込み上げてきて、香月はそれを堪える。

彼女の笑う姿を見たい、と思った。

香月さんも、見たいでしょう？　やってみたかったな……。

少女の声が耳に甦る。

彼女の動機は、ひどく純粋な好奇心だったが、この社会には受け入れられないものだった。

それは、ある意味では、哀《あわ》れだといえるのかもしれない。

人間は、自分の衝動を、選ぶことなんてできないのだから。

長い睫毛が静かに開いていく。翠の双眸が、不思議そうに彷徨って、香月を見た。

「先生……」

香月が顔を覗き込んでいたせいか、翡翠は気恥ずかしげに目を伏せた。

「もしかしたら」

香月は言う。

「天国は、あるのかもしれませんよ」

不思議そうに、彼女は目をしばたたかせた。

霊媒の娘にも、わからないことはあるらしい。共鳴が起こった瞬間、翡翠は意識を失っていたらしく、香月がどうやって琴音たちの居場所を掴んだのか、まだ知らないのだ。

あのとき、菜月は苦しみを抱いていないように見えた。

明るく、笑顔すら浮かべていた。

人の魂はどこにあるのだろう。

死んだら、その意識はどうなるのか？

わからないことは多いが、手を伸ばせば触れられることもあるのだと、そう知ることができただけで、救いにはなるだろう。

死んでしまったら、それで終わりだなんて、あんまりだから。

香月は立ち上がり、翡翠へと手を差し伸べた。

「帰りましょうか」

「はい……」

霊媒の娘は、柔らかく微笑んで、その手を握った。

"Scarf" ends.

インタールードⅢ

鶴丘文樹《つるおかふみき》は、城塚翡翠《じょうづかひすい》を実験対象にすることを決定した。

それを決断するまでには、長い熟考が必要だった。様々な逡巡があり、欲求への抵抗があった。危険との秤《はかり》に掛けて、日常のほとんどをその悩みに費やしてきたといってもい い。彼女の写真を見つめて、溢れる情動に身もだえし、愛しさに溜息すら漏らした。彼女は完璧な素材だった。どうしても、実験に使いたい……。だが、もう戻れないかもしれないという予感があり、何度も躊躇をした。平穏な日常をずっと享受《きょうじゅ》し続けていたいと、必死になって抗《あらが》いもした。

けれど、運命はそうするべきだと告げている。

なにもかもが、鶴丘を後押ししていた。

そう、これが運命だ。

仕方がない。

危険は大きく、捕まる可能性が高まるため、慎重に事を運ぶ必要があった。

うまくいけば、すべての疑問が解決し、これで実験も終了するだろう。

そんな予感があった。

これまで、鶴丘が実験対象を見繕《みつくろ》うのに使った代表的な手法は、主にSNSを利用したものだった。少し前に、大手化粧品コミュニティサイトの個人情報が流出する事件があったが、鶴丘はそれが発覚するずっと以前に、闇サイトを通じて、そのリストを入手していた。リストにはメールアドレスの他に、平文で保存されていたパスワードが含まれていたのだ。このご時世に、パスワードをハッシュ化せずデータベースへ保存しておくなど、セキュリティ管理があまりにも杜撰《ずさん》だったといわざるを得ない。

メールアドレスとパスワードの組み合わせがあれば、そこから実に様々な情報を辿っていくことができる。セキュリティに関心のない人間というのは、たいていの場合、どんなサービスでも同じメールアドレスとパスワードの組み合わせでアカウントを登録するものだからだ。まして、化粧品コミュニティサイトの利用者は当然ながらほとんど女性で、使っているブランドやレビューに掲載する写真の一部などから、ある程度の人物像を類推することができる。

そこから別のSNSを辿り、公開されている写真から鶴丘の好みに合えば、住所を探っていく。美人というのは、SNSに自分の写真をアップロードしたがるものらしい。メールサービスやショッピングサイトを利用していれば、住所は簡単に判明してしまう。

他にも架空の人物や女性を装うなどでSNS上で接触し、情報を引き出す手法もとった。こうしたネット上のやりとりは、最終的には入手したパスワードで本人としてログインし、データを消してしまえば証拠が見つかりにくくなる。サーバー上に記録は残ったままかもしれないが、警察がそこに気づく可能性は限りなく低い。実験対象を拉致《らち》した際に入手したスマートフォンから、履歴やアプリを消去してしまえば、彼女たちがそうしたサービスを利用していたことに気づきすらしない。拉致した際にスマホの電源を切らず、機内モードにしておく理由はここにある。電源を切らなければ、実験を終えた女の指紋で、簡単にロックを解除できるためだ。万が一を想定して、パスワードの掛かっていないワイファイの電波を拾ってアクセスすれば、鶴丘を特定することもできない。日本の警察はサイバー犯罪に対して、非常に知識不足なのだ。

だが、今回に限っては、これまでとは手法が違いすぎる。普段よりもずっと慎重を期する必要があった。警察にも、彼の関与を察知される危険性は高い。

しかし、決断をしてからは、呆気ないほどに順調だった。

懸念だった彼女の側にいる障害も、思いがけない幸運によって引き離すことができた。事後処理をどうにかする必要があるが、翡翠で実験を終えてから考えても遅くはないだろう……。

そう。

いよいよ、このときがやってきた……。

鶴丘は、目の前で横たわる翡翠を見下ろす。

彼女はかぶりを振りながら、少しでも彼から離れようと身を捩った。

芋虫のように。

「たす、け……」

恐怖に震える声を、どうにか絞り出そうとして。

這いながら。

「たすけ……、助けて……！」

翡翠が喉をそらすように絶叫する。

「助けてッ！　誰かッ……！　助けてくださいッ……！　誰かぁぁッ……！」

涙を零しながら、必死になって、翡翠は叫び続けた。

「無駄だ。誰にも聞こえない」

「いやあぁっ……！」

翡翠は身体を捻って、脚を跳ねさせた。

少しでも距離をとろうとして、床を芋虫のように這って移動する。

だが、それで逃げられるはずがない。

「助けて……。助けて、ください……」

美しい貌は涙と恐怖に歪み、拘束を受けた華奢な体軀は、無様《ぶざま》にも芋虫のように転がることしかできない。

「先生、助けて……」

だが、その願いは、もう叶わない。

既に、ずいぶん前から彼女のスマートフォンは機内モードにした上で電源も切っている。

誰かが彼女の居場所を摑むことがあったとしても、それは超常的な力によってのみだろう。

恐怖を煽るようにナイフをかまえながら、距離を詰めた。

逃れられないと悟ったのかもしれない。翡翠は唇を閉ざし、震える心を叱咤《しった》するように息を吐いて言う。

「あ、あなたは……、あなたは、悪魔だわ……」

潤んだ双眸が雫を零し続けながらも、毅然とこちらを睨み付ける。

「こうやって、多くの女性を騙し続けてきたんでしょう……」

美しい歯を、がちがちと鳴らしながら、彼女は気丈に言う。

「でも、でも……、あ、あなたは絶対に捕まる！　わたしがここで殺されたとしても、わたしと同じように、あなたを赦さないと考える人たちはたくさんいます！　あっ、あ、あなたが、どんなに証拠を残さないとしても、いつか……、いつかきっと、あなたの正体をつき止める人が必ず現れる……！」

だが、その強靭《きょうじん》な反抗心も、なんの表情も変えない彼を見て、無意味なものだと悟ったのだろう。それが、最後の抵抗だった。

ナイフの先端を掲げると、翡翠は瞼を閉ざした。

「もういい。お前は殺す」

激しい物音が鳴る。

彼女に歩み寄り、その肩を掴んだ。

縛り付けた彼女へと、逆手《さかて》にかまえたナイフを振りかぶる。

翡翠は、腹部も、脚も、縄で拘束されている。

どう足掻いても、逃れることはできない。

そう、これが死というものだ……。

彼は、翡翠の胸にナイフをつき立てた。

最終話
VSエリミネーター

香月史郎《こうげつしろう》は、その女性の依頼を引き受けることにした。

巷《ちまた》を騒がせる連続殺人鬼の正体をつき止める。

そのためには、鐘場《かねば》や翡翠《ひすい》の協力が必要不可欠だ。

香月はさっそく、鐘場正和《まさかず》と連絡をとった。警察が、どこまで殺人鬼の情報を摑んでいるのか理解する必要がある。

待ち合わせは、いつもの喫茶店のボックス席だった。

「俺は特捜には加わってないんでね、情報は又聞きだ。どうにか資料は持ち出すことができたが、ここで見るだけにしておいてくれ」

鐘場は、閉ざされたファイルを机に置いて言う。香月は頭を下げた。

「ありがとうございます」

「なんでまた、急にこの事件に興味を持ったんだ？」

これまでにも、二人の間でこの殺人鬼に関する話題は上がっていた。だが、鐘場が小耳に挟んだ些細な情報のやりとりがある程度で、香月は特に口を挟むことをしなかった。

「遺族の方に、頼まれたんです。無念そうでした」

香月はファイルを手にして、それを開く。

探偵業ならば、守秘義務に則《のっと》って、依頼主に関しては伏せるべきだろう。だが、香月はただの作家だった。偶然から鐘場刑事と密かに組むことが続き、運よく事件を解決できたことがときおりある程度だ。だが、真実の一端を見通す翡翠と知り合うことで、偶然の解決は、もはや必然の解決に等しいものへと変化した。この冬までの間に、たまたま巻き込まれた事件や、鐘場から意見を求められた事件の数多くを、香月は翡翠と共に解決してきた。

その変化の原因を、鐘場は既に察しているようだ。

「俺は、心霊やら超能力なんてものは信じないが……、それでもこのクソ野郎を捕まえることができるなら、お前さんの意見を参考にするべきだとは思うし、こうして規則破りだってしてみせるよ」

「鐘場さんは、相手が神様だろうが、手錠を掛けるのを厭《いと》わない人ですからね」

香月の言葉に、鐘場は顔を顰めた。

だが、今回の件に限っては――、城塚《じょうづか》翡翠の霊視はうまくいかないだろう。

「やはり、殺害現場に関しては、未だ不明のままですか」

「ああ。まったく手がかりが摑めてない。犯人は被害者を拉致して、どこか別の場所で殺害をしたあと、車で遺体を運んで、山中や畑など人目につきにくい場所へと捨てている。遺留品はほとんど出ていない。被害者たちには、年齢や容姿が似通っている程度の共通点しかなく、交友関係から辿り着けるものはなにもない。遺棄現場は毎回てんでばらばらで、付近には防犯カメラがほとんど設置されてない。そういうところを選んでいやがるんだろう。まったくもって、やりにくい相手だ。本当に亡霊だとしか思えない」

香月はファイルに目を落として、資料を熟読した。

最初の犯行が発覚したのは、四年前の夏だった。

群馬県の山中にある病院跡へと肝試しに訪れた大学生グループが、廃墟内に遺棄されていた女性の遺体を発見した。肝試しや廃墟写真の撮影スポットとしてそれなりに名の知れている場所で、香月も訪れたことがある場所だった。だが、普段は人の出入りなどまったくなく、そのために遺体は発見が遅れて腐敗が進んでいた。解剖の結果、遺体は死後三ヵ月が経っていると見られた。遺体には所持品はおろか衣服もなく、身元の特定に難航したが、春から失踪届が出されている女子大生のものと歯形が一致した。

遺体は腹部を刃物で刺されており、致命傷に至るものではないが、出血が原因で死亡したと見られている。遺体には、手首や足首にロープで拘束を受けた痕跡が残っていた。犯人は被害者を全裸にして拘束したあと、ナイフで腹部を刺し、それを抜いて失血死するのを辛抱強く待ったのだろうというのが、特別捜査本部の見解だ。性的暴行を受けた痕跡はなく、犯人のＤＮＡは検出できなかった。

当初は怨恨の線で捜査が進められたが、被害者の交友関係を洗っても手がかりは摑めなかった。最後に発信された携帯電話の微弱な電波から、夜間に家へ帰る途中で犯人によって拉致された可能性が高いと見られている。犯人はその際に被害者の携帯電話の電源を切るなどしており、そこからの追跡は不可能だった。

そこからしばらくは捜査に進展が見られず、迷宮入りになるかと思われた。

だが、その一年後に、新たな遺体が発見された。

二人目の被害者の遺体が発見されたのは栃木県の山中で、犯人は車道から遺体を投げ捨てたと見られている。死後一ヵ月ほどが経過しており、一人目と同様の状況で遺留品や所持品はなく、身元の特定に時間が掛かったが、やはり失踪届が出されている女子大生のものと判明した。交友関係に手がかりはなく、群馬で発見された遺体と同様の手口であることから、新たに特別捜査本部が立ち上がり、日本では珍しいシリアルキラーによる連続死体遺棄事件の可能性が高いとして、捜査方針が固められた。

「だが、洗っても洗っても、証拠はまるで出てこなかった」

犯人は防犯カメラに写らないように行動して被害者を拉致し、人目につかない場所で遺体を遺棄する。足取りが、まるで追えなかった。

「奴は狡猾で、警察の捜査手法に詳しい。こっちがとる捜査手法を一つ一つ潰してくるような用心深さだ。こんな犯罪者が存在するなんて、思えない。異常だ。手口が異常なだけじゃない。これほど犯行を重ねて、なんの手がかりもないっていうのが、異常すぎるんだ」

捜査員たちは地道な聞き込みを続ける他になく、そうしている間にも、第三、第四の遺体が発見された。被害者たちの容姿が似通っていることから、犯人がどのように彼女たちの情報を知ったのか、そこが捜査の鍵になると思われた。

「被害者は、基本的に女子大生か、二十代の女性会社員……。しかも、全員が一人暮らしをしていますね」

「ああ、そのせいで失踪届が出されるのが遅れているんだ。会社員のケースだと、GWなんかの連休中に拉致されていて、誰も被害に気づかない。意図的に狙っているんだろう」

「だとすると、やはり、どのように情報を得て被害者の選別をしているか、ですね」

「SNSのアカウントを持っている被害者は多くて、そこからプライベートな情報が漏れた可能性はある。ただ、それらしい痕跡は見つかっていない。全員が顔写真や住所を晒《さら》しているというわけではなかったんだ」

「なら、他になにか隠されている繋がりがあるのか……。被害者は、都内に住んでいる子が多いですね。埼玉や神奈川の子も交じっていますが」

「共通点らしい共通点は、被害者の自宅近辺に防犯カメラがほとんどないことだ。下見をして、確認しているのかもしれない」

「偏執的なまでの慎重さですね。好みの女性を見つけて、その人物を標的にしようとしても、下見をした段階で自宅近辺に防犯カメラが多いと判断すれば、大人しく引き下がって別の標的を探すのでしょう。かなりの自制心です」

「ああ、だが、この手の犯罪にはつきものだが、犯行の間隔は短くなっている」

鐘場の言う通りだった。

次の犯行まで一年空いた間隔が、次第に半年に一人になり、数ヵ月に一人となっている。特に、この半年では、既に三人の遺体があがっていた。

「犯人は犯行に手慣れてきて、欲求を抑えきれなくなっている。発見されていないだけで、他にも被害者は増えているかもしれませんね……」

「ああ、いつかは尻尾《しっぽ》を見せるかもしれない。頭のいい奴だ、自分でもそれは自覚しているだろう。そのせいか、二件前の事件から、手口が若干変わっている」

「手口が……、本当ですか？」

香月は二件前の被害者の資料に目を落とす。

被害者が失踪したのは、初夏のころだった。

ちょうど、香月が翡翠と知り合った時期になる。

「被害者の身体を、シャワーかなにかで念入りに洗い流すようになったんだ。肌からは漂白剤の成分まで出てきている」

「夏なので、自分の汗がつくことなどを恐れたのでしょうか」

「わからん。だが、夏の犯行は、これまでにもあったはずだ」

「欲望を抑えきれなくなっているのに、証拠隠滅には更に慎重を期しているのか……」

最後に発覚した事件の詳細に、目を落とす。

現場は秩父の山中で、発覚は奇跡的に早かった。被害者の死亡推定時刻を見ると、ちょうど、あの女子高生連続絞殺事件の最中だった。

藤間《ふじま》菜月《なつき》が殺害された前日だ。

苦い記憶が、甦る。

「どうだ？　なにか気づくことはあるか？」

「そうですね……」

香月は顎を撫で上げたあと、以前に水鏡荘《みかがみそう》で黒越《くろごし》たちに述べたプロファイリングを鐘場に語って聞かせた。だが、その程度の話は、既に捜査本部で本職の人間が話していることだろう。

「付け加えるとしたら、ナイフを抜いて被害者が失血死するのを待つという、この猟奇的な手法には、なにかしらの儀式的な意味があると思います」

「儀式的というと、オカルトかなにかか？　それで悪魔を呼び出そうとでも？」

「鐘場さんはそう笑いますが、犯人にとっては重要なことなのでしょう。悪魔崇拝は極端な例ですが、そういったことを本当に信じ込んでいる可能性はあります」

「だが、犯人像を特定したところで、容疑者はごまんといる。都内在住の可能性が高いが、東京に住んでいる運転免許持ちの男を、一人一人事情聴取するわけにはいかない」

「あの絞殺事件と同様に、男とは限りませんよ。性的暴行の形跡がないわけですから」

「そうか……」

鐘場は呻いた。

「ただ、ここまで執拗に下調べをしているのだとしたら、犯人は定職に就いていないのかもしれませんね」

香月はファイルを閉ざし、鐘場に返した。

「もう憶えたのか」

「ええ」

「流石だな」鐘場は笑って、席を立つ。「なにかわかることがあれば、連絡をくれ」

「努力はしてみますよ」

立ち去る鐘場を見送って、香月は冷え切ったコーヒーに口をつけた。

そうしながら、慎重に思索する。

城塚翡翠の霊視能力で、これらの情報から犯人を特定することはできるだろうか？

例えば水鏡荘の事件のときのように、彼女は犯罪者の魂の匂いを嗅ぎ分けることができる。だが、連続絞殺事件の藁科琴音《わらしなことね》のケースを見るに、罪悪感を抱かない人間が相手だと、それが役立たないことは明白だ。だとすると情報を得られる可能性があるのは、魂の共鳴と呼ばれるあの現象に頼ることになるが、あれは被害者の殺害現場でしか生じない。翡翠曰く、殺された者の魂はその場に霧散して停滞するからだ。魂は、遺体や墓地に宿るわけではない。その場に漂う意識の残り香のようなものを、翡翠は嗅ぎ分けている。ならば、やはり殺害現場が判明しない限り、共鳴現象は起こらないはずだ。

結果として、現状では、城塚翡翠は殺人犯に辿り着けない。

香月史郎はそう判断した。

＊

ほとんど車の通ることがない山中の車道に、香月史郎は佇んでいた。

まだ夕刻ではあるが、三十分は経過しているだろうに、車が通る気配はない。

香月はガードレール際に車を路駐させていたが、道幅はそれほど狭くないので、万が一他の車が通っても問題はないだろうと判断した。

城塚翡翠は、少し離れたところで、佇んでいる。

冬の風が、彼女の柔らかな髪を僅かに揺らしていた。

今日の彼女は、綺麗な発色をするベージュのコートに身を包んでいた。

最初、彼女はガードレールを乗り越えて、遺体遺棄現場にぎりぎりまで近づこうとしたが、流石に足を滑らせたら危険すぎると、どうにか香月が引き止めたところだ。犯人は、ここからガードレール越しに遺体を投げ捨てた。遺体はそう遠くまで転がることなく、目につく木の幹に引っかかっていた。そのために、比較的早く発見されたのだという。

翡翠は閉ざしていた瞼を開いた。

それから、やはり途方に暮れたような表情で、香月を見る。

眉尻が下がっていた。

「どうですか」

そう訊ねながら、香月は彼女に近づく。

翡翠はかぶりを振った。

「すみません……。なにも感じ取れませんでした」

「ダメ元ですからね。そもそも殺害現場ではない以上、仕方がないことです」

「他に、先生のお役に立てることができたらいいんですけれど……」

「充分、役に立っていますよ」香月は肩を竦めた。「今回の件は、翡翠さんの力とは相性が悪いんです。せめて、殺害現場がわかればいいんですが」

「ええ」翡翠は頷く。「被害者の方は、若い女性ばかりなんですよね。亡くなった場所がわかれば、一人くらい、共鳴が起こっても不思議はありませんから」

「やはり、遺棄現場ではなにも読み取れませんか」

「そうみたいです。お役に立てなくて、すみません……」

この件のことを翡翠に話した際に、彼女はこう言っていた。

事故現場や殺害現場でしか共鳴が起こらない、というのは、あくまで翡翠の経験から読み取った法則にすぎない。魂の理《ことわり》など誰が説明してくれるわけでもなく、真実は誰にもわからない。もしかしたら、その法則は誤りで、遺棄現場で共鳴が起こることもありえるのでは……。翡翠はそう言って、遺棄現場を訪れてみたいと香月に告げた。

また、一種の幽霊——、地縛霊や背後霊、泣き女や水鏡荘で感じた得体の知れない気配のことなど、その法則性が判然としないが、翡翠が感じ取れる霊魂というのも、この世には確かに存在する。被害者のうち一人でも、そうした存在になった魂が遺棄現場にある可能性もなくはない、と翡翠は言っていた。だが、その場合であっても、そうした霊魂は自分が死んだ場所や埋葬された場に現れることがほとんどらしく、結果としては、空振りだった。

今日は既に、四ヵ所の遺棄現場を回っている。

ずっと気を張って集中していたからだろう。

翡翠の様子にも、疲れが見て取れた。

「そろそろ陽が暮れます。今日のところは切り上げて、夕食でも食べましょうか。なにか食べたいものはありますか？」

「ええと……」

申し訳なさそうにしていた翡翠は、少し考え込んだあと、表情を明るくして言った。

「あの、それじゃ、わたし、サービスエリアでお食事をしたいです。美味しいお料理をたくさん食べられるって、真《まこと》ちゃんが言ってたんです。……だめでしょうか？」

「ああ、ええ……、かまわないですよ」

香月は笑う。

美貌のお嬢様を連れていくのだから、もっと高級なお店で食事を楽しみたいものだが、翡翠がそう望むのなら、仕方なしというものだろう。ここに来るまでのサービスエリアで、人気のある場所に心当たりがあった。確か江戸の街並みを再現しているところで、翡翠は喜ぶかもしれない。

翡翠と共に、件のサービスエリアへと向かった。

「うわぁ……、お侍さんは？　お侍さんはいないんですか？」

案の定、翡翠は目を輝かせ、しきりにはしゃいでいる。

「いや、流石に、侍はいないんじゃないかな……」

「あ、じゃあ、忍者さんが隠れているんですね？」

日光の方へ連れていった方が、もっと可愛い反応を見られたかもしれないと、香月は少しだけ後悔していた。あまり外出をすることがないようで、こうしたところで食事をするのも初めてだという。例の体質のせいか、フードコートに入ると少し体調が悪そうに見えた。たぶん、外出を好まない理由はそこにあるのだろう。魂の匂いを感じ取る――。こうした場所では、様々な匂いが入り交じって、彼女に襲い掛かるのだろう。必要以上に神経を摩耗させて、身体に負担が掛かるに違いない。車に乗って道路を走る際にも、彼女が意図せず共鳴現象が起こってしまう可能性だってあるのだ。

せめて、彼女の理解者が側で付き添って行動する必要がある。

食事の間はにこやかな表情を浮かべていた翡翠も、食後しばらくすると言葉数が少なくなってきた。問うと、頭痛がするという。香月は翡翠を連れて車に戻ろうとした。ところが、翡翠がソフトサーブを食べたいという。

「ソフトサーブ？　ああ、ソフトクリームですね」

翡翠が指さす売店を見て、香月は納得した。

「そうですそうです。そっか、日本語だと、アイスクリームですね」

「コーンに載っているのは、ソフトクリームといいます。ほら、あそこに書いてある」

「あ、そうでした……。どうも、たまに混ざってしまって」

「今日は暖かい方ですが、冬場にアイスクリームとは」

「すみません」翡翠はしゅんとした表情を見せて言う。「一度、こういうところのを食べてみたかったんです」

「謝らなくていいですよ」香月は笑う。「それで気分が戻るのなら」

香月はソフトクリームを一つ買って、翡翠に手渡した。座れる場所は混雑していたので、少し離れた人気のない場所に佇んだ。車に戻ることも考えたが、翡翠はもう少し外の空気を吸いたいという。香月は、美味しそうにソフトクリームに口をつける翡翠の横顔を見つめた。

艶やかなピンクのリップの合間から、ちろりと舌が出て、白いそれを舐《な》め上げていく。

「美味しい？」

訊ねると、翡翠は上目遣いに香月を見て、にっこりと笑う。

「はい。とても。先生もどうですか？」

そう言って、無邪気に手にしたソフトクリームを差し出してくる。

「ええと」香月は苦笑する。「では、一口だけ」

「はい、先生、あーん」

これは、流石に照れくさい。

こそばゆさを抑えながら、差し出されるソフトクリームを、少しだけ囓《かじ》った。

白い表面は、ほんの僅かに、ピンクに染まっていた。

翡翠の、リップの跡だろう。

彼女はそれに気づかなかったらしい。

久しぶりに食べるソフトクリームは、甘くて、とても冷たかった。

目が合うと、意味もなく、笑いが込み上げてくる。

翡翠も、照れくさそうにしながら、くすくすと笑った。

ソフトクリームを食べたあと、二人で温かい飲み物を飲んで、他愛のない会話を交わす。

二つの空き缶をゴミ箱に捨て、香月が翡翠の元に戻ってきたとき、彼女はおもむろに言った。先ほどまでの笑顔は消えて、少し寂しげな表情をしていた。

「先生……、わたし、先生のことを、もっとよく知りたいです」

「僕のこと、ですか」

駐車場に並んだ数々の車の方へと視線を向けながら、翡翠は言葉を続ける。

「先生は……、もしかして、大切な人を亡くしていませんか。倉持《くらもち》さんだけではなく」

「どうして、そう思われるんですか」

「匂いです」

翡翠は、寂しげな顔で、香月を見た。

「初めて、先生にお会いしたときから、感じていました。この人は、大切な人を失って、その傷をずっと抱えたまま生きているのだと……、そう感じたんです」

それから、すみません、と呟いて頭を下げた。

「わたしは、自分と関わる人たちの秘密を、知ろうとしなくても知ってしまう。だから、みんな、わたしという存在に深入りしようとはせず、不気味に思って離れていくんです。わたしは、それが怖くて怖くて……、だから、感じ取ったことすべてを、あえて口に出すようなことはしません。先生のそのことに関しても……。先生が、自分から話してくださるまで、触れようとは思いませんでした。けれど……、どうしても、気になってしまって。なにか、力になれたらって……」

身体の側面を向けて、翡翠は俯いた。

「いいえ、違いますね。きっと……、秘密を知っているのに、それを黙ったままでいる罪悪感に、耐えられなくなったんだと思います。自分勝手な感情です。気持ち悪いですよね。知られたくないことまで、知られてしまって……」

「べつに、秘密にしたいことではありませんよ」

香月は吐息を漏らし、笑った。

申し訳なさそうに眉尻を下げたまま、翡翠がちらりとこちらを見る。

「ただ、つまらない話ですから……。でも、翡翠さんがいいのなら、聞いてくれますか」

翡翠は、ぱっと表情を明るくした。

「はい」

「子どものころの話です。もう、二十年近く前になります」

香月はコートのポケットに手を入れて、昏くなった空に目を向けた。

「僕には、歳の離れた姉がいました。正確には、血の繋がらない義理の姉です。彼女は親《おや》父《じ》の再婚相手の連れ子で……、まだ小学生だった僕に、いきなり十歳も離れた年上の姉ができたわけです。優しくて綺麗な人で、最初こそ仰天して微妙な距離ができていましたけれど、すぐに憧れに近い感情を抱くようになりました」

そのときの気持ちを握《にぎ》り潰すように、香月はポケットの中で、拳を握りこんでいく。

「僕が、小学生のときです。彼女は、強盗に刺されて、亡くなりました」

微かに、翡翠が息を呑んだ気配が伝わった。

「僕が、ほんの少し彼女の側を離れていた間にです。僕が見つけたとき、彼女にはまだ息があったんです。けれど、彼女が最後になにを言おうとしていたのか……。痛かったのか、苦しかったのか、それとも別のなにかを言おうとしていたのか……。それを、僕は聞き取ることができなかった。それ以来、ずっと後悔しています。そのときの犯人は、未だ捕まっていません。僕が推理小説を書いたり、犯罪捜査というものに引き寄せられるのは、たぶん、そのときの経験が深く影響しているのでしょう。特に、この一連の事件の被害者たちは……、亡くなったあの人と、ほとんど同じ年齢で……、だから、他人事《ひとごと》とは思えないのかもしれません」

静かに、深く、吐息を漏らす。

それから、香月は翡翠を振り返った。

笑って言う。

「ほら、つまらない話でしたでしょう？」

けれど翡翠は、柳眉を寄せて、僅かに唇を曲げた表情をしていた。

なんだか、今にも泣きだしてしまいそうな、そんな顔だった。

彼女は一度、瞼を閉ざす。

それから、吐息を漏らして、次に翠の眼を開いたときには、笑顔を浮かべていた。

「先生、ぎゅってしてあげます」

「え？」

香月が戸惑うと、翡翠は照れくさそうに笑う。

両手を広げて、香月を迎え入れるような格好だった。

「遠慮しなくていいんです。つらいときには、わたしがぎゅってしてあげます。それが、いちばん効くんです。わたしも、寂しいときは、真ちゃんにしてもらってますから」

それと一緒にするのは、いかがなものだろう、と香月は笑いだす。

「どうして笑うんですか」

翡翠は唇を尖らせて、拗ねたような顔をした。

「いや……。僕は、もう子どもじゃないですからね」

「その言い方……、わたしが子どもみたいじゃないですか」

翡翠は手を下ろして、不服そうに言う。

子どもだと思いますよ、という言葉を、香月は呑み込んだ。

それから、別のことを言う。

「明日からは、僕だけで捜査を続けます」

「え……？」

「そもそも、依頼を請けたのは僕ですから。これ以上、翡翠さんを頼るわけにはいきませんし、捜査の目処が立たない以上は無理もさせられない。殺人鬼を追いかけるからには、危険な目に遭わないとも限りません」

「先生……」

哀しげな表情で、翡翠が呟く。香月は言った。

「なにか、嫌な予感がするんです。今日一日協力してくれただけでも、感謝しています」

翡翠は俯いた。緩やかなウェーブを描く髪が、力なく垂れる。

「先生は……、もしかして、わたしのことを、事件から遠ざけるおつもりですか？」

「ええ」香月は頷いた。「おそらく、翡翠さんが感じていた妨げようのない死というのは、このことなのではないでしょうか。その予感が正しいとは、僕は思っていません。気のせいだと願いたい。けれど、無視することもできないのです。あなたが事件を追うことで、殺人鬼に狙われる可能性があるなら、それは避けるべきでしょう。予感が運命だというのなら、それに抗うためには、先手を打つしかない。あなたが運命に呑み込まれる前に、先に犯人をつき止めればいい。翡翠さんには、充分に協力してもらいました。あとは、僕が一人で続けます」

そう語る香月の言葉を、翡翠は俯いたまま、じっと聞いていた。

やがて、ぽつりと翡翠が言う。

「先生は……。わたしのことを、想ってくれているんですね」

「ええ」

「わたしは、贅沢で愚かな人間なのかもしれません。いつか終わりが来ると知っているのに、この関係を続けていたくて、道を引き返すことができないでいる。想像できる未来が誤りであればいいのにと祈っているのに、その可能性に縋ることを愚かしいと考えているんです。けれど、それでも――」

彼女は、一歩、香月との距離を詰めた。

それから、意を決したように、息を吐いて言う。

「わたし……、本当に、先生の力になりたいと思っています」

伏せられた目を飾る睫毛が、微細に揺れ動いている。

翡翠は香月を見なかった。視線を合わせないまま、彼女は言葉を紡いでいく。

「先生は……、わたしにとっての光です。わたしはこれまで、この力を呪いだと感じていました。けれど先生は、誰も助けることができなかった無力なわたしに、光を与えてくれた。わたしを、信じてくれて……。わたしを、救ってくれた。わたしのこの力にも、なにか意味があるんじゃないかって……。そんなふうに考えることができたのは、先生のおかげです」

香月は、胸が痛むのを感じた。

黙って、翡翠を見つめる。

彼女は顔を上げた。

濡れた翠の双眸が、香月を映す。

「わたし、先生にとっては、子どもなのかもしれません。それでも、先生の力になりたいんです。たとえ逃れられない運命だとしても、あなたの側に――」

香月は、堪えきれず、翡翠を抱き寄せた。

冷えた身体を包み込むように、抱きしめる。

「僕からすれば」香月は彼女の耳元で囁いた。「いつも、つらそうに……、寂しそうに見えるのは、君の方だ」
「先生……」
背に、彼女の手が当たるのを感じる。
優しい掌だと思った。
翡翠が言う。
「ぎゅって、してあげます……」
その華奢な腕に、ほんの少し力が加わる。
香月は、しばらく腕の中のぬくもりを感じ取っていた。
それから、彼女の肩を掴んで、ほんの少し、身体を離す。
翡翠が顎を上げて、こちらを見ている。
揺らいだ眼差し。
その翠の双眸を覆《おお》う瞼。
潤う唇。
それが美しく、たまらなく……。
キスをした。
ソフトクリームの味がしたのは、気のせいかもしれない。
二人で笑い合って、車に乗った。

エンジンを掛ける。

暖房が効くまで時間が掛かるはずだが、身体は温かかった。

香月は言った。

それには逡巡が必要だった。

大きく迷ったが、もうこの機会しかないだろう。

「実は、ここから一時間くらいのところに、別荘を持っていて」

「え、本当ですか？」

翡翠が目を丸くして香月を見る。

「そうは言っても、父が残してくれたものです。いろいろと思い出があるので、売り払うこともできず、なんとか維持をしていて。執筆に集中したいときに仕事場として使うんですが、まぁ、たまにはちゃんと使ってあげないと、傷むばかりでして」

翡翠は顔をこちらに向けたまま、伏し目がちに、ちらちらと香月を見ていた。

「どうでしょう。明日からの捜査に備えて、泊まっていきませんか」

翡翠は俯く。

膝の上に、緊張したように握られた拳が乗っていた。

「はい……」

蚊の鳴くような声だった。

たまらなく、可愛らしい。

堪えきれない情動を、どうにか抑える。

香月は車を走らせた。

しばらく、無言が続く。

「千和崎《ちわさき》さんは……、確か、ご実家の方に戻られているって言っていましたよね」

「あ、はい。親族の方に不幸があったそうで……。一週間ほど、北海道に」

「それなら、ちょうどいいですね」

「そう、ですね」

翡翠は呟き、それから、くすっと笑う。

「真ちゃんには、まだ秘密です」

「メッセージも送ったらだめですよ。彼女、けっこう鋭そうですから」

友人が少ないからかもしれないが、自分と一緒にいるとき、翡翠は滅多なことではスマートフォンを見たり弄ったりしない。助手席に座っているときは例外だったが、それでもメッセージを確認していいかと、失礼がないように事前に承諾を求めてくるような人間だ。きちんと躾《しつ》けられたのだろう。楽しく話を続けていれば、彼女がスマートフォンを取り出すことはないだろう。

また、会話が転がりだす。

しばらく、夢のような時間が流れた。

ときおり、ちらりと目を向けると、翡翠が香月を見て、気恥ずかしそうに笑う。他愛のない話でくすくすと笑い、ふふふと声を上げて、翠の眼が熱っぽく香月を見つめ続けた。

途中の渋滞で時間が掛かったが、香月の所有する山奥の別荘へと無事に辿り着く。車を駐めて降りると、周囲からは人工の光がいっさい失われていた。近隣には建物らしい建物がまったくない。吊り橋などを通るわけではないが、改めて周囲を眺めると、ここはクローズドサークルの舞台に相応しい場所だった。惨劇が繰り広げられたとしても、誰も気づくことはないだろう。

翡翠を促して、山荘に入る。二階建てではあるが、それほど大きな建物ではない。玄関で靴を脱ぎ、翡翠のコートを受け取ってハンガーに掛けた。今日の翡翠は淡く光沢のあるピンクのブラウスに、大きめのジャケットを羽織っていて、普段より大人っぽい雰囲気だった。

リビングへと、彼女を招く。

電灯はつけず、玄関から零れる古い電球の光が、そこに射し込むだけだ。

「先生、電気は……」

室内に足を踏み入れて、数歩を進んだ彼女の身体を、後ろから抱きしめた。

もう、我慢ができそうにない。

「あ、先生……」

華奢な骨格を確かめるように、香月は翡翠の身体を掻き抱く。柔らかな巻き髪に顔を埋めるようにして、彼女のうなじの甘い匂いを嗅いだ。

「翡翠」

そう呼びかけて、さして抵抗を示さない体軀を、香月は弄っていく。

翡翠は擽ったそうに、耳や首筋に手を当てたが、香月を遮ることはしなかった。

「んっ……。先生……、だめです……。こんなところ、じゃ……」

甘い匂いを吸い込みながら、ケーキのように白い首筋を舐め上げた。掌に伝わるブラウスの生地《きじ》の感触が心地よく、僅かに伝わるブラの形状と固さが、その奥にあるものの存在を香月に主張していた。

だが、だめだ。やはり、これでは……。

「や、ん……、ふふっ……、先生ったら……、もう……」

右の耳朶《じだ》を責めると、微かな笑い声に困惑と色艶が交じっているのを聞く。ストッキングを撫で上げる手を、翡翠の腿が挟んでいった。彼女の身体が、ほんの少し身じろぎを繰り返す。

それから、翡翠の身体が硬直した。

なにかに気づいたかのように、身を強ばらせている。

「あ……」

色艶をいっさい含まない、唖然とした声が零れた。

彼女の全身が怖気立つように、香月の鼻が触れる肌が粟立《あわだ》っていった。

「先生、こ、ここは……」

翡翠は、空気を求めて喘ぐように言う。

「ここは、な、なんなんですか……。どうして、こんな……」

「やっぱり、君は感じ取るのか」

香月は、翡翠のうなじから鼻を離す。

逃さないよう、がくがくと震えだしている肩を掴んだ。

「な、なんなんです……。先生、ここは……」

「匂いが溜まっているのか？　それとも、共鳴が起こったのかな？　まぁ、十人以上、死んでいるわけだから、なにかは感じ取るんだろう」

「先生……？」

ぎこちなく、翡翠が香月を振り向いた。

愕然とした表情の彼女へと、香月は微笑を浮かべて答えた。

「翡翠。君は本当に可愛らしいよ。だから、もう我慢ができない」

翠の双眸が大きく開いて、そこに恐怖の色を宿す。

「僕が殺したんだ。もう十人以上、実験をした。どうしても、君で試したいんだ」

「うそ……」

彼女の身体が震え続け、今にも倒れてしまいそうなのが掌に伝わってくる。

「嘘……、ですよね、先生？」

無理に笑おうとするかのように、翡翠は唇の端を歪めていた。

いつものように、無邪気な笑顔を浮かべれば。

香月が、笑顔を返すと、そう信じているのかもしれない。

「嘘じゃないよ」

香月は、翡翠の腕をねじ上げた。苦痛に呻く彼女を後ろ手にするように拘束し、床に跪かせた。彼女はほとんど抵抗することがない。ただ、唇を青くするように、弱々しく震えていた。すぐ近くのテーブルに用意しておいたロープで、彼女の手首を縛り上げていく。

「先生……、こ、こういう冗談は、だめです……。お、おこりますよ、わたし……」

「冗談じゃないんだ」

怯えた小動物のような瞳が、涙を溜めてぐらぐらと揺らいでいる。

それを見ると、やはり激しく胸が痛んだ。

けれど、もう我慢ができそうにない。

香月は、翡翠を床に押し倒す。

彼女が小さく悲鳴を上げた。

肩を摑んで、仰向けにさせる。

もっと、この可愛らしい表情を、見ていたい。

「ほら、これで信じられるだろう？」

香月はナイフを取り出して、その切っ先を見せつけた。

薄闇の中、玄関からの微弱な光を浴びて、その刃が煌めく。

「うそです……」翡翠は激しくかぶりを振った。乱れた長い髪が、頰を横切っていく。

「噓です、こんなの……。噓だって、言って……」

「君に、ずっと本当のことを言えなくて、胸が痛んだ」

香月はその胸苦しさを吐き出すように、息を漏らす。

「けれど……、自分の欲求は、抑えきれない」

翡翠の震える唇が開いて、何度も失敗しながら、言葉を紡いでいく。

「せ、先生……、先生が……、ころ……、殺した、の……？」

だが、彼が答えるまでもなく、翡翠は真実を知ったようだった。

おそらく、匂いを感じ取ったのだろう。

そこに罪悪も、虚言も、なにも含まれていないということを。

香月が、ただ真実を語っているのだということを――。

それは翡翠にとって、なによりも重みのある証拠だった。

「そう。実験なんだ。やらなきゃいけないんだよ」

濡れた翠の双眸が閉ざされていく。

「うそ……。うそよ……」

白い頬を、ぽろぽろと溢れる雫が幾筋も飾り立てた。

「こんなの、夢……。嘘よ！　嘘です！　嘘！　嘘嘘嘘嘘！」

翡翠が身を捻って、子どものように叫び出す。

その様子を、香月は立ち尽くしたまま見ていた。

胸が痛んだ。

けれど、それ以上に、興奮した。

「痛くはないはずだ」香月は吐息を荒らげながら言う。「ナイフで刺すだけだよ」

「嘘です……。嘘です。こんなの嘘です！　嘘です！　嘘ですよ！　嘘ですよねっ？」

「痛いか、痛くないか、実験するだけだ」

「いや……」

香月の目を見て、翡翠の瞳が虚ろに濁《にご》る。

彼女はかぶりを振りながら、少しでも彼から離れようと身を捩った。

芋虫のように。

「たす、け……」

恐怖に震える声を、どうにか絞り出そうとして。

這いながら。

「たすけ……、助けて……！」

翡翠が喉をそらすように絶叫する。

「助けてッ！　誰かッ……！　助けてくださいッ……！　誰かあぁッ……！」

涙を零しながら、必死になって、翡翠は叫び続けた。

「無駄だ。誰にも聞こえない」

「いやあぁっ……！」

翡翠は身体を捻って、脚を跳ねさせた。

少しでも距離をとろうとして、床を芋虫のように這って移動する。

だが、それで逃げられるはずがない。

「助けて……。助けて、ください……」

美しい貌は涙と恐怖に歪み、拘束を受けた華奢な体軀は、無様にも芋虫のように転がることしかできない。

「先生、助けて……」

だが、その願いは、もう叶わない。

既に、ずいぶん前から彼女のスマートフォンは機内モードにした上で電源も切っている。

誰かが彼女の居場所を摑むことがあったとしても、それは超常的な力によってのみだろう。

恐怖を煽るようにナイフをかまえながら、距離を詰めた。

逃れられないと悟ったのかもしれない。翡翠は唇を閉ざし、震える心を叱咤するように息を吐いて言う。

「あ、あなたは……、あなたは、悪魔だわ……」

潤んだ双眸が雫を零し続けながらも、毅然とこちらを睨み付ける。

「こうやって、多くの女性を騙し続けてきたんでしょう……」

美しい歯を、がちがちと鳴らしながら、彼女は気丈に言う。

「でも、でも……、あ、あなたは絶対に捕まる！　わたしがここで殺されたとしても、わたしと同じように、あなたを赦さないと考える人たちはたくさんいます！　あっ、あ、あなたが、どんなに証拠を残さないとしても、いつか……、いつかきっと、あなたの正体をつき止める人が必ず現れる……！」

だが、その強靱な反抗心も、なんの表情も変えない彼を見て、無意味なものだと悟ったのだろう。それが、最後の抵抗だった。

ナイフの先端を掲げると、翡翠は瞼を閉ざした。

悔しげに、苦しげに、哀しげに……。

唇を噛んで、喘ぐように呼吸をして、嘆くように涙を零した。

「ううううぅ……、あぁぁぁぁ……、あぁぁぁぁ……！」

城塚翡翠の予感は、極めて正しいものだった。

これが、妨げようのない死だ。

彼女は以前から自分の運命を受け入れていたようだが、それがまさかこんな結末だとは、想像もしていなかったのだろう。

ぼろぼろと涙を零す翡翠に、彼は言う。

「怖がらなくてもいい。すぐには殺さないから。君には、してほしいことがあるんだ」

翡翠は香月の言葉を聞いているのか、聞いていないのか、涙を零し続けている。

「降霊をしてほしい。僕の姉さんを、呼び出してくれ」

翡翠は力なくかぶりを振る。

「たすけて……、こんなのは、嘘よ……」

少し、いじめすぎたかもしれない。

心が壊れてしまったか……。

興奮に、自分を制御することができなかった。それを聞き出すことができたら、君を殺さなくてもすむんだよ」

その言葉に、翡翠は僅かに反応を示した。

「あ、う……」

ぴくりと肩を動かして、力なく擡《もた》げた頭を動かす。

翡翠とは、共に生きていたかった。

彼女を愛しいと想う気持ちは本物だった。二人で甘い関係を続けて、事件を解決していくという未来も、もしかしたら存在していたかもしれない。だからこそ、香月は悩みに悩んだ。彼女を殺さないですむ方法がないか熟考した。翡翠が自分の犯罪に気づく可能性はないだろうとも考えた。欲求に抗い、殺さないですむのなら、その方が安全だった。彼女はこれまでの被害者たちとは違う。香月と決定的な繋がりを持っている。うまくやらなければ、警察に怪しまれるかもしれない。

けれど、自分の欲求を、香月は抑えきれない。

彼女で実験をしたかった。降霊だって、してもらう必要がある。

それに、ここで我慢しても、いつかこの愛しさが、彼女を殺してしまうだろう。

二の腕を摑んで、翡翠を強引に立ち上がらせる。項垂れる彼女を歩かせて、ダイニングテーブルの椅子を引き、そこに座らせた。テーブルには、翡翠の写真を印刷したものが置かれている。水鏡荘のバーベキューで、こっそり撮影したものだった。僅かに別所《べっしょ》が写ってしまって見切れているが、彼女の笑顔をいちばん綺麗に切り取ることのできた写真だと自負している。

生きる力を放棄したみたいに、翡翠はなにも抵抗しなかった。ただ肩を震わせて、涙に喘いでいる。彼女が洟を啜る音を耳にしながら、香月は念のために、彼女の足首と腰を新たなロープで椅子に縛り付けた。抵抗する気力はほとんどなさそうだが、慎重を期すのに越したことはない。その偏執的なまでの警戒が、自分に数多くの実験の機会をもたらしたのだから。

それから、テーブルを挟んで立って、彼女を見下ろした。

「降霊するのに、名前は必要だったかな」香月は翡翠に問いかける。「名前は、鶴丘陽子《つるおかようこ》だ。亡くなったのは二十一歳のときで、殺害現場はここだ。どうだ？ できそう？ 時間が経ちすぎているかもしれないが、試してみてほしい」

だが、翡翠はなにも答えない。

項垂れるようにして、顔を伏せていた。

「ショックだったのはわかるよ」香月は苛立ちを抑えながら言った。「けれど、早く試してみてほしい。ご馳走を目の前にして、いつまで我慢ができるか、わからないからね」

そう笑って、ナイフを掲げてみせる。

翡翠はなにも答えない。

俯いたままだ。

そこで、香月は奇妙な声を耳にした。

思わず、訝しんで眉を顰める。

ふふふふ……。

と、翡翠が声を漏らしていた。

笑っているのだった。

「ふふっ……。ふふふふ……」

とうとう、壊れてしまったか……。

信頼し、自分を赦した相手に裏切られたのだ。

彼女の心を襲った衝撃は察するに余りある。

気の毒に思って、彼女の顔を覗き込もうとしたとき、香月は背筋に悪寒が走るのを感じた。

翡翠は、香月を見ていた。

その翠の双眸と目が合って。

わけもわからず、ぞっとした。

なんだ?

翡翠は、笑っている。

ただ笑っているわけではない。

困ったように眉尻を下げ、眉間《みけん》に皺を作りながら、にやにやと笑っているのだ。

奇妙な違和感に襲われて、動揺が駆け巡るのを感じる。

なんだ、この顔は……。

やはり、おかしくなってしまったのか?

それにしては、なんというのか……。

「ふふふ……。うふふふ……、ふふっ……、あはっ……」

なんというか、この笑い方は、まるで、なにかが、おかしくて、おかしくて、たまらないときのようで——。

◆*"Iced coffee" again.*

暗がりの中、香月史郎は動揺を隠すために、その場を往復しているところだった。

手にしたナイフの感触を確かめる。大丈夫だ、と自身に言い聞かせる。武器はここにある。なにも恐れる必要はないではないか。そもそも、自分はなにを怯えているのだろう。すぐそこにいる彼女が――、両手足を拘束され、椅子に縛り付けられても、不気味で不敵な笑みをまったく絶やさないからといって――、自分が怯える道理なんて、どこにもないではないか。

それなのに、香月史郎は、恐怖に似た感情を憶えていた。

「なにを……、笑っているんだ」

彼女は――。

城塚翡翠は、なにも答えない。

ただ、華奢な両肩を震わせながら、くすくすとおかしそうに笑みを浮かべて、香月をその双眸で見上げていた。

「なにがおかしい？　気でもふれたのか？」

翡翠は顔を上げて香月を見ていた。

相変わらず、困ったかのように眉尻を下げたまま、笑っている。

「わたしが、先生に裏切られたことへの衝撃で、正気を失ったとお思いですか？」

「違うのか？」

微かな灯りの下で、ナイフを煌めかせる。

香月の知っている城塚翡翠なら、そこで怯えたように身体を竦めるはずだった。

しかし、翡翠は怯《ひる》まない。

ただ、不気味に微笑んでいる。

翡翠ではないようだった。

まるで、なにかが……。

「翡翠じゃないのか？　もう、なにかを降ろしている？」

また、翡翠が笑った。

「ははっ、ふふ……」

「なにがおかしい」

「いいえ、べつに」翡翠は笑いを堪えるような表情でかぶりを振った。「それより、先生、手首の縄を解いてもらえませんか？　お姉さんの霊を、呼び出してほしいのでしょう？　このままでは、集中できません」

余裕ありげに笑う翡翠を見下ろし、香月は逡巡した。

翡翠には、降霊をさせる必要がある。集中を要するという例から、それには拘束が邪魔かもしれない。迷ったが、怯えることはない。体格差もあるし、こちらには武器もある。反撃されそうになっても、すぐに制圧できるだろう。腰と足首の拘束を残しておけば、大丈夫のはずだった。

だいたい、なにを恐れる必要がある？

相手は、あの無邪気で可憐な笑顔を浮かべることしかできない、翡翠だ……。

「いいだろう。だが、おかしなことはするな」

香月はナイフで、彼女の手首の拘束を解いた。

自由になった手首を持ち上げて、翡翠が髪を払う。

それから、指先で涙の筋を拭った。首を捻り、彼女は近くの窓に反射する自分の顔を確かめた。

「ああ、きっと、お化粧が崩れちゃいましたね。今日のメイクは薄い方ですから、そんなに目立たないとは思うんですけれど……」

香月は唖然として、翡翠を見た。

何故、ここで、そんなことを気にする？

翡翠は、そんな香月の視線にようやく気がついたかのように、香月を見上げた。

「そうそう、さっきの話ですけれど、確かに普通でしたら、親しい人が噂の連続殺人鬼だと知れば、衝撃を受けることでしょうね」

「まさか……。気づいていたのか。いや、それはない――」

香月の思考は、混乱に揺さぶられている。

いや、それはない。さっき、彼女はあんなに動揺していた。

自分の犯行に気づかれていた可能性なんて微塵もあるはずがない。

何故なら、翡翠の能力では――。

「君は魂の匂いを嗅ぎつけて犯罪者を見分けるが……、僕のように、殺人にまったく罪悪感を抱かない人間に対して、その力は役立たないはずだ。確かに、その危険性には注意していたつもりだが、それは、藁科琴音の事件のときからも、明らかで――」

翡翠が、笑う。

けたけたと、笑いだす。

「ははっ、あはははっ、はははははははっ！」

そんなふうに彼女が笑ったのを見るのは、初めてだった。

椅子に縛り付けられている状態で、お腹を抱えて、身を捩りながら、かぶりを振って、笑っている。拘束されていなければ、そのまま床に転がっていたかもしれないほどに。

「あぁ、おかしい、本当におかしい……。もう、先生ったら、笑いを堪える方の身にもなってください」

「なにがおかしい！」

「残念ですけれど、先生のお姉さんを降ろすことはできません。先生の目的を叶えて、ついでにわたしのことを嬲《なぶ》り殺そうとしたみたいですけれど、目論見《もくろみ》の半分は失敗ですよ」

「なにを言っている？　従わないなら、本当に殺すぞ」

「だから、できません」

「何故だ！」

「だって……」

くすくすと、また笑いが堪えられなくなったように、翡翠が笑う。

口元に手を当てながら、翡翠は肩を震わせて言った。

「ああ、本当に、おかしい。これまで、ずっと堪えるのが大変だったんですよ、先生。だから、今のこの瞬間くらい、思い切りはしたなく笑ってしまっても、かまいませんでしょう？」

ふふっ。

くくくっ。

うふふふふっ……。

「なにがおかしいんだ！」

「だって、できるわけがないでしょう、降霊なんて……。ずっと、信じていらしたんです？」

「なにをだ！」

彼女の言葉の意味がわからず、香月は訊き返した。

「ですから――」

華奢な肩を震わせる霊媒の娘が、ゆらりと首を傾げた。

暗がりの中で、翠の双眸が煌めく。

「わたしが、ほんものの霊媒だって、ずっと信じていらしたんですか――？」

香月史郎は、翡翠がそう、嗤《わら》うのを見た。

「なん、だと……」

意味がわからない。

啞然としたまま、香月は女を見下ろす。

動揺に、心臓が早鐘を打っていた。

哄笑《こうしょう》する翡翠から離れるように、彼は一歩を後退する。

「どういう、意味だ……」

「お姉さんの霊を呼ぶ？　そんなの、できるわけないでしょう。だって、わたしはイ、イ、インチキ霊媒師ですよ？」

「なにを言っている……」

わけがわからない。

突然、なにを言いだす？

やはりショックで、気がふれたのか……。

それとも、詭弁《きべん》でこの場を乗り切ろうとしているのか……？

「ふざけるな……、君の力は本物だ」

「先生が、そう信じていただけです」

「本物だ！」香月は叫んだ。「これまで、霊視をしてきただろう！　信じがたい力で、僕といくつもの事件を解決してきた！」

「そうかもしれませんね」

いくら恫喝《どうかつ》しても、翡翠は冷静だった。

冷静に、しかし、別人のように、にやにやと嗤っている。

「けれど、それは本当に、信じがたい力だったといえるのでしょうか？」

「なにを……。いや……。本物だ。君は……、そう、君が初めて僕に見せた霊視は、倉持結花《ゆいか》の事件だった。彼女の職業を霊視したろう。本物じゃないか！」

「だから、言っていますでしょう。インチキです」

「インチキ……？」

啞然と呟く香月を見て、翡翠は呆れたように吐息を漏らす。

そして碧玉の瞳を閉ざすと、祈るように両手の指をつき合わせるようにしながら、静かな口調で何事かを言った。

それは流麗な英語で、香月はその意味を把握するのにしばしの時間が掛かった。記憶の片隅に引っかかるものがある。これはなにかの引用だと思い当たったときには、瞼を開けた翡翠が日本語で同じことを繰り返していた。

「中間の推理を悉《ことごと》く消去し、ただ始点と結論だけを示すとすると、安っぽくはあるが、ともかく相手を驚嘆させる効果は充分にある……」

これは、まさか……。

それはアーサー・コナン・ドイルが著した短編小説『踊る人形』で、シャーロック・ホームズが口にする有名な一節の引用だった。

翡翠は唇の端を吊り上げる笑みを浮かべ、ウェーブを描く髪を片手で払った。

「いいでしょう。先生が納得してくださらないので、余興ついでに説明をしてあげます。このまま殺されてしまうのでしたら、その前にせめて、罪を告白しておく必要がありますから」

彼女はぴっと人差し指を立てた。

それを指揮棒のように振るいながら、とくとくと語りだす。

「倉持さんは、インターフォンを鳴らしたとき、若い女性の方には珍しく、とても歯切れがよく、自信に満ちた声音で応答なさいました。相談の際に観察しましたが、座る姿勢も様になっていて、とてもお行儀のよろしい人だとわかります。メイクにも慣れていらっしやるようで、普段から他人に見られることを意識し、会社組織などで社会経験を積んで、それらを仕事で学びながら活用されている方だとわかります。例えば、モデル、女優、アナウンサー、ＣＡ。あるいは会社やモール、デパートなどの受付嬢や銀行員……」

そう語る間、翡翠は振るう指先に、自身の長い髪の一端をくるくると巻き付けていた。

香月は、呆然としながら、翡翠の話を耳にしていた。

なんだ？

こいつはなにを言っている？

「ただ、歩くときのくせを見るに、モデルや女優でないことはわかりました。滑舌がよいというわけでもなく、可愛らしい方にもかかわらず、お名前でネットを検索しても情報が出てこないことから、アナウンサーという線もなさそうです。ところで、わたしがとても裕福であるというお話は先生にしたと思います。お金で買えないものというのは、存外に少ないものです」

「なにを……」

くすくすと、いたずらを明かす童女のように、翡翠は続ける。

「先生、あのタワーマンションなんですけれど、わたし、少しばかり投資をして、工夫をさせてもらっているんです。わたしの部屋に至るまでの、エントランス、ロビー、エレベーター……、ところどころに仕掛けをして、音声を拾えるようにしてあります。インターフォンを鳴らしたとき、とても歯切れのよい口調で訪問を告げた彼女に対して、先生は、『流石だね』と言っていますね。わたしは、なにが流石だというのか、考えました。演技がうまい、発声がすばらしい……、つまり、普段からそういった方面の仕事をなさっている。女優という可能性を否定したので、演技というのはなさそうです。声優にしては、声にはそれほど特徴がない。コールセンターのお仕事かな、とも思えますが、人に見られる仕事という部分に反する。やはり、企業やデパート、モールなどで、派遣ではなく、きちんと研修を受けて受付嬢をなさっている方、あるいは銀行員と考えるのが妥当でしょう。そして、あの日は平日でした。一般企業や銀行員という線は薄い。つまり、彼女は、デパートやモールの受付嬢だと推定できます」

人差し指が静止し、その手が離されると、巻き付けられた髪がしゅるりと音を立てるように解放されて、彼女の肩へと落ちていく。

香月は、唖然とした思いで、その光景を眺めていた。

「馬鹿な……」

動揺を隠すように、香月は息を吐く。

「いや……。そんなのは……」

「まぁ、間違っていたら、間違っていたでかまわないのです。相手の反応を見ながら、第二候補を言えばいいだけですから。バスガイドさんという可能性もちょっと考えました。

でも、当たりましたね。長年やっていることですから、たいていは当たります」

「なら、僕が作家だというのは……」

「エレベーターに乗ったときに倉持さんがおっしゃっていたでしょう。推理作家としては、心霊現象に否定的なんじゃないかって――」

香月の中で、記憶が甦る。

確かに、そんなことを言われたような――。

「盗聴……？」

「もっとも簡単で効率的な手法です」

「いや……」

身体が、ぐらりと傾きそうになる。香月は必死になってかぶりを振った。

「だが、霊的な力で、結花の肩や手に触った」

「あんなのは、ただの奇術です」

「奇術？」

「マジックですよ。ポピュラーな現象で、いくつもの手法があります。観客自身が発する言葉から、心理的なサトルティが生じる面白い現象です。機会があったら、お調べになられてください」

ありえない。

詭弁だ……。

「それは、おかしい……。いや、君は本物だ。そうやって僕をごまかして、この場を乗り切ろうとしている。降霊をしたら、君は僕に殺されると思っているんだろう！　だから、できないと嘘をついている！」

翡翠は、どこか憐れむような眼差しで香月を見ていた。

困ったような眉に、いびつに歪んだピンクの唇。

憐憫《れんびん》に満ちた翠の瞳……。

「そう、本物だ！　だいたい、インチキだというのなら、どう説明する？　倉持結花の事件は、君が彼女の霊を呼び出した結果から得た情報で解決したんだ。いや、そもそも遺体を発見した直後に、君は魂の共鳴によって小林舞衣《こばやしまい》が眼鏡を落としたことを霊視していたんだ！　遺体発見の直後にだぞ！　君はあのとき、小林舞衣の存在も、彼女が眼鏡を掛けていることも、なにもかも知らなかった！　魂の共鳴が起き、結花の霊を呼び出したからこそ、知り得たことだろう！　それが証拠だ！」

「あっははははは！」

また、哄笑が上がった。

お腹を抱えて、翡翠が笑う。

「ふざけるなッ！」

香月は彼女の傍らまで歩み寄り、翡翠のブラウスの胸元を摑んだ。そこが裂けそうになるほど五指に力を込めて、胸ぐらを持ち上げる。

翡翠は笑うのをやめて、冷たい目で香月を見た。

「もう、冷静にならないと、わたしの爪に皮膚片が残ってしまいますよ、先生」

翡翠の指先が、香月の手首を這った。

ぞわりとするものを感じて、香月は腕を引く。

胸元を整えながら、翡翠が言った。

「仕方ないですねぇ」

翡翠は唇を歪めて言う。

憐れむような目と、からかうように笑みを浮かべた唇。

「アイス、コーヒー……？」

「ア、ア、ア、ア、アイスコーヒーですよ、先生」

「本当に、なにもわからないんですね。先生は、推理作家でしょう。エラリー・クイーンとか、読んだりしないんです？」

「アイスコーヒーがなんだっていうんだ。まさか、その飲み残しが零れていたから、友人が犯人だと考えたのか？　馬鹿を言うな、あのときの情報じゃ、あのアイスコーヒーがいつ出されたものかなんて、わかるはずがない。警察が最初に判断したように、前日の飲み残しがテーブルに残っていた可能性だってあった。彼女は片付けや洗い物が不得意だったし、余分に作ってしまって残すことも多いという話だって――」

香月の言葉を、翡翠が遮った。

理知的な光を宿した瞳が、まっすぐに香月を見上げていた。

「ええ。零れていたアイスコーヒーに関しては、先生がおっしゃるように、警察は当初、倉持さんの胃の内容物からアイスコーヒーが検出できなかったことなどから、飲み残しだと考えていたようですね。まぁ、それも無理はありません。空き巣犯行説の場合、彼女は帰宅してすぐ空き巣と鉢合わせしたことになるわけですから、アイスコーヒーを用意する時間があるはずはなく、矛盾してしまいますものね」

あの、甘くてどこか舌足らずな声音が、理路整然とした言葉を並べ立てていく。

「ところがです。ところがですよ。胃の内容物からアイスコーヒーが検出できなかったことが意味するのは、彼女がアイスコーヒーを飲んでいなかった可能性が高いという事実だけです。倉持さんが殺害された際に、彼女がアイスコーヒーを淹れたことを否定するわけではありません。むしろ、彼女がそのときにアイスコーヒーを淹れたと証明する材料は、はっきりとあの現場に残されていたじゃありませんか」

「そんなものが、どこに……」

「現場に、水滴が落ちていましたね。それを見たときに、わたしはあの正体がなにかを考えました。真っ先に考えられるのは、氷です」

「氷……？」

翡翠は親指と人差し指で輪を作り、なにかを示すジェスチャーを行った。

氷を、示しているのかもしれない。

「先生は、泣き女の涙の跡だと思い込んでいらっしゃったかもしれませんね。けれどわたしは、あの痕跡が涙の跡だなんて、実は一言も言っていないんですよ？　あれはどう見ても、氷が溶けたときの名残です」

翡翠は嗤いながら説明を続ける。

「あの水滴の正体が、氷だと仮定しましょう。アイスコーヒーを、どうやって作るか知っていますか？　彼女はペーパードリップでアイスコーヒーを淹れるんでしたよね。つまり、急冷式です。普通にドリップをして、氷をたくさん入れて一気に冷やすわけです。そうしてできたコーヒーをサーバーからグラスに移し、更に氷を入れれば完成です。現場にはアイスコーヒーのグラスが落ちていましたね。つまり、氷が入っていたアイスコーヒーのグラスが落ちて、その氷が飛んだのだと仮説を立てることができます。死体発見前日の夜を憶えていますか？　あの日、夜から朝にかけて、とても涼しかったんです。大きな氷でしたら、溶けて気化しきらず、ほんの僅かな水滴となって床に残ったことは充分に考えられます」

翡翠は挑戦的な眼差しで香月を見上げながら、祈るように両手の指先を付き合わせた。

「そう仮定して、考えを進めていきましょう。氷が残っていたということは、帰宅してから死亡推定時刻までに倉持結花さんがアイスコーヒーをドリップして淹れたということになります。飲み残しではありえないのです。他に、作り置きしていたものに氷を入れて出した、という可能性も考えられますが、急冷式のアイスコーヒーは鮮度が命です。実際に倉持さんは、味が落ちてしまうし、そもそも保存用の容器がないという話をなさっていましたね。作り置きを出すことは心理的にも物理的にも不整合で、つまり、ドリップをして淹れたものだと結論づけられます」

悠々と語る翡翠を、香月は見下ろす。

こいつは、なにを言っている？

「以上のことから、死亡推定時刻に彼女がアイスコーヒーを作ったのだと仮定すると、空き巣犯行説は不整合が生まれます。他にも検討してみますか？　では、帰宅してすぐ襲われたのではなく、アイスコーヒーを淹れて、飲もうとしているときに、たまたま空き巣が入ってきた可能性はどうでしょうか。これも、やはり不整合です。何故なら、真っ暗な部屋ではドリップなんてできませんから。灯りが点《つ》いて、コーヒーの匂いが立ち上っている部屋に、わざわざ空き巣が入るはずがない。ではでは、既に侵入していて、帰宅の気配を感じた犯人が別室に隠れ潜み、それに気づかずに倉持さんがドリップをしていた可能性は？　ないですね。開けっぱなしの窓に気づかず、暢気《のんき》にコーヒーをドリップしていたとは思えません。つまり空き巣犯行説は、氷の存在に気づくことができれば、この時点で簡単に否定できるんですよ」

翡翠は造作もないことだというふうに、肩を竦める。

「だが……。だが……。そうだとして……、犯人をどうやって特定する？　友人だけじゃなく、仕事仲間や、ストーカーになりそうだった西村《にしむら》……、他にもいろんな人物が、犯人だという可能性があるじゃないか……」

「ええ、だとしたら、次に検討するべき疑問はこれです。倉持さんはアイスコーヒーを一人で飲んだのか、それとも誰かと一緒に飲んだのか。実際に殺されてしまったわけですから、事件発生時、あの部屋に誰かがいたことは疑いようがありません。犯人が窓から入ったわけではないのなら、彼女と共に入ったのでしょう。倉持さんが、犯人を招き入れたことがわかります。さて、先生、倉持さんがこう言っていたのを憶えていますか？　『一杯分だけ作るのが難しいので、カフェインに弱いくせに、ついたくさん淹れて飲み残しちゃうんですよね――』と。このことから、倉持さんはアイスコーヒーを一杯分ではなく、二杯分、つまり、二人分作った可能性が高いのです。彼女の服装を見るに、帰宅したばかりでメイクも落としておらず、上着を脱いだだけで着替えてもいないことがわかりました。仕事から帰宅して疲れているときに、自分一人分だけ、わざわざ手間を掛けてアイスコーヒーを作るでしょうか。ご存知でしょうが、アイスコーヒーには普通のコーヒーよりも多くカフェインが含まれています。これから眠るのに、カフェインに弱い彼女が、手間と時間を掛けてカフェインが入っているものを？　翌日には、朝から予定があるんですよ？　でも、眠る予定がなくて、誰かと一緒に夜更かしをするつもりなら、手間を掛ける価値があるかもしれません……。仮に自分一人分だけ飲むつもりで作ったとしても、一杯分だけ作るのが難しい以上、コーヒーサーバーには余分なコーヒーが残るはずなんです。けれど、コーヒーサーバーは冷蔵庫にしまわれず、キッチンに空のまま残されていました。一人分だけを作った可能性は否定できます。つまり倉持さんは、誰かと一緒にアイスコーヒーを飲んでいた――」

「いや、待て……。現場には、グラスは一つしか……」

「そこは今は置いておきましょう。ところで先生、先生は倉持さんがわたしに見せてくれたお部屋の写真のことを憶えていますか？　なにかに使えないかと思って撮ってもらったものですけれど、推理の材料になったのは、わたしにとっても想定外のことでした。先生がご覧になったかどうかはわかりませんけれど、そこの中に、四人がけのダイニングテーブルが写っている写真があったんです。物が片付いていないと彼女は恥ずかしそうにしていました。手前側の椅子は片付いていて、東側の壁に面した奥の椅子二つに、荷物が載せられていたんです。この状態は、遺体発見時もそのままでした。彼女、そこは片付けることができていなかったんですね。これはつまり、犯人が偽装工作をした可能性がないことを意味します。偽の手がかりに騙されるわけにはいきませんからね」

「それが……、いったい、なんだって……」

「倉持さんが、犯人と二人でアイスコーヒーを飲んだと仮定します。では、犯人はどんな人物だったのでしょうか？　例えば、ストーカー？　仕事仲間？　上司？　そういった人物が夜に訪ねてきて、部屋に上げるかどうか、ちょっと怪しいですね。まぁ、上げたと仮定しましょう。ストーカーに手間を掛けてアイスコーヒーを作り、一緒に飲んだ？　これも考えづらいですが、一緒に飲んだといちおう仮定します。とにかく、親しい者か、そうではない者か、何者かがやってきて、彼女とアイスコーヒーを飲んだ。さて、どこで飲みます？」

「どこで？」

「立ったまま飲みますか？」

両手を広げながら肩を竦め、馬鹿にするような表情で、翡翠がにやにや嗤う。

「それは……」

「普通は椅子に座ります。テーブルに着いて、グラスを置き、椅子に腰掛けます。では、どこの椅子とテーブルで？　あそこには候補となる場所が二つありましたね。一つは四人がけのダイニングテーブル、もう一つはテレビと低い丸テーブルの前にあるソファです。

さて、まずは四人がけテーブルを使うと仮定しましょう。ところが、テーブルの奥側に並んだ椅子二つは荷物で埋まっています。使えませんね。では手前側に座りますか？　仲良く並んで？　恋人のように？　ストーカーや上司なんかと一緒に？　ありえない――」

翡翠は、そう捲し立てた。

指先に髪を巻き付けながら論理を繰り広げていく霊媒の娘は、口早に香月を圧倒していく。

「どうしても来客と話をする必要に迫られ、なんらかの理由でアイスコーヒーを出したと仮定しても、さして親しくない人物を招いて座らせるなら、わたしなら椅子の上の荷物を片付けて、向かい合って座ります。けれど、彼女はそうしなかった。さて、残るのは、ソファです。ですが、あのソファは狭い二人がけ。身体が密着してしまいます。つまり、犯人がどこに腰掛けたにせよ、犯人は彼女と仲良く肩を並べて座ったことになるんです。これらのことから、犯人は倉持さんとかなり親しい間柄にあったとわかります。身体が密着するほどにパーソナルスペースを侵犯しても赦せる相手です。となると、恋人でしょうか？　それはないと思いました。先生もご存知だったように、倉持さんは先生のことが好きだったからです。わたしのところへ来た倉持さんの表情や仕草、先生を見る目で、それは明らかでした。意中の人がいるのに、他の男の人と肩を並べて夜を過ごすとは、彼女の性格を考慮すれば考えづらい。わたしの与り知らぬところで、先生と倉持さんがそういう関係になったのかとも思いましたが、ご遺体を発見したときの先生はとてもお芝居とは思えないほど驚いていましたから、それは除外します。となれば、残るのは女性です。とても親しい女友達と、お泊まりパーティーをするつもりだったんです」

目眩を、感じる。

香月は愕然としていた。ナイフを握る手から、力が抜けそうになっていく。

「それほど親しい人が来たのなら、ダイニングテーブルではなく、ソファに座ったことになります。肩を並べて一緒に壁を眺めるパーティーをしたとは思えません。座るならテレビの前でしょう。さてさて、そうなると不思議なことに気づきましたよ。ソファの前、背の低い丸テーブルですが、先生はそこに、カーペットが敷かれていたことを憶えていますか？　二人でテレビの前、ソファに並んで腰掛けて、丸テーブルに冷たいアイスコーヒーのグラスを置く。ここで、なんらかの理由から二人は喧嘩《けんか》になる。口論が激しくなり、言い争いになっていく……。小突いたり、胸ぐらを摑んだり？　うわぁ、怖いですね。さてさて、そこでグラスが落ちて……、割れる？　あれぇ、変ですね……」

割れる、という箇所で、翡翠は両手を掲げて、立てた人差し指と中指を数度曲げた。ダブルクォーテーションの仕草だった。翡翠は首を傾げておどけるように肩を竦めた。

「背の低いテーブルから、柔らかいカーペットの上にグラスが落ちて、割れます？　割れないですよね、普通。どう考えてもおかしいです。では、グラスが割れたのは何故でしょう？」

「君は、まさか……」

「口論の際に、投げつけたんでしょうか？　そうだとしたら、氷や中身がもっと広範囲に散らばります。でも、グラスは四人がけテーブルの側で割れていました。まるで、故意に四人がけテーブルから落としたみたいですよね。確かに、そこから落ちれば、グラスが割れたとしても不思議ではありません。近くにはなにがあったでしょう。そう、倉持さんのご遺体ですね。犯人は、わざわざグラスが四人がけテーブルから落ちたように細工したかったように見えます。では、その目的は？　グラスが砕《くだ》けることで、どんなメリットが生まれるでしょうか？　簡単です。細かい破片が生じて、類似したなにかを紛れ込ますことができる。賢者は葉をどこに隠すでしょう？　ええと、日本語でなんて言いましたか？　樹《き》を隠すには林？　チェスタトンはこう書いていますね。一枚の枯れ葉を隠したいと願う者は、枯れ木の林をこしらえあげるだろう。つまり、犯人はガラス製のなにかを落として、その破片を隠したかったのだと推論できます」

　翡翠は人差し指と中指の先で、自身の額に触れた。それから、不思議そうに首を傾げる。

「あれれぇ、でも、ちょっと待ってくださいよ。そのままにしておけないのなら、拾って回収すればいいのに、不思議ですね。それをしないのは何故でしょう？　もちろん、それができなかったからですね。例えば視力が悪い状態で、散らばった細かいものを残らず回収するのはとても難しいことです。すべて拾い集めたつもりでも、微細な粒が残っているかもしれない。不安にかられた犯人は、わざとグラスを落として粉々に割った。そうすれば、他の小さな破片も、グラスの一部だと思ってもらえる……。あとは自分のグラスの指紋を拭い、シンクに片付けて窓を開け、空き巣の犯行のように偽装工作し、キッチンのゴム手袋などで指紋がつかないようにドアを開けて出ていけば、証拠は消えてしまう。水滴の跡が、それだけ少し離れていたのは何故でしょう？　視力が極めて悪い状態で歩いたため、爪先《つまさき》が床に落ちた氷を蹴ってしまい、テーブルの下を滑って移動した……、ありえそうなことです」

忙《せわ》しなく蠢《うごめ》いていた指先が、再び祈るように合わせられ、静止した。

霊媒の娘が香月を見上げ、小首を傾げる。

「以上のことから、犯人は倉持結花さんとかなり親密な女性で、眼鏡を掛けている人物だということがわかります」

「君は……。君は……。まさか……、あの時点で……。初めて彼女の部屋に入った、あの時点で、そこまで考えていたのか――？」

「そうですよ。先生には、わからなかったんですか？」

「な……」

開いた口が、塞《ふさ》がってくれない。

あんな。

あ、あ、あ、あんな短い時間で？

翡翠は、そこまで辿り着いていたのか？

「あとは、先生をその答えに導けばいいだけでした。スケジュール帳の件から、当日に電話をしたという小林さんが犯人だとわかります。わたしがもう少し倉持さんの交友関係に詳しければ、殺害現場を見た時点で犯人を名指しできたかもしれませんね。おわかりだと思いますが、泣き女の話は、すべてわたしのでっち上げです。水滴に関しては、どんな家であっても稀に起こる現象で、訊ねれば心当たりがある人も多いのです。変則的なバーナム効果ですね。倉持さんも、心当たりがあったようで助かりました。主に、エアコンや観葉植物が原因だったりします。女性は髪が長いですから、お風呂上がりに知らず髪から滴《したた》り落《お》ちたものである可能性も高いですね。あるいは、アイスコーヒーを作る際に、アイスピックで氷をついて、その破片が飛んだものか……。いやぁ、まさか、あんなふうに泣き女の話が膨らんでいくなんて、そこまでは想定外でした。先生、泣き女の法則性を見つけ出して、得意げになっているんですもの。わたし、ずっと笑いを堪えていたんですよ？本当に、苦しくて苦しくて……」

くすくすと肩を震わせて、翡翠は口元を手で覆い隠す。

香月は唖然とした思いで言った。

「だが……。実際に、結花は泣き女の霊障に苦しめられていた……。それはどう説明する？」

「そうですねぇ」翡翠は首を傾げて笑う。「彼女は暗示に掛かりやすい子だったのかもしれません。彼女が泣き女の夢を見るようになったのは、占い師に見てもらったあとからだそうですから、それが暗示となって、そんな夢を見るようになったのかもしれません。あるいは……」

翡翠は人差し指の先端で、下唇と顎の間をつくような仕草を見せる。

「怪異は、本当にあったのかも……。けれど、わたしには霊感が皆無なので、そんなのはわかりませんし、どうでもいいんです。怪異があろうがなかろうが、超常現象が起きようが起きまいが、論理を構築する努力を放棄していい理由にはなりませんから」

「君は……、何者、なんだ」

なんだ、こいつは。

何者だ。

城塚翡翠とは、なんなのだ？

「わたしですか」

翡翠は笑う。

「わたしは霊媒ですよ。ただの詐欺師《さぎし》であり、その本質は、ただの奇術師でもある……。現代の日本では、メンタリストという言葉も認知されていますね。コインマンがコインを弄ぶように、カーディシャンがカードを弄ぶように、わたしは人間の心理を弄ぶ……」

「奇術師、だと……?」

「霊媒というのは、奇術から生まれました。そして奇術は、霊媒から生まれた」

「なにが、目的で、こんなことを……」

「先生に興味があったからですよ。初めてお会いしたときから、この人はおかしいと思っていたんです。わたしに知られてはならない秘密があるのだと。わたし、人間の心理を読むのは得意なんです。あなたからは、人殺しの匂いがしました」

「それで……。まさか、僕のことを、探るためにか?」

「そうです。あなたの化けの皮を剝ぐためにです。先生が、いっさいの証拠を残さない連続死体遺棄事件の犯人だとするなら、じっくり観察する必要があると感じました。途中から、わたしを殺したくなるように仕向けるのが、いちばん確実だと思ったんですけれど、うーん、まさか、こんなふうに拘束されちゃうとは、ちょっと油断しちゃいましたね」

大きな瞳をくるりと動かし、失敗を恥じるように、ぺろりとピンクの舌を覗かせる。

「まさか……、いや、ありえない。どう考えても、君のしてきたことは、超常の力なしでは不可能なことで……」

「不可能――、ですか。ええ、先生がそういったものを信じたい気持ちもわかります。特殊設定ミステリも流行っていますからねぇ。ですけれど、特殊な力なんてなに一つ持っていなくとも、不可能を演出し、魔法や超常の力を見せるのが、わたしたち奇術師というものですよ」

翡翠は唇の端を吊り上げながら、人差し指でこめかみを示して見せた。

「とはいえ、すべては想像の中、観客の頭の中で起こるイリュージョンです。そう表現すると、推理小説を書かれる先生のお仕事とよく似ているかもしれませんね。違いがあるとすれば、わたしたちは日常的にそれを実践している、というところでしょうか――」

「馬鹿な……」

「優れた奇術師は、観客が魔法を信じるようになるまでの道筋――、魔法の道を構築するものです。わたしの場合は、心霊を信じるまでの道と言えるでしょうか。その道の中で、これまでわたしがどのように不可能を演出してきたか、知りたいですか？」

挑発的に笑う翡翠の瞳を見返しながら、香月は彼女と出会ってからこれまでのことを、困惑の想いを抱きながら振り返っていた。

「奇術において最も大切なことは、トリックそのものではなく、トリックの扱い方です。たとえばですが、先生と初めてお会いしたとき、わたしは仮面を被った城塚翡翠として振る舞いました。人間は自ら謎を解いたり、秘密を見つけたりすると、愚かにもそこにそれ以上の謎や秘密があるとは考えないものなのです。先生は駅前で、男たちに声を掛けられ、困惑した様子のわたしをたまたまご覧になった。そうして、城塚翡翠が仮面を被っていたという秘密を、偶然知ってしまう。ミステリアスな翡翠は作りもので、実際は超常の力を持てあまして戸惑う、ドジだけれど可愛らしい孤独な女性だった……。そうすることで先生は、わたしにそれ以上の秘密が存在しないと、根拠もなくそう思い込んでしまったのです」

「あれも……、計算、なのか……」

「奇術におけるこうしたサトルティは、推理小説にも転用できそうじゃありません？　わかりやすい謎を提示し、あえて読者に解かせ、それを解決しないまま物語を進めて、まったく違う答えや隠されていた最大の謎を示すのです」

翡翠は両手を掲げると、ひらひらと五指を動かしながら言った。

「よく心得た奇術師は、空の手を示しながら『なにも持っていません』とは言わないものです。たださり気なく、しかし印象に残るように空の手を示すだけ。人間は説明されたことより、自分の目で見たもの、自分から手に入れようとした情報を信じます。たとえば先生は、わたしに自分の仕事を当ててみせろ、とリクエストしてくれましたね。わたしがその言葉を待ち受けていたなんて、欠片も考えていなかったんじゃないですか？」

「あれも、誘導されていたのか……」

「魔法は、しかるべきときに行ってこそ、魔法となるのです。他にも、ラポールを形成するために、たくさんの工夫をしました。同情を誘ってわたしという人間に感情移入できるようにしたり、力の優劣をコントロールして、先生がわたしを支配できる関係性を作ったり——、そうそう、わたしの能力に論理的な部分を見出せるようにしたのも、その一環です。人は理屈っぽい根拠を信じやすい。読心術を心霊だと言うより、心理学だと言う方が信じてもらえるのと同じですね。人はそこにリアリティを見出すのです」

歪な微笑と共にとくとくと語る翡翠を見下ろし、香月は啞然と呻く。

「いや……、ありえない……。たとえ、そうだとしても……。それなら、これまでの事件は、どうなる？　まさか、結花のときのように、すべて同じで、君はとうに答えが見えていて、霊視と称しながら僕を誘導していたとでもいうのか？」

「そうですよ？」

きょとんと、無邪気な表情で。

なんでもないことのように。

霊媒の娘は、そう答えた。

「なら……。夏に、あの水鏡荘で起こった、あの事件も……」

「ああ、あれは素敵な思い出ですね。では、次はその事件のことを語りましょうか？　わたしが、どうやってその事件を霊視していたのか——」

◆ *"Grimoire" again.*

香月史郎は、自分の世界が周囲から崩壊していくような錯覚に囚われていた。

縋るように、ナイフの柄を握り締めて、よろめきそうになる足に力を込める。

そうして、どこか得意げな表情でとくとくと語る、霊媒の娘を見る。

城塚翡翠。

人差し指を立てて、やはりそれを指揮棒のように振るいながら、彼女は言った。

「あの事件のことを、整理してみましょう。わたしと香月先生は、怪奇推理作家である黒越篤《あつし》さんに招かれて、水鏡荘を訪れました。バーベキューを楽しんだり、ワインを片手に談笑したり、なかなか愉快で素敵な時間を過ごしましたね。怪異の正体を探ろうとして、肝試しみたいな真似をしてみたり。素敵な夜でした」

くすっ、と歳相応の娘のような笑顔で、翡翠が笑う。

「あのときは、おかしかったですねぇ。いくらお酒が入っていたとはいえ、怪奇現象が起こる深夜遅くまで粘るなんて……。ええ、頭の悪い女子大生にでもなった気分でした。あのときの先生ったら、本当に……。ああ、おかしい。先生、すっごくどぎまぎしていましたね。童貞さんなんですか？」

翡翠は口元に手を当てて、上品な仕草で笑う。

だが、その唇には、得体の知れない邪悪ないびつさが浮かんでいた。

「わたしも、あのときはつらかったですよ。なんてあざとい演技だろうと自分で呆れてしまっていました。女性の目から見れば、明らかに芝居だと見抜けるでしょうけれど、ほとんどの男性は信じ込んでしまうんですから、不思議なものです」

「あれは……。酔っていたフリか」

「当たり前じゃないですか」

嗤う唇に押し当てていた人差し指が、徐々に顎先を伝って、喉元へと下っていく。白い首を撫でるように動いて、それから、ブラウスのボタンを器用に外した。くねくねと指が独立した生き物のように蠢き、肌を覗かせる。

「こんなふうに、わたしを美味しそうに見せて、食べたくなってもらった方が手っ取り早いだろうと考えたんです。そうした積み重ねを経《へ》て、ようやく今日、食いついてくれたわけですから、思い返すと感無量ですね」

「肝試しというが、君は……。あの館から、異様なものを感じていたはずだ」

「そんなわけないじゃないですか」

「だが、僕は実際に青い眼の女を鏡の中に見た！」

ぱたぱたと、煙たがるみたいに手を振って、霊媒を名乗る娘が笑う。

「まぁ、怪異はあったのかもしれませんね。先生や新谷《しんたに》さんたちが実際に見たのだから、そういう悪いものが憑いていたのかもしれないですし、あるいは先生たちの気のせいだったのかもしれない。ただ、わたしには霊感の類が微塵もないので、なにかが憑いていたとしても、ぜんっぜん、わかりません。だいたい、なんですか、黒書館《こくしょかん》って。文明開化期にやってきた外国の魔術師？　まったく、クトゥルフ神話じゃないんですよ。名状しがたい悪霊のようなものが取り憑いているんですかね？　そんな話、信じちゃうんです……？」

「それなら……。どうやって霊視をした？」

「霊視なんてできませんよう」

「ふざけるな！　君は事件が発覚してすぐに、黒越先生を殺したのが別所幸介《こうすけ》だと断定していた！　あのときは、まだ警察も臨場していなかった。指紋の採取すらしていなかったのに、どうやって特定できたというんだ！」

「ああ、それですか……。そうですねぇ」

翡翠は億劫そうに目を細めた。思索するように香月に横顔を向けると、黒髪へ指先をくるくると巻き付けながら続けた。

「先生には、嘘をお詫《わ》びしなくてはなりません。実はわたし、ミステリが――、特に日本のミステリが大好きなんですよ。幼いころ、そのために日本語を学んだくらいです。先生は、もちろんミステリ作家ですから、日本の推理小説に『日常の謎』と呼ばれるジャンルがあるのをご存知ですよね」

「それが、なんの関係がある……」

「大ありですよ」ちらりと、翠の瞳が香月を一瞥する。「『日常の謎』とは、大まかに言うと、日常の中にある、些細な謎、小さな謎に着目して、それらを解明する過程や、解明されたあとの心理の変化を描く作品群だとわたしは捉えています。わたし、あのジャンルが大好きなんですよ」

それこそ、お気に入りの映画の話をするように暢気な表情を浮かべて、翡翠は続けた。

「けれど中には、厳しい声を上げる読者もいます。『大した謎じゃない』『まったく不思議に思えない』『そんなのを必死に推理しようとする価値はない』などなど……。まぁ、わからないでもないですよ。でも、そういう人たちって、きっと世界に対して無頓着《むとんちゃく》なのでしょうね。先生と同じように、なんにも不思議がらず、探偵が重要な手がかりを教えてくれるのを口を開けて待つばかりで、どんどん大切なことを読み飛ばしてしまう」

「どういう意味だ……？」

「わたしたちの日常に、探偵はいません。率先して、あれは不思議だ、これを考えるべきだ、そこが怪しいのだと、丁寧に教えてくれる人はどこにもいない。わたしたちは、自分たちの日常の中で、なにを考えるべきなのか、なにを不思議がるべきなのか、自分自身の目で見定めなくてはならないんです。なにが不思議かわかりませんか？　小さな問題すぎて考える必要がないですか？　その価値がない？　本当に？」

　くるくると髪を巻き付けていた指が止まる。

　しゅるりと黒髪が解けて、あの緩いウェーブを描きながら元に戻った。

　翡翠はその人差し指を己のこめかみに押し当てて言う。

「探偵志望でなくとも、わたしたちは、名探偵の眼差しを持たなくてはなりませんよ」

「だから、なんの話をしている！」

　翡翠は肩を竦めた。

「黒書ですよ。黒書はどこへ消えたんでしょうか？」

「それは……、黒書館を建てた魔術師が記したという、魔術書のことか？」

「だから、クトゥルフ神話もどきはどうだっていいんですって。わたしが言っているのは黒越先生の最後の作品となった『黒書館殺人事件』のことです。あれが、別所さんの犯行動機となったわけですから、確かに呪いの書物、グリモアといえなくもないですね。さて、犯行現場を見たときにわたしが気になったのは、『黒書館殺人事件』はどこへ行ったのだろう、という疑問です」

「どこへ、行ったか……？」

意味がわからず、香月は眉を顰めた。

「あれぇ、わかりませんか？　だめですねぇ、本当に先生は、世界を見る目がないようです。見ることと観察することはまったく別物ですよ？」

またシャーロック・ホームズの引用だった。

「説明をしろ！」

「よろしいんですか？」翡翠はちろりと舌を覗かせ、おどけた笑顔を浮かべながら捲し立てていく。「先生、ここからは解決編ですよ。なにを考えたらいいかわからない読者に対し、探偵が注目するべき証拠を取り上げて、犯人はどうしてそんなことをしたのだろうと、ご丁寧に考えるべき問題を提示してあげた段階です。手がかりはすべて揃っています。倉持さんの事件のときと同様の手法で、わたしは遺体を目にして十秒くらいで犯人を特定しました。推理小説なら、ここで読者への挑戦状が挟まれるタイミングです。さて、探偵はどのようにして犯人を特定することができたのか？　あなたは手がかりを元に、同じ推理を組み立てることができますか？　と、こんな具合ですね。まぁ、既に解決している事件に読者への挑戦状が挟まれるだなんて、滅多にないことかもしれませんが」

香月は動揺を抑えながら、翡翠の言葉の意味を考えた。

手がかり？

黒越の書いた『黒書館殺人事件』がどこへ消えたのか？

それは、どういう意味だ……？

「いいから説明しろ！」

香月が怒鳴ると、翡翠は眉を顰めて億劫そうに髪を払った。

「よろしいんですか？　わたしが説明してしまって？　考えることを放棄しちゃいます？

このままページを進めてしまっても？」

煽るように言う彼女を、香月は睨み付けた。

「よろしいでしょう。では、解決編です」

翡翠は肩を竦めると、両手の指先をつき合わせるポーズで、香月を挑むように見上げる。

「バーベキューを終えたときのことを、思い出してください。リビングで歓談をしていたとき、家政婦の森畑《もりはた》さんが顔を覗かせましたよね。そこで、こんなやりとりがありました。黒越先生の仕事場のゴミを片付けてきたという森畑さんが、『先生の新刊を読んじゃった』と言ったんです。それを受けて、黒越先生があることを思い出し、宅配便の包みをリビングに持ってきました。そう、先生の新刊、『黒書館殺人事件』の見本が届いたのだと言っていましたね。それを、わたしたちに配ってくださったのです」

「それが……。なんだっていうんだ。なにがおかしい？」

「あの宅配便は、いつ来たものでしたか？　そうそう、バーベキューの最中、宅配便がやってきましたよね。わたしが、同性だったら吐き気を催しそうなくらいにぶりっ子な台詞を口にしたときのことです。こんなところにも黒猫さんが来るんですねって。さて、黒越先生が新刊を配ってくださったとき、あの場所には何人いたでしょう？　ちょうど、帰られる作家さんたちが出てきたところで、全員が揃っていたはずです」

「何人、か？」

香月は当時のことを思い返す。

自分、翡翠の他に、黒越、有本《ありもと》、別所、新谷、森畑、新鳥《にいどり》、赤崎《あかざき》、灰沢《はいざわ》……。

「十人、いたはずだ」

「はい、正解、百ポイント差し上げます」ぽん、と両手を合わせて翡翠が微笑む。香月が睨み付けても、彼女はそれをものともせずに続けた。「十人いましたね。そのとき、黒越先生は全員に本を配ることができていました。偶然だったのでしょうけれど、人数分、ちょうど揃っていたのです」

「それが、いったい……」

「不思議ではありません？　謎というほどでもない？　推理する価値がない？　さぁ、考えてみないとわかりませんよ。不思議はわたしたちの周囲にたくさん隠れています。それを自らの手で見つけることこそ、ミステリの醍醐味《だいごみ》です。ここにも不思議は隠れていますね。十人いました。しかし、配った当人は、当然ながら本を受け取っていません。それでちょうど足りたのですから、黒越先生が持ってきた宅配便の袋に入っていた本は、九冊あったということになります。ところで、先生、わたしは作家ではないので存じ上げないのですが、完成した本の見本というのは、作家当人のところへ何冊届くのが普通なのでしょう？　九冊ですか？」

「基本的には、文庫なら十冊だ。だが、出版社などによっても、まちまちだが……」

「ええ、まちまちでしょうね。でも、九冊とか、十一冊とか、七冊とか、そういった中途《ちゅうと》半端《はんぱ》な数ではないでしょう？　ある程度の冊数以上の場合、奇数だと梱包に困るはずです」

香月は、徐々に翡翠の言いたいことを理解し始めていた。

翡翠は両手の五指を広げて、ひらひらと踊らせた。十という数を示しているらしい。

「では、ひとまず、十冊が黒越先生のところへ届いたと仮定しましょう。となると、残り一冊の行き場がわかりませんね。ん？　いやいや、そうでもなさそうです。そういえば、黒越先生の部屋を掃除した森畑さんが言っていましたね。『ふふふ、先生の新刊、ちょっと読んじゃいましたよ』って……。テヘペロって感じで、そうおっしゃっていました。さて、森畑さんの言う、『先生の新刊』とは、『黒書館殺人事件』のことに違いありません。では、彼女はそれをどこで見たのでしょう？　黒越先生の部屋を掃除するときに、デスクの上にあった宅配便の袋を手に取り、それを無断で開けて、その中から一冊を取り出し、つまみ食いするみたいに読み始めたのでしょうか？　だからテヘペロって？　お手伝いさんが、そんなことをするとは思えません。いちばん合理的でありえそうなのは、こうです。バーベキューの間、宅配便が届き、黒越先生が荷物を受け取る。それを仕事部屋に持ち帰り、袋を開封して、新刊を一冊取り出す。バーベキューの最中ではありますが、自分が生み出した子どもです。実際に本になったものを、とりあえず手に取って確認してみたい、という欲求があっても自然なことです。黒越先生はデスクに、宅配便の包みと、自分用の『黒書館殺人事件』を置いて、パーティーに戻った――」

「つまり……。家政婦が手に取ったのは、デスクに出ていた本だったということか」

「そう考えると、数は十冊です。矛盾が解決できる上に、偶数になりました。合理的ですね。一見すると、わたしたちからは見えませんでしたが、あのとき黒越先生の仕事部屋には、十冊目の『黒書館殺人事件』があったんです」

翡翠はそう言って、パントマイムをするように、両手でなにかのかたちを示した。それは、見えない一冊を示しているのだろう。虚空にある文庫本。

「ところが――」

ぱっ、と花が散るように、翡翠は手を広げる。

「死体発見時、室内には『黒書館殺人事件』はどこにもありませんでした――」

まるで、ハトを消してみせた奇術師のような仕草で、翡翠は笑みを浮かべている。

「先生も確認したはずです。部屋の様子は、死体があり、凶器があり、血痕がある他は、バーベキュー前にわたしたちが確認したときと、まったく変わっていませんでした。デスクには、ノートパソコンとボックスティッシュがあるだけ、そして小さな書棚には……」

「そうか……」

そう。あの書棚には、既にきっちりと本が収められていて、余分なものが加わるスペースが存在していなかった。

「先生がどうしたか知りませんが、わたしは書棚の方にも血痕が飛び散っていないか、観察しました。なんの異変もありませんでした。強引に本を押し込んだ形跡もありません。そもそも、黒越先生はあの書棚には自著を入れないようにしているとおっしゃっていましたね」

その通りだった。

仮に、なんらかの理由で新刊を書棚に入れる必要があり、既存の本と入れ替えたのだとしても、そうして入れ替えた余分な一冊が生まれることになる。だが、それらしい本があった形跡はどこにもない──。

「森畑さんが仕事部屋で新刊を確認し、黒越先生が仕事部屋にそれを取りに行くまでの間には、誰も西棟へは行っていません。つまり、誰も仕事部屋から新刊を持ち出せたはずはないですし、持ち出す理由もありません。それなのに、それなのにですよ？　それなのに、死体発見時、仕事部屋に十冊目の新刊はなかった。不整合です」

そうか……。

あるはずのものがなかった。

それに、香月は気づかなかったのだ。

「死体を見てそこまで考えるのに、だいたい八秒くらい掛かりました。寝不足だったので、けっこう時間が掛かっちゃいましたね」こともなげに、翡翠はそう言ってのけ、「さて、そうなると、犯人が新刊を持ち出したのだと考えるのが自然です。けれど、何故？どうして文庫本なんかを持ち出す必要があったんでしょう？」

再び、翡翠の手がパントマイムのように、一冊の文庫本を形作る。

見えないそれをぱらぱらと捲る仕草と共に、彼女は言った。

「ここで登場するのが、犯人が残したわざとらしい痕跡……。血でデスクに描かれた、卍のようなマークです」

指先が踊り、当時の印を、虚空に描きだす。

「香月先生や鐘場警部は、マークに意味はなく、犯人が自分にとって不都合なものを消した痕跡だと見ていました。それは、おおむね正しいでしょう。けれど、一冊の本がデスクにあったはずだ、と考えると、多少違う事実が見えてきませんか？」

「まさか、本が置かれていた跡だったのか……！」

「はい、正解です。更に五十ポイント獲得。五十億ポイント貯めたら、ちゅーしてあげましょう」

ぴっと人差し指で香月を示し、翡翠が嗤う。

「デスクの角に、新刊が置かれていた。犯人は黒越先生を撲殺する。その際に血が飛び散って、新刊に掛かってしまう。ある理由から、犯人はどうしても新刊を持ち出す必要があった。放射状に飛んだ血が線を描くような血痕となって本に掛かったのなら、そのまま持ち出すと、散って掛かった線状の血痕が不自然に途切れて、なにかが置いてあったような跡が浮かび上がってしまう。それ故に、犯人はその痕跡をごまかすため、意味のない卍のようなマークを印した……」

「だが、何故、わざわざ本を持ち出す必要がある？　なんのために？」

「そうですねぇ、なんのためでしょう？」

翡翠はぱらぱらとページを捲る仕草をする。

「本というのは、こんなふうに捲って、こんなふうに読みますよね。なにか理由があって、犯人は本のページを何ヵ所も開いたのかもしれません。そうなると、どうなるでしょう？　犯人が懸命に拭き取ったものが、べたべた残りませんか？」

「指紋か……！」

「先生もご存知でしょうが、指紋というのは紙に残りやすいのです。まして、文庫本のページを何度か捲ったとしたら、どうでしょう？　カバーはもちろん、どこのページに指紋がついたのか、わかりません。すべてのページを、一枚一枚、丁寧に拭い取りますか？　馬鹿げていますね。それよりは、本自体を持ち去ってしまった方が賢いというものです」

別所の殺害動機は、無断で黒越にアイデアを使われたことにあったという。

黒越を追及する際に、その部屋にあった文庫本を手に取り、ページを開いて、ここはどういうことだ、この箇所は自分のアイデアではないか、ここもそうではないかと――。そんな光景が、まるでこの目で見たかのように、甦る。

だが翡翠は、死体を目にして、すぐにそれを視たのだ。

「さて、ここまで来ると大詰めですよ。わたしも先生と同様に、ある程度なら、死体の死亡推定時刻を導くことができます。先生と同じく、容疑者をあの三人に絞り込みました。誰かが、黒越先生を殴り殺したあと、わたしたちの前を悠々と通ったことになります。さてさて、次はここから、有本さんを除外しましょう」

「何故、除外できる？」

「有本さんには、リスクを冒してまで本を持ち出す理由がないからです」

「どういうことだ？」

「思い出してください。リビングで歓談をしているとき、有本さんは黒越先生と共に、仕事の打ち合わせがあると二人きりで仕事部屋に行っているんです。たとえ、デスクの上の新刊に指紋がついていたとしても、そのときについたものだと言えばいいのです。彼は他にも何度かトイレに中座していましたし、充分にその可能性があることはリビングで歓談をしていた大勢が証言できます。指紋が出ても、なんの証拠能力もありません。それなのに、わざわざ血がついてしまった本を隠し持って、わたしと香月先生の前を通る必然性はまるでない。そんなことをすれば、かえって服に血がついて決定的な証拠となってしまいます」

「確かに、有本は、あのとき黒越先生と中座していた……」

「さて、となれば、自然と由紀乃《ゆきの》ちゃん――、新谷さんも除外できますね」

「何故だ？」

「あれぇ」翡翠は馬鹿にしたように嗤って首を傾げる。「先生ったら、じろじろと、いやらしい目で新谷さんを見ていたじゃないですか」

「おい、おちょくっているのか、いい加減にしないと……」

香月は手にしたナイフを掲げる。

「やめてくださいよ、物騒《ぶっそう》な……。先生をからかっているつもりはないんです。わたしも先生と同様に、社会不適合者と分類される人種なものですから、他人を慮って発言するのが苦手なだけなんです。悪気はあんまりありません。テヘペロです」

「いいから答えろ……。どうやって新谷を除外した？」

「男性なら、例えばズボンの後ろ、あるいはお腹の方に、文庫本を差し入れて隠すことができます。腹痛のフリをして、お腹をさするようにすれば、目立たなくすることもできるかもしれません。けれどね、新谷さんの、あの服装では無理です」

「ワ、ワ、ワンピースか……！」

「ええ。ワンピースは、文庫本を隠すのにまるで適していません。男性と違ってベルトもしませんし、ズボンのようにお腹や腰に挟むことはできない。パンストを穿いていればあるいはといったところでしたが、先生も見とれていたように、あのときの新谷さんは素足でした。まぁ、万が一、ショーツに挟むことができたとしても、彼女はお茶を淹れる際に屈んだり、わたしたちとお喋りをする際に座ったりしています。あの薄い生地では、絶対にかたちが浮かび上がってしまいます。けれどそんな様子は微塵もありませんでした。どうせ先生も、綺麗な腰のラインだなぁ、なんて見とれていたんじゃないですか？」

香月は唇を噛みしめた。

多くのヒントが、目の前にあったのか――。

自分は悉くを見逃してきたというのに、この小娘は――。

「さて、残るは別所さんです。彼はあの場にいた中で、もっとも指紋のついた本を現場に残してはいけない人間でした。何故なら彼はバーベキューの、宅配便が届いたそのときからずっと、パーティーがお開きになって自室に戻るまで、トイレにも行かずわたしにべったりくっついていたからです。ああ、本当に、鎖骨ばっかり見てきて気持ち悪かった。そういうフェチだったんですかね？　それが命取りになったわけです。身の程知らずに、わたしを視姦《しかん》した報いというものでしょう。ほんのちょっと、みんなが目を離した隙に、黒越先生の仕事場を覗いて、そのときに指紋がついたのだという言い逃れすら、いっさいができません。彼が指紋をつけることができたのは、深夜に黒越先生を殺害した、まさにそのときだけとなるのです――」

シャーロック・ホームズの如く、両手の五指を合わせ、まさしく名探偵に相違ない推理を披露した翡翠が、翠の双眸を煌めかせて香月を見つめる。

「先生の披露してくれた論理は、本当に徒労も徒労で、回りくどいものでした。泣き女のときのように誘導して解決するのが、先生のお好みに添うだろうと思って演出したのですが……。いやぁ、苦しいロジックでしたが、別所さん一人に絞り込めてよかったですね。洗面所の鏡のことは、先生ならどうにか辿り着くだろうと思って、情報を収集しながらアドリブで進めていったんですけれど、ヒヤヒヤしましたよ。でも、これは推理小説だとして考えると珍しいケースかもしれませんね。なにせ、真相に辿り着くことのできる論理が二通りあったわけですから。そう、よくよく考えると、真実に至る論理がたった一つでなければならない道理なんて、どこにもありません。とても面白い発見でした。この世にある推理小説の中にも、探偵が用いたのとはまったく別の、隠された論理を用いて犯人を特定できる作品が、どこかに隠れているかもしれないという気になれましたよ」

「キャビネットに指紋がついていたことを、どうして知っていた？」

「ああ、あれは、先生が鐘場警部とお話をしている間に、洗面所の鑑識作業をちょろっと覗いたんです。視力はよい方なので、キャビネットの鏡の一部分が拭い取られ、そこに指紋が浮かんでいるのが見えました。誰の指紋がついたのかは、そこが拭い取られ、指紋がついた理由を考えたら、簡単に推定できることです。わたしは、わたしが微笑みかけた男性はわたしを咎《とが》める気をなくす、という特殊能力を持っているので、鑑識さんに怒られることもありませんでした」

「全部、芝居だったのか……」

「そうですよう。あんな、友達いないアピールをするうざいメンヘラ女子なんて、この世に存在するわけないじゃないですか。いや、いるかもしれないですけれど、わたしみたいに可愛くて綺麗な子がぼっちのはずないでしょう？」

ちろり、と舌を出して彼女は笑った。

呆然とする香月を余所に、翡翠はふうと息をついて背もたれに寄りかかった。

「さて、以上が水鏡荘殺人事件における霊視の詳細です。ちょっと喋り疲れました。喉が渇いちゃいましたね。先生、お手数ですけれど、お飲み物をいただけません——？」

苛立たしげにその場を右往左往しながら、香月史郎は自身を落ち着かせるべく、記憶の中にある様々な情報の整理を試みていた。

そんな香月を、城塚翡翠は不気味な笑みを浮かべながら見上げているばかりだ。

「それなら……。次は、そう……。女子高生の連続絞殺事件はどういうことになる？　あれは、いったい……」

「ああ、あの事件ですか」

翡翠は顎を上げて、そこで苦虫を嚙み潰したような、なんともいえない表情を見せた。

「あの事件は、そうですね……。わたしにとっては、汚点といえるものです。まさか、あそこまで早く藁科琴音が次の事件を起こしてしまうだなんて、想定外でした。あんまり話したくない事件です。他の事件のことを話しましょうよ。もっといろいろな事件を二人で解決したじゃないですか。まだいろいろと残っていますよ？」

「うるさい！　僕は、あれで死後の世界というのを確信したんだ……。人の魂と意思は、死んでしまえば途切れて霧散するが、君はその情報の片鱗《へんりん》にアクセスできるんだと思っていた。だが、藤間菜月は……。途切れた先の世界に、いるように見えた」

「ああ、あれですか」

翡翠は視線を上げて、天井を見つめた。それから顔を顰めて言う。

「あれは、失策でした。やむを得ないとはいえ、菜月ちゃんを演じるのは、流石のわたしでも心が痛みましたから」

「あれも……。演技なのか……」

「当たり前じゃないですか」翡翠は憐れむような顔をした。「死んだら、それまでですよ。菜月ちゃんは、もう、どこにもいないんです」

「それなら……。つまり、どういうことだ……。いや、いい、順番に説明しろ。君は、僕と一緒に二つ目の殺害現場を見たとき、霊視をした……。どうして、犯人のことがわかった？」

「ああ、わたしが、先生におっぱいを見せてあげたときですね」両手を上げて、ひらひらと五指を動かしながら、翡翠が笑う。「慎《つつ》ましい方かもしれませんけれど、魅力的でしたでしょう？」

「あれすら、計算か……」

「当たり前ですよ。奇術師というものは、無駄な動きなんてなに一つとりません。あんなあざとい女性がいたら、演技をしていると真っ先に疑うべきですよ。人間が書けてなさすぎます」

「あのときは……。どうやって推理した？」

「もう答えてしまってもいいんです？　ここは先ほどと同じく、読者への挑戦状――、この場合ですと、先生への挑戦状をつきつけるタイミングですよ。わたしが、どんな証拠に着目して論理を組み立てていったか、たまにはご自分で考えてみるのはどうでしょう？」

「アイスコーヒーと、黒越の新刊……、それに続いて、今回はなんだ？　いったい、なにに着目すれば、あんなことができた？」

「まずはそこを考える機会を差し上げているんです。わかりませんか？」

「いいから、答えろ！」

香月が怒鳴ると、翡翠は顔を顰めた。

「男の人って、どうしてそうやってすぐに大声を上げるんでしょう」

はぁ、と溜息を漏らし、霊媒の娘がかぶりを振った。

それから、挑戦的な眼差しで香月を見上げて言う。

「ス、ス、スカーフですよ、先生」

「スカーフ？」

翡翠は両手を広げた。それぞれ、左右の人差し指と親指をくっつけて、なにかを摘まんで広げる動作を見せる。

「三角タイともいいますね。セーラー服の襟周りを飾る、あの可愛らしい布です」

「藁科琴音が使っていた凶器のことか？」

「いいえ。正確には、わたしが着目したのは、北野由里さんのご遺体の傍らに落ちていた、スカーフです」

「どう違う？」

翡翠はおどけたように目を丸くした。

「いやですねぇ、先生。違うも違う。ぜんぜん違いますよ。大違いです。そんなこともわからないんですか？」

手がかりがスカーフ？

そこから、どう考えれば、あの霊視に……。

翡翠は忙しなく両手を動かしながら言う。

肩を竦めたり、髪を払ったり、そして、両腕を広げて香月を示したり――。

「さて、着目するべき手がかりは明示しましたよ。先生、これって、ある意味ではミステリにおける倒叙ものに似ている部分がありますよね。読者は既に犯人を知っていて、どんな事件が起こったのかを把握している。故に残される問題は、探偵役がどのように犯人を追い詰めていくのかという謎になり、最後には意外な推理が明かされていくわけです。今回の場合は、わたしがどのようにあの霊視を行ったか、という問題になりますが……。ドラマだったら、ここで暗転して、先生に問いかけたいところです。さて、推理に必要な証拠はすべて揃っています。スカーフを手がかりに、美人霊媒師翡翠ちゃんが、どのように論理を組み立てたのか、推理を推理することができますか？　と——」

「御託はいいから……、説明をしろ」

どこまでも、彼女は香月を焦らすつもりらしい。ナイフの先端を掲げて恫喝すると、それに効果があったとは思えないが、翡翠は肩を竦めて退屈そうに言った。

「ページを進めてしまってよろしいです？　では解決編に入りましょう」

翡翠は人差し指をくるくると動かした。

「いいですか、北野《きたの》由里《ゆり》さんの遺体の傍らには、彼女が身に着けていたスカーフが落ちていました。着目するべき点は、このスカーフに彼女自身の足跡が刻まれていたという事実です。捜査本部の人たちは、彼女が逃げようとしたか、あるいは衣服を脱がされることに抵抗して、落ちたスカーフを踏んだのだろうと考えていました。けれども、はたして本当にそうなのでしょうか？」

「なにか不自然な点があるというのか？」

「不自然もなにも、まったく不自然ですよ。ありえません。まぁ、順に考えていきましょう。わたしが一瞬で考えたことを凡人に説明するのは、本当に手間と時間の掛かる作業なんですが、まぁ、先生とわたしの仲ですから、特別サービスです」

スカーフを摘まむような仕草を再開し、他の三つの指をひらひらと動かしながら、翡翠が言葉を続けた。

「落ちたスカーフに彼女自身のローファーの跡が刻まれていたということは、スカーフが落ちたのは彼女が生きている間だということになります。つまり、首を絞められる前か、首を絞められている最中ですね。死んだあとではスカーフを踏むことができませんから。当然、捜査本部の方々もそう考えたのでしょう。犯人が彼女を逃すまいと捕まえて、揉み合いになるなりして、スカーフを引き剝がした……。あるいは、衣服を脱がそうとして故意にスカーフを引き剝がす……。ううーん、でも、ちょっとおかしいですね。引っぺがしたのなら、スカーフは少し離れたところに落ちそうなものです。彼女自身が踏んでしまうことってありえるでしょうか？　逃げようとした彼女を追いかけて、スカーフだけ毟《むし》り取ったとしたら？　その場合も、やはりスカーフが落ちたのは少し離れた場所になりそうです。逃げようとしているのですから、スカーフが落ちるのを見届けて、大人しくその場に佇んでくれているとは思えません。少しでもその場から離れようとしているはず。犯人はスカーフを毟り取るのが精一杯だったでしょうから、彼女の身体を拘束できていない可能性が高いでしょう。逆にいえば、身体を摑めていれば、わざわざスカーフを引っぺがす必要はないわけですよね。やっぱり、おかしいです」

「抵抗されて揉み合う際に、たまたま近くに落ちて、たまたま踏んだだけだろう。充分に、ありえることだ」

「そう。ここまでは、どうだっていい退屈な理論です」

翡翠は肩を竦めた。

「では、ここで、セーラー服におけるスカーフというものが、どんなものなのか、改めて考えてみましょう」

翡翠は、摘まんでいる見えない布をひらひらと揺らすように、マイムを続けた。

「これがスカーフです。見えませんか？　見えないとわかりづらいですね」

ぱっと左手を広げて、それからすぐに軽く握った拳を作る。彼女はおもむろに、その拳の中に右手で摘まんだ見えない布を押し込むような仕草をしてみせた。ぐいぐいと、人差し指などをねじ込んで、見えない布を拳の中に入れていく。

「さてさて、おまじないを掛けて……」

ひらひらと、右手の五指が踊った。

それから、先ほどの仕草とは逆に、握った拳の中へと指先を入れて、なにかを取り出すようなそぶりを見せる──。

真っ赤な布地が、拳の中から出てきた。

それを、翡翠は右手で引っ張り出す。

赤いハンカチだった。

「どうやって……」

「少し小さいですね。本物は、もう少し大きいです。これくらいに――」

翡翠はハンカチを勢いよく振った。

次の瞬間には、それは朱色のスカーフになっていた。

大きい。それを広げるように、両手で摘まんでみせる。

先ほどのパントマイムと同じ仕草だった。

見えない布が、実体化したように。

「これは、あの高校の制服で使われているものと、同じメーカーのスカーフです。あのメーカーの商品名は三角タイなので、ここからは三角タイと呼称しましょう。かなりの大きさがあることがわかりますね。底辺の長さが百四十センチほどで、ご覧のように三角形状になっているため、三角タイと呼ばれています」

「いったい、どこから出した……？」

「言ったでしょう。わたしは奇術師でもあると。こんなのは初歩的な奇術ですよ」

なんでもないことのように、翡翠は肩を竦めてみせる。

「さて、三角タイは、セーラー服の襟を可愛らしく飾るのに使われます。どうやって？まぁ、ちょうど、こんなふうに、襟に回して使います」

翡翠はひらひらと揺り動かしたタイを、自身の首周りに巻き付けた。

「それぞれの先端が、胸のあたりに垂れるかたちになりますね。さて、一口にセーラー服といっても、いろいろな種類があるのはご存知の通りですが、実は三角タイをどのように使うのかで、大きく二種類に分けることができるんです」

「二種類、だと……？」

「胸にスカーフ留めがあるかないか、です」

「スカーフ留め？」

「一般的に、セーラー服と聞いて連想しやすいのは、このスカーフ留めのあるものではないでしょうか？　スカーフ留めとは、胸元の襟口に輪っか状に取り付けられた布地のことです。校章などが縫い付けられていることも多いですね。スカーフ留めのあるセーラー服では、ここに三角タイのそれぞれの端を通します。タイの二つの先端が、スカーフ留めで纏められて、垂れたリボンのように見えるわけです。可愛らしいですね」

ブラウスの胸元に垂れるタイ。その二つの先端を、翡翠は親指と人差し指で作った輪に通して見せた。言葉通り、垂れた赤いリボンのようになる。

「このタイプのセーラー服は、スカーフ留めにタイを通すだけですから、とても簡単です。ところが、世の中にはスカーフ留めがないタイプのセーラー服もたくさんあります。その場合は三角タイを自分で結ばないといけません。リボンのように見せるだけでも、いろんな結び方があります。伝統的なお嬢様学校では、そこに通う生徒たちだけの間で伝わる結び方もあるんだとか。わたしはリボンが蝶《ちょう》のように見える結び方がお気に入りなんですが、うーん、あれは、襟がないと綺麗に再現できないので、ここでお見せすることはできませんね、残念です」

「それが……。どうしたって言うんだ？」

「あら、先生、まだわかりません？　仕方ない子ですねぇ。いいですか、菜月ちゃんたちの高校のセーラー服が、どのタイプだったか思い出せます？　彼女たちのセーラー服の襟元を、ようく思い出してください。ほら、思い出せましたね。彼女たちの高校では、三角タイをネクタイのように結んでいるんです。わたしがあざといコスプレを披露したときに、ヒントとして口に出してあげましたけれど、あれにはスカーフ留めがありません」

「まさか……、いや、そうか、ネクタイということは……」

「そうです。いいですか、このようにスカーフ留めを通しただけのスカーフは、確かにおっしゃる通り、揉み合いになったり、脱がそうとしたりで、引っぺがすことが簡単にできます」

翡翠が、胸元に垂れるタイの一端を掴んで、それを強引に引き下ろす。しゅるりと音が鳴って、親指と人差し指で作った輪を通り、タイは翡翠の首から抜け落ちていった。

「ところがですね、ところがですよ」

翡翠の手が、素早く動く。彼女は三角タイを帯状に畳むと、それを再び首に回し、胸元でネクタイ状に結んで見せた。

「ネクタイです。ネクタイですよ？　男の人は日常的にネクタイを締めるので、よくわかると思いますが、ネクタイというのは一端を引っ張ったところで、簡単にほどけて抜けるものではありません。セーラー服における三角タイのネクタイであってもまったく同じです。一端を摑んで、引っ張ったところで、ほどけるはずがないんです」

ぐいぐいと、まるで自分の首を絞めることを楽しむような様子で、翡翠は首から垂れるタイを引っ張ってみせた。

「では、どうして北野由里さんの傍らには、三角タイが落ちていたのでしょう？　先ほどの理屈からいえば、犯人が引き剝がした可能性はなさそうです。強引に引っ張って落ちるものではありません。想像してみてください。揉み合っているときや、相手の服を強引に脱がそうとしているときに、そのネクタイをほどけますか？　できたとして、そんなことをする必要があるでしょうか？　セーラー服の三角タイはただの飾りです。あれを解かなければ服を脱がせないということはありません。わざわざネクタイをほどく必要なんてどこにもない。他人のネクタイをほどくことは、そもそも困難です。可能だとしたら、意図的に結び目を摑んで、特定の方向へと一気に引っ張れば……、まぁ、抵抗して暴れる相手にそんなことができるか、という疑問を置いておけば、もしかしたらほどけるかもしれませんが、その場合、三角タイが綺麗に二つ折りの状態で落ちたりするでしょうか？　そう、北野さんのご遺体の傍らには、三角タイが二つ折りの状態で落ちていましたね。ネクタイ状に結ぶには、先ほどわたしがしたように、三角タイを帯状に畳まないといけないんです。偶然タイがほどかれたとは考えにくく、犯人がそれをする理由はどこにもなく、意図的に行えば奇跡的にできるかもしれませんが、現場状況と一致しないことになる……。それなら、何故、何故？　どうして傍らに三角タイが？」

「何故、落ちていた？」

「そう。そこで、三秒くらい考えました。犯人がほどいたのではないとしたら、これはもう、被害者自身がほどいたと考えるしかありません」

「北野由里が、自分からタイをほどいた……。なんのために、そんなことをした？」

「ここからは、いくつかの疑問と合わせて、多角的に考える必要があります。一つ目は、犯人が布状の凶器を使っていて、その正体が不明であること。二つ目は、犯人がご遺体の爪を切り取り執拗なまでに証拠を隠滅しようとしていたこと。三つ目は、最初の事件において、ベンチに腰掛けていたと思しき被害者に、あまり抵抗した形跡が見られないことです。先生とわたしがいちゃいちゃしながら実験した通り、正面から凶器を巻き付ける際には、どうしても不審な動作になりがちで、普通だったら逃げるはずです。当初は、マフラーが使われたのではと見られていましたが、第二の事件が同様の凶器にもかかわらず初夏だったために、その線は薄そうです。では他に、どんなものなら、マフラーのように凶器になり得て、正面から巻き付けても不審に思われないのか？　ここまで材料が揃っていれば、アブダクションは簡単です。当然ながら、三角タイを連想しますね。北野由里さんのご遺体の傍らには、三角タイが落ちていた。そう、マフラーを巻いてあげる動作と同じように、例えば、タイを結び直してあげる動作なら、正面からそれを首に掛けたとしても、不思議はないのでは？『由里さんったら、タイが曲がっていてよ』なんていうふうに言って、彼女自身にタイをほどかせて、自分が結び直してあげるからと、それを彼女の首にまわす……」

「だが……。北野由里の三角タイは、凶器じゃなかった」

「ええ、ありえませんね。彼女のタイには彼女自身の足跡が刻まれていたわけですから、凶器であるはずがありません。警察も、あれが凶器かどうかは調べたことでしょう。けれど、北野由里は自分からタイをほどいた。でも、それは凶器ではない。不整合です。どうしてでしょう？　他にどんな状況ならば、タイを自分からほどかせ、警戒されずに凶器を相手に巻き付けることができるのか……。ここで、ある一つの重要な事実が、すべてを解決してくれました。タイの色です」

「タイの色……？　確か、入学年度によって、タイの色が違うらしいが……」

「そうです。事件現場を訪れる前に、予習として学校のことはネットで調べておきました。ホットリーディングという単純なテクニックですね。藁科琴音は朱色で、菜月ちゃんや武中遥香《たけなかはるか》さん、北野由里さんは翠色でした。わたしの瞳と同じ色ですね。まぁ、わたしの瞳ほど、綺麗な色合いではありませんが」

翡翠はタイを弄びながら、けろりと言う。

「学年でタイの色が違う。ということは、ということはですよ」翡翠は早口で捲し立てた。「ということは、こういう状況もありえるのです。『由里さんには朱のタイが似合うと思うのだけれど、試しに交換してみない？　写真も撮ってあげる』」

そこで、香月にも推理の道筋がようやく見えた。

「先生はずいぶんと時間が掛かっていましたけれど、レンズキャップの跡、滑り台、プレハブ小屋のハシゴ、被害者が写真部に所属していたという要素から、犯人が遺体の写真を撮影した可能性が高いことには、わたしはとっくに気がついていました」

しゅるりと音を立てて、翡翠は三角タイを解いてみせる。

それから、それを三角形状に畳んで、やはり底辺の端を摘まんで見せた。

「三年生のタイは朱色です。女の子にとっては、憧れの色です。わたしは翠が好きですけれど、まぁ、せっかくのセーラー服なのですから、朱色のタイを結んでみたいと思っても、自然なことでしょう。交換というのは充分にありえると思いました。女子って、そういうのが大好きですからね。さて、この方向性で第一の事件の考えを膨らませてみましょう。犯人は被害者と並んでベンチに座っている状態で、タイの交換を持ちかけた。武中さんは承諾して、自身のタイをほどいて外す。犯人は自分のタイを結んであげると言って、彼女の首に三角タイを回します」

手にした三角タイをネクタイのように折って、翡翠はそれを空想の相手の首に巻き付ける仕草をしてみせた。

「正面からタイを結ぶ技術があったのかどうかは疑問ですが、まぁ、首を絞めるのが目的なので、小事でしょう。武中さんは、ちょっと疑問に思ったかもしれないですが、器用な人なんだなと思う程度で、まさか首を絞められるだなんて夢にも思わず、逃げようとは考えません。背後から絞め殺した方が犯人にとっては楽ですが、正面からなら絞め殺す相手の顔が見えます。動機まではその時点で推察できませんでしたが、シリアルキラーなら、顔が見たかったから、というのはありえるだろうと思いました。さて、犯人は武中さんを絞殺する。そのあとでベンチに寝かせて、凶器が知られないよう、武中さんがほどいたタイを彼女のご遺体に結び直した。ベンチの上で寝かせた状態なら、簡単に結べたでしょう。この考えでは、不整合はなにもありませんね」

「まさか、そのためにベンチに寝かせたのか？」

「さぁ」翡翠は首を傾げた。「そこまではわかりませんね。まぁ、都合はよかったのでしょう。さて、次は北野由里さんの殺害です。同様の手口で彼女とタイの交換を申し出て、自身のタイで絞め殺す。ここで犯人にとって計算外だったのは、前回と違って座った状態ではなく、立った状態でタイを交換した点だったのでしょう。立った状態で絞め殺したので、絞殺の最中、北野さんが手で持っていた彼女のタイが、足元に落ちてしまったんです。北野さんは自分のタイをほどいて、しばらく使わないからと二つ折りにした状態で手に持っていたのでしょう。ところが、犯人に首を絞められ、身体は抵抗を示してもがく。その際に、北野さんは落としたタイを自分で踏んだのです。最初の犯行では、武中さんは自身のタイを膝の上か、ベンチの上に置いていたのかもしれません。けれど、二回目の犯行では違った。三角タイは被害者自身が手に持っている他になく、首を絞められれば取り落としてしまう。犯人は、そこまで気が回らなかったのでしょう。子どもですね」

　肩を竦めて、ふっと息を漏らす。

「靴跡がついて汚れてしまったので、最初の犯行のときのように、被害者の襟に戻すのは不自然になります。凶器もばれてしまうかもしれない。なので、犯人は偽装のために被害者の衣服を剥いだ。三角タイだけ落ちていては妙ですが、着衣に乱れがあれば、脱がしたかったのだろうと察してもらえる。子どもにしては、まずまずの気転ですね。ともあれ、犯行がタイを交換する口実で行われたとすると、どこにも不整合はなく、それどころかとても合理的で、様々なことに説明がつきます。そうそう、犯人がご遺体の爪を切って執拗に証拠を消そうとした理由とも符合しました。犯人は自分の皮膚片だけではなく、スカーフの繊維が被害者の爪に残ることを防ぎたかったのです。凶器が発覚すると、犯人像に結びついてしまいますから。犯行の手口はこれに間違いない。となると、あとは犯人像です。被害者たちと親しい関係性にあるわけですから、学校関係者でしょう。三角タイを交換するわけですから、セーラー服を着ている女子に限られます。塾などの学校外部の人間かとも思いましたが、武中さんは塾に通っていたものの、北野さんは違う。やはり同じ高校に通う女子生徒です。男子は詰襟ですからね。タイを交換する理由がある以上、同学年の女子ではない。北野さんは二年生ですから、一年生か、三年生。武中さんが殺害されたのは昨年度ですから、一年生ではありえません。そうなると、消去法で、三年生の女子生徒が犯人ということになる……」

翡翠の眼が、暗がりの中で妖しく煌めく。

彼女は三角タイをハンカチのように小さなサイズへと、折りたたんでいった。

「以上が、あのときの霊視の詳細です。うーん、霊が教えてくれたと言えば、たったの一言ですむんですが、やっぱり凡人に説明しようとすると、どうにも時間が掛かるし、億劫ですね。疲れます。喉が渇いちゃいますよ」

「本当に……、一瞬で、考えたっていうのか」

「タイの色のことのように事前に調べたこともありますが、まぁ、事件の詳細は先生と一緒に聞きました。とはいえ、犯人像がわかっただけで、個人を特定できたわけではありませんからね。わたしが得意とするのは、もっとクローズドな状況で起こる事件で、こうした範囲の広い、しかも動機が浮かんでこない異常者を相手にするのは面倒なんです。先生を相手に苦戦したのと同じですね」

　香月は押し黙り、邪悪な色を浮かべる翡翠の瞳を見つめる。

「しかし、こんなのはあまりにも単純な推理ですよ。どうして誰もタイのことに気づかなかったんでしょう。まぁ、男性は女性の服装になんて無頓着ですからね。男の人にとって大事なのは、エッチな服かそうでないかでしょう？　捜査本部は女性人員をもっと増やすべきです。先生も、ぜんぜん気づかないんですから……。まぁ、女子高生の制服に詳しい男性のミステリ作家なんて、想像するだけで怖気が立ちますから、先生がそういった変態でなくてよかったというべきかもしれません。けれど、タイに注目すれば簡単に辿り着ける論理なので、思い至らなかった言い訳にはできませんよ？　ちなみにですが、制服がネクタイ結びではなく、ポピュラーなリボン結びだった場合でも同じ論理が成り立ちます。リボン結びは、一見すると蝶結びのように簡単に解けるように見えますが、そうではありません。ネクタイより難しいのです。男性なら、結び方を知らなかったから推理できないと言い訳が立つかもしれませんが、今回の事件は珍しいネクタイ結びだったわけですから、男性であっても充分に気づくチャンスがあったはずです。とてもフェアな事件でした」

「いや……。待て……。だが、吉原《よしはら》さくらの件はどう説明する気だ？　あれこそ奇跡じゃないか。どうやって藁科琴音の居場所をつき止めて、最後の犯行を止めたって言うんだ？それこそ、君が本物の霊媒だという証拠じゃないか！」

香月が迫ると、翡翠は呆れたような目で、横顔を見せる。

「先生ったら、まだ信じたいんですね。ちょっと哀れになっちゃいます」

「本物じゃないっていうなら、あの奇跡を説明してみせろ！」

やれやれ、という仕草で両手を持ち上げて、翡翠は言う。

「犯人を藁科琴音だと特定するまでの手順は、先生と同じ道筋です。菜月ちゃんが被害に遭う前は、わたしも蓮見綾子《はすみあやこ》が疑わしいと感じていました。レンズキャップの件から犯人が蓮見綾子ではない可能性もあり、決め手に欠けていたんです。次の犯行が行われるまでに、他の要素で警察が特定するだろう、と楽観視していたのでしょう。まったく、嫌になりますね」

翡翠は顔を顰めて、視線を落とした。

手慰みにするように、畳んだ三角タイを撫でつけながら、翡翠は言葉を続けた。

「わたしの油断のせいで、せっかくできた友人を死なせてしまいました。まだ若く、未来のある少女です。憤りました。こちらも、手段を選んでいる場合ではないと考えました」

「君の……、あの涙は、本物だったのか」

「さぁ、どうでしょう」翡翠は俯いたまま肩を竦める。「少なくとも、先生よりは人間の心を持っているつもりです。あれは致命的な失態でしたが、しかし落ち込んでいるわけにはいきません。失敗も、有効活用しなければならない。転んでもただでは起きないのが城塚翡翠です。先生との仲を深めるのに、活用させてもらいました。正直なところ、あの夜は不安でしたよ。いい雰囲気になってしまって、あのままセックスの流れに持ち込まれてしまったら、どうしようかなって。流石にそんな気分にはなれませんでしたから」

少女の死を悼んだと思えば、さらりとそんな発言も交えていく。翡翠という女の正体が摑めず、その底の知れなさに香月は怖気すら憶えた。

「君は、どこまでが芝居なのか、そうでないのか、まったくわからない……」

「ええ、ときどき、わたしにも──」

ふうと息を吐いて、翡翠は顔を上げた。

寂しげな表情に見えた。

「さて、話を戻しましょう。藁科琴音に迫ったものの警察は及び腰で、ひっそりと指紋を採取して犯人のものと照合する作戦に出た。相手が未成年で明確な証拠がなにもない以上は、そうするしかなかったでしょう。わたしたちは藁科さんの家へ向かいましたね。そこで、わたしは彼女が学校がないにもかかわらずセーラー服を着ているのを見て、次の犯行を恐れました。セーラー服を着ているのは、ただ凶器となったタイを安全な場所に隠すため──、ただ身に着けておきたかったからなのかもしれません。ですが、これから人を殺しに出かけるからセーラー服を着ていると疑うのは、考えすぎでしょうか？　そうかもしれませんが、わたしは同じ失敗を繰り返すわけにはいきません。少しでも可能性があるのなら、次の犯行を食い止めなくてはならないと思いました。そこで――、わたしがドジっ子の真似をしたのを、先生は憶えています？」

「お茶を零す芝居のことか……？」

「そのあとです。そこまでは、蝦名《えびな》さんや先生との打ち合わせ通り。そのあとは、わたしのアドリブです。言ったでしょう。理由のない行動なんてなにもありません。意味もないのにストッキングを脱いで、生足を披露したりなんてしませんよ。わたしがお手洗いを借りるときによろけて、藁科さんにぶつかったのを憶えています？」

「まさか……」

「あのときに、彼女のスマートフォンを拝借しました。時計をすりとるより、ずっと簡単なことです。そうしてお手洗いの中で、少し弄らせてもらったんですよ。パスコードは誕生日だったので、簡単にロックを解除できました」

「あの時点で、藁科琴音の誕生日をどう調べた……？」

「手法は十通りくらいは思いつきますが、あのとき最初に試したのは、藁科家の車のナンバープレートの数字でした。皆さん、たいていは自分の誕生日か、お子さんがいる家庭では、子どもの誕生日をナンバーにしたがります。この国のセキュリティリテラシーは緩すぎますよ」

翡翠は肩を竦めて続けた。

「リンゴ印の機種でなくて助かりました。あれ以外のＯＳはアプリのセキュリティが緩いので、ネット経由で用意したものを簡単にインストールできます。メールや通話などの履歴を覗きながら、位置情報をあるサーバーに転送するものです。証拠が残りやすいので、お金持ちを引っかけて大金を巻き上げるときくらいにしか使わない手なんですけれど、菜月ちゃんを殺されたので、遠慮はしないことに決めました」

「それで……、藁科琴音の位置情報をずっと追いかけていたのか？」

「メッセージアプリを経由して、吉原さくらさんに連絡をとっていたのがわかりました。これから殺しに行く可能性が高い。警察は尾行をつけているようなので少しは安心していましたが、万が一ということも考えられます。実際、案の定、尾行をまかれたわけです。ＧＰＳ情報を追いかけて、彼女の犯行を阻止しなくてはならない」

「いや……、君は、僕とずっと一緒にいたはずだ。ほとんどスマートフォンを覗いた様子もなかった。どうやって……」

「真ちゃん、ですよ」

けろりと、彼女が言う。

「千和崎真は、わたしのパートナーなんです。主に、彼女が足を使って情報を集め、わたしが頭と美貌を使います。相談者の情報を事前に集めることが可能なときは、彼女の出番なわけです。わたしはあまりにも超絶美人すぎて目立っちゃいますから、聞き込みとかには向いていません。対して、彼女は変装が得意ですから」

「まさか、公園で電話をしていた女っていうのは……」

「ええ、真ちゃんです。わたしが先生と一緒にいる間は、藁科琴音の動向を確かめられませんから、真ちゃんがずっと彼女のスマートフォンを監視していました。それで、ときどき報告してくれるわけです。これで――」

翡翠は、人差し指をつき立てた。

その先端が、ウェーブを描き始める位置の黒髪を指している。

ほんのりと、微かに覗いた白い耳。

翡翠は顔を傾けて、耳を露出させた。

白い無線イヤフォンのようなものが、埋め込まれている。

「スマートフォンとペアリングしたこれで、真ちゃんの報告を聞くことができます」

「な――」

香月は啞然と、その小さなガジェットを見る。

「先生がわたしのスマホを弄ったのか、今は通信が途切れちゃってますね。どうしたものでしょう」

翡翠は困ったふうに眉根を寄せた。

「いつも、そんなものをつけているのか？　いや、待て、さっき、そんなものは——」

「ああ、さっき、先生がわたしの身体を愛撫《あいぶ》してくださったときですか？　いやぁ、気持ち悪かったですね。咄嗟にパームして隠しました」

「パーム？」

「お気になさらず。ただの奇術用語です。耳を愛撫されたら見つかっちゃいますので、とりあえず隠して、先生の隙を見て元に戻したというわけです」

造作もないことだというふうに言って、翡翠は説明を続けた。

「話を戻しましょう。この道具の弱点は、聞くだけでこちらからの指示が出せないことなんです。先生と公園にいるとき、スマートフォンを取り出してメールを打ったんですが、憶えていますか。あれは、彼女からの報告に返信していたんです。藁科琴音が吉原さくらを連れて、武中遥香が殺害された現場の公園に入っていくけれど、どうしますかって。それでわたしは、誰かと通話中のふりをして公園に留まっててください、とお願いしました」

あのときに、自分の目の前で、そんな計画が張り巡らされていたのか——。

「そこからが、気の進まない演技でしたよ。どうにかして、先生に藁科琴音の居場所を伝えないといけない。躊躇っていたら、最後の殺人が起きてしまいます。美人霊媒師城塚翡翠ちゃんの設定では、死んだ人間の魂は停滞するだけですから、菜月ちゃんが藁科琴音の居場所という、死後の情報を知っているのはおかしいんです。けれど、そこは仕方なく設定を破綻《はたん》させるしかありません。ちょうど、吉原さんには守護霊が憑いているという伏線を張っていたことも功を奏しました。真ちゃんが集めた情報で、吉原さんには幼いころに亡くなったお姉さんがいるという事実を摑んでいましたから、まぁ、あとでなにか役に立つかもしれないなって、先生の耳に入れておいたんです。あとで活きないものも多いんですが、こうした種をちょこちょこ蒔いていくのがわたしのやり方です。菜月ちゃんの演技をして、どうにか先生に藁科琴音の居場所を伝えて……。あとは、先生の知っている通り、車で急行しました。鉢合わせしないよう、到着の寸前に真ちゃんには公園を出ていくようにメールしました。流石に、その直後に藁科琴音が犯行に及ぶなんて、わたしも想像していませんでしたけれど、結果的にはドラマティックな演出になりましたね」

奇跡の正体の、なんて呆気ないことだろう。

呆然とする香月を、にやにやと笑顔を浮かべて、翡翠が見上げている。

死後の世界はない……。

人は、死んだら、それまでなのか……。

「以上が、女子高生連続絞殺事件における、わたしの霊視の詳細です。これでインチキだって、納得してくれましたか？」

香月はよろめいていた。

すべて、虚構だった。

すべて、演技だった。

翡翠が親しげに浮かべていた、あの笑顔も……。

「お互い様でしょう?」翡翠が嗤う。「先生も、わたしも、お互いがお互いを騙していたわけですから、文句をつけられるいわれはないはずですよ」

「確かに……、それは、そう、だが……」

だが、自分は——。

「それよりも、先生」

翡翠は飽きたように、手にしていた三角タイを放った。

はらりと、赤い布が床に落ちていく。

「そろそろ、先生のお話をしましょう。仮初めのロマンスを演じた仲です。先生が、どうしてこんなことをするようになったのか、興味があります。誰かに聞いてほしいでしょう? わたしも、どうせこのまま先生に殺されるのなら、その経緯を知りたいです——」

＊

香月史郎は、ダイニングテーブルから椅子を引き出し、その背もたれに手をついた。

テーブルを挟んで向き合うかたちで、城塚翡翠を見下ろす。

自分の思考が、激しく掻き乱されているのを感じていた。動揺に心臓が強く脈打って、目を閉ざせば血流が流れる音すら耳に響いてくる。

危険だ、と意識が訴えていた。

早く殺した方がいい。

けれど、せめて、実験をしなくては……。

落ちていた翡翠のハンドバッグを拾い上げて、中を探る。

翡翠のスマートフォンを見る。彼女が車道で共鳴の気配を探っている時点で、香月は車内のハンドバッグからスマホを取り出し、それを機内モードにした上で電源を切っていた。今も、そのままだ。外部と通信がとれるはずはない。

大丈夫だ……。

せめて、実験をしたい。

彼女の身体を、じっくりと、味わいたい……。

それなら、すぐに行動に移した方が……。

「あれれ、どうしたんですか、先生」

にやにやと笑いながら、翡翠が言った。

「先生のこと、話してくださらないんです？」

「そんな必要はないだろう」

すると、翡翠は小さく肩を竦めた。呆れたように溜息すら漏らして言う。

「わかりました。なら、動機はどうでもいいです。被害者をどうやって選別して、どのように拉致をしたのか……、せめて、それを教えていただけますか？」

「それはわからないのか？」

「残念ながら、論理を用いても解決できないことは世の中にごまんとあります。偏執的なまでに証拠を残さない先生が相手だと、わたしは無力なんです。だからこそ、こうして敵の懐《ふところ》へ飛び込むような真似をする必要があったんですが……、こうなってしまうと、無様なものです。油断しちゃいました」

「いつから、怪しいと思っていたんだ？」

「そうですね。先生にお会いしたときから、なにかわたしに知られたらまずいことがあるのだろうとは感じました。わたしは人間の微表情を読むのが得意です。日本人のものは、多少、苦労するんですけれどね。倉持さんといらっしゃったとき、この人はわたしに霊視されては困る秘密を抱えているのだろうと思いました。わたしは他人を騙すのが大好きなので、次のターゲットはこの人にしようと決めました。なにもなければそれでいいですし、実戦で技術を磨《みが》くのは大事なことです。まぁ、お金になることも多いんですけれどね。ところが、倉持さんのご遺体を見た先生には……、なんというか、驚きと憤りしか感じ取れなかったんです」

「それが、おかしなことか？」

「ええ。普通は、嘆いて、悲しみます。けれど、先生はご遺体を見て驚いて、まずいことになったな、というような表情しかしていませんでした。異常者の反応です。小説で言うなら、ほとんど心理描写がなされない中身が空っぽの主人公の話を読んでいるようなものでした。もう少し、この人を探ってみようと考えました。その後もわたしと事件の話をしているときも、憤り程度しか感情が出てこない。あとで思い至りましたが、先生が憤っていたのは、犯人に先を越されてしまったからなのではないですか？」

香月はあのときの感情を思い返しながら、深く息を吐いた。

「ああ、あんなことになるなら、いっそ自分がこの手で実験に使いたかった——。だが、僕と結花の間には接点がある。警察に疑われたくはなかったから、どの道、彼女を実験対象にすることは諦めていたんだ。それなのに……」

「さぞ無念でしたでしょう。彼女の死を悼むより、自分の行動について後悔している。こんな目に遭わせた犯人に報いを与えてやりたい。そんなふうでしたよ」

「それで、僕を怪しんでいたのか」

「ええ。ですが、わたしが、連続死体遺棄事件の殺人鬼と先生を密接に結びつけたのは、殺人鬼が六件目の犯行を行ったときでした。遺体処理の手口が、少し変わったんです」

「どうして……。お前がそれを知ってる？」

「どうでもいいじゃないですか」翡翠は肩を竦めた。「これまで、殺人鬼はご遺体をビニールで包んで遺棄していましたが、そのときから、シャワーと漂白剤でご遺体を洗い流すようになったんです。元より証拠を残さないよう行動していたはずですが、更に入念に隠滅の手間を掛けるようになりました。どうして、行動を変えたのでしょう？　ＤＮＡが検出されるのを、更に恐れるようになったのか。だとしたら、こう考えられますね。犯人は前科者ではなかったので、もしＤＮＡが検出されたとしても、そこまで決定打にはならないだろうと考えていた。ところがまったく別の理由で警察にＤＮＡを採取されてしまい、念入りに隠滅する必要が出てきたのでは……。まぁ、論理とはいえない、ただの推測、想像です。ところが、ごく最近、自分の身近に、ＤＮＡを採取された異常者がいることに気づきました」

香月は、息を漏らす。

「ただの事件関係者のＤＮＡです。任意で採取された型情報はデータベースに登録されることはないはずですが、実際に警察がそうした情報をどのように扱っているかは、わかりませんものね？　念には念を……。ここまで注意深い犯人ですから、不安になったんじゃないでしょうか？　だからこそ手口を変えて、なるべく自分のＤＮＡが採取されないように気を配った。そこから、わたしは先生を怪しんで、一緒に行動するよう努《つと》めました。水鏡荘のときは、見当外れなプロファイリングをして、犯人を性的倒錯者ではないと擁護《ようご》するようなことまで言いました。ますます怪しいです。まぁ、だからといって証拠らしい証拠は摑めなかったので、こうしてこの身を囮《おとり》にするしかなかったわけですが」

「もしかすると、君の言っていた、死の予感というのは……」

「はい、簡単な暗示です」

にっこりと、翡翠は笑って言う。

「わたしが一連の事件の被害者像に当《あ》て嵌《は》まることは知っていました。先生が犯人だとするなら、いずれわたしのことを殺したくなることでしょう。わたしが死を予感しているこ
とを先生に告げておけば、それは自分が殺すからに違いない、と考えるはずです。わたしと先生の間には繫がりがあるため、先生が犯行を躊躇う可能性は充分ありました。そこを後押しするための一手です」

「なら……、もし、僕が犯人じゃなかったら、どうするつもりだった？」

「そうですねぇ。それを、ほんのちょっぴりは願っていましたよ。先生に拘束される最後の最後まで、確信は抱けませんでしたから。もしかしたら違うかもしれない、とは常々考えていました。その場合は、多少ロマンスを演じたあと、なにか理由をつけてフェードアウトしたことでしょう。二人でもっといろんな事件を解決していくのもよかったかもしれませんね。そうならなくて、残念です」

「僕は……。僕が、君を愛していたのは本当だ」

だからこそ、香月は悩み苦しんだ。彼女を愛しいと考えた。だからこそ、溢れる欲求に耐え続けた。いつか自分のことを気づかれてしまうかもしれないと恐れながらも、二人の関係を続けたいと願ったのだ。自分が捕まるとしたら、それは運に見放されたときか、翡翠の超常の力によってだろうと考えていた。彼女の能力で殺人鬼の正体に気づく可能性があるかを熟考し、それが困難だと結論づけると、この関係性を続けていく方法を模索した。この別荘に彼女を連れてくることも、最後の最後まで逡巡したのだ。だが、翡翠の暗示が香月を後押しした。運命が決まっているのなら、堪えても意味がないと考えた。それさえなければ、歪んだ欲求を抑え続けながら、自分は翡翠を愛し続けることができたかもしれない。

だが、翡翠は――。

「そうでしょうね。ええ、わたしに夢中にならない男性はほとんどいませんから」

翡翠は不敵に笑うだけ。

彼女は、自分を愛してはいなかった。

あんなにも純粋な瞳を潤ませて。

あんなにも優しい笑顔を浮かべて。

すべて、狡猾な罠《わな》だったのだ。

「そう仕向けたわけですから、わかりますよ。先生はわたしを愛してくださっていた。だからこそ、わたしで実験したいのでしょう？　先生、わたしの想像を聞いてもらえます？　推理というほどのものではありませんが、わたしも多少は先生のことを理解してあげたつもりです」

香月は目を細めた。

話をさせる猶予を与えるべきか、逡巡する。

だが、すぐにナイフをつき立てることに踏みきれないのは、やはり自分のことを彼女に理解してもらいたいという欲求があるからなのかもしれない。

「勝手にしろ。だが、なにがわかる？」

人差し指を下唇に押し当てながら、翡翠が言った。

「先生と甘いキスを交わしたときのお話を踏まえれば、だいたい把握できました。あのときの微表情から見るに、先生は嘘をついていませんでした。お姉さんは、強盗に刺されて亡くなったのでしょう。連続死体遺棄事件の被害者たちと先生のお姉さんは、年齢が似通っているようです。先生は被害者たちを亡くなったお姉さんと重ねているのでしょう。となると、死因は同じはず。死体遺棄事件の被害者たちは、ナイフで刺されたものの死にはいたらず、それが抜かれたことによって失血死しています。つまり、お姉さんもそうだったのでしょう。きっと、先生の目の前で、失血死して亡くなった」

「間違ってはいない……」

暗がりの中でナイフに目を落とし、香月は言う。

翡翠は、さして気の毒そうな表情を浮かべるということはなかった。

むしろ、愉快そうに嗤っている。

「だとすると、先生の行っている実験というものがなんなのか、気になります。たんにお姉さんが失血死するところを見届けたのだとしたら、ここまで歪んだ殺人鬼にはならなかったでしょうから。あくまで想像にすぎませんが、痛いか痛くないか確かめる、という言葉から、わたしはこんな妄想を膨らませました。先生のお姉さんは、先生がナイフを抜いたことで失血死してしまったのでは……？」

香月は、瞼を閉ざす。

それから、静かに息を吐いた。

吐息は、震えて、この肌寒い室内へと溶けて消えていく。

「幼かった先生は、きっと助けたかったのでしょう。無我夢中で、お姉さんに刺さっていたナイフを引き抜いた。けれど、それが致命的な行為になってしまった。もしかしたら、そんなことをせずに救急車を待てば、お姉さんは助かったのかもしれない。いいえ、あるいは、刺された時点で死ぬことは確定していたのかもしれませんね。先生にとって救いがあるとするならば、それはナイフを抜くことで、お姉さんが痛みを感じたかどうか……。痛かったのか？　痛くなかったのか？　それとも、自分のせいでお姉さんが死んだ？　お姉さんを殺したのは自分なのか……。あなたは、そのときの行為が正しかったかどうかの確認をしたいのです――」

香月は手にしたナイフを握り締めた。

幼かったあのときの感触が、指先に甦る。

必死だった。

どうにかして、助けたかった。

だから、自分はそれを取り除いたのだ。

残虐な男によって、裸に剝《む》かれたあの人の腹部に、つき立てられた恐ろしい凶器。

それを抜いてしまえば、助かるはずだと、そう思った。

血が噴き出し、激痛に絶叫する彼女の声が、耳に甦る。

身体中の血液を失いながら、彼女は最後に、優しく微笑んで、こう言った。

大丈夫よ。文樹《ふみき》君のせいじゃない……。

けれど、本当に、そうだったのだろうか？

彼には、まるで自信がない。

あのとき、彼女は本当に微笑んだのだろうか？

それは、自分の願いが生み出した、偽物の記憶なのでは？

失望と憎悪に瞳を曇らせて、どうしてそんなことをするのと、自分を罵《ののし》らなかったか？

あなたのせいで、わたしは死ぬのよ……。

どちらが、正しいのだろう。

どちらが……。

彼女がなにかを呟いたことは事実のはずだ。その一言が、自分という存在を決定的なまでに作り替えてしまった。けれど、彼女がなにを呟いたのか、それが香月にはわからない。

だから、確かめる必要がある。

「先生は、合理的な考えをされるわりに、死後の世界を信じたがっている様子でした。それ自体は珍しいことではありません。コナン・ドイルも、ハリー・フーディーニも、死後の世界を渇望していた人たちです。お姉さんと話ができるのなら、あなたは聞き出したかったのでしょう。自分は間違っていなかったと、自分は正しかったのだと、あなたは確認がしたかった。ですが……。わたしから言わせれば、あなたは死に囚われて、永遠に答えの出ない不毛な実験を繰り返しているだけに見えますよ」

断罪するような翡翠の言葉が、香月の頭蓋《ずがい》を揺さぶる。

「違う……。必要なことだ……」

目を開く。

翡翠が、香月を見ていた。

あの、霊媒の眼差しだった。

冷厳な光を宿した翠の双眸が、暗がりの中で、香月を射貫いている。

「必要なことなどではありません。先生のお姉さんは、先生がナイフを抜いたから亡くなったのです。痛かったに決まっているじゃないですか。先生はその事実を受け入れられず、若い女性を拉致して不条理な怒りをぶつけているだけのサイコ野郎です」

「貴様……」

「もっといえば、そんなふうに実験などと称していますけれど、それすら本当はどうだってよかったんじゃないですか？　幼かったあなたは、裸にされて刺されたお姉さんを見て、倒錯した性的欲求を憶えたんですよ。そのときの興奮を、忘れられないだけなんです」

「違う……！」

困ったように眉尻を下げ。

唇を歪ませて嘲笑し。

憐れむように。

からかうように。

翡翠が嗤う。

「いいえ、そうです！　あなたは若い女性を拉致して、実験と称して自分を正当化しながら、気持ちの悪い歪んだ性欲を発散させているだけの、普通ではおっ勃《た》たないただの最低下劣な変態シスコン野郎にすぎないんですよ！」

あははは っ……。

嘲笑の声を耳にしながら、香月は破裂する怒りに任せ、乱雑にテーブルを撥ねどかす。

「もういい。お前は殺す」

激しい物音が鳴る。

彼女に歩み寄り、その肩を摑んだ。

縛り付けた彼女へと、逆手にかまえたナイフを振りかぶる。

翡翠は、腹部も、脚も、縄で拘束されている。

どう足搔いても、逃れることはできない。

そう、これが死というものだ……。

彼は、翡翠の胸にナイフをつき立てた。

鈍《にぶ》い音が鳴る。

切っ先は、けれど、椅子の背もたれに食い込んでいた。

翡翠の姿が、消えている。

目の前にいない。

なんだ……？

「もう、危ないですねぇ。わたし、暴力は嫌いです」

すり抜けるように、いつの間にか、翡翠は椅子の傍らに立っていた。

馬鹿な……。

縄で、拘束していたはずだ。

彼女は女性らしく両腕を曲げて肘を腰につけた状態で、ぴょんぴょんと跳ねるように香月から距離をとった。はらりと、彼女の身体を拘束していたはずの縄が、足元から落ちる。

椅子を見下ろすと、腰に巻き付けていたはずの縄が、そこに残されていた。

「どう、やって……」

「言ったでしょう」けろりと、城塚翡翠は言った。「わたしは奇術師でもあり、霊媒でもあるんですよ。あれだけたくさんの時間があったんです。これくらいの縄抜けができなくてどうするっていうんです? 拘束された状態から抜け出したり、暗闇の中で手や足を摑んだりするのは、わたしたちの十八番《おはこ》というものです」

「もういい……。お前の危険性はよくわかった」

香月はナイフをかまえ直した。

悠々と佇んでいる翡翠へと切っ先を向ける。

「ところで先生、今何時でしょう?」

香月は眉根を寄せる。

思わず腕時計に目を向けそうになるが、その思惑に乗ってやるわけにはいかない。

だが、その瞬間、今更ながら、気がつく。

悪寒が走った。

「ああ、先生の腕時計は、わたしが持っているんでした」

翡翠はどこからともなく、香月がしていた腕時計を取り出した。

それをじゃらりと揺らして、文字盤を見せつけてくる。

「十一時三十五分ですね。もう五十分くらいここでお話をしたことになります」

「いつ、抜き取った……？」

唖然と、自分の左手首を見る。

そこに嵌めてあったはずの腕時計がない。

いつからだ……？

いや、腕時計だぞ？

腕時計なんて、どうやって……。

「わたし、手癖《てくせ》が悪いんですよ」

そう言いながら、翡翠はもう一つのものを取り出す。

香月は、恐怖した。

翡翠が手にしているものは、スマートフォンだった。
翡翠のものではない。
香月のものだ。
しかも、それは……。
ディスプレイは、煌々《こうこう》と輝いている。
通話中なのだった。
『鐘場正和』という表示が、光っている。
通話時間は、既に五十二分が経過していることを表示していた。
「いつの、間に……」
いや……。
香月はポケットの感触を確かめた。
確かに、ここに、スマートフォンが入っている感触が……。
慌てて、それを探り、取り出す……。
なんだ、これは……。
入っていたのは、小さな黒い板状のガジェットだった。
赤いランプが、点滅を繰り返している。
なんで、こんなものが、代わりに……。

「ＧＰＳ発信器ですよ。念のために入れておきました」

「いつ、から……」

絶望と共に、香月が呻く。

「いつだっていいじゃないですか。機会は無駄にたくさんありました。現象をすぐに起こすなんて三流のやることですよ。真の奇術師は、時間すら支配するものです」

翡翠の胸元を摑んで脅したとき……。

あるいは、彼女の身体を味わおうとしたとき……。

それとも、キスをしたときから……？

だとしたら、自分は……。

とっくに……。

「鐘場さん。わたし、もう飽きちゃいましたから、来てもかまいませんよ」

翡翠がスマートフォンに向けて囁くのと、ほとんど同時だった。

激しい振動が響いて、玄関から武装した複数の男たちが突入してくる。

もはや、抵抗する気力さえ、香月には残されていない……。

気がつけば、香月は警官たちに拘束されて、床に伏せさせられていた。

なにがなんだか、わからない。

顔を上げると、傍らに、自分を見下ろしている鐘場正和の顔があった。

「香月史郎——。いや、鶴丘文樹——、八件の死体遺棄容疑、並びに殺人と殺人未遂の容疑で逮捕する」

後ろ手にねじ上げられた手首に、手錠が嵌められる。

なんだ……。

これは、いったい……。

「つるおかふみき……、ああ、耳で聞いて今ごろ、気づきました」翡翠がぽんと両手を合わせて言った。「かおるつきふみ、で男を意味する郎を足す。それで香月史郎ですか。変則的なアナグラムですね」

翡翠はそれから、にこやかな笑顔を浮かべて鐘場に言う。

「鐘場さん、時間は掛かってしまいましたが、お約束通り、殺人鬼は引き渡しましたよ」

「ああ。これから、気が重いよ。俺はこいつに情報を流していたわけだから、もう刑事は続けられないだろう。もうお前さんの面倒も見てやれないから、誰かに引き継いでもらわんと」

「わたしほどではないですが、狡猾な人間です。騙されたのは無理もありません。お気になさらない方がいいでしょう」

「どういう、こと、だ……」

香月は必死に顔を上げて、呻いた。

翡翠が香月を見下ろし、気の毒そうに笑う。

「あれれぇ、まだ気づきません？　先生は、警察に捜査協力する人間が自分お一人だけだと、いつからそう信じ込んでいたんです？　あ、そうそう、水鏡荘の事件のとき、別所さんのアパートの家宅捜索で見つかったのは、血に塗れたティッシュではなく、消えた十冊目の本の方でした。推理の取っ掛かりに気づかれないよう、わたしから鐘場警部に頼んで、誤った情報を先生に流してもらったんです。よくよく考えれば、ティッシュは水鏡荘のトイレで流して捨てることができたわけですから、わかりますよね？」

「お前は、何者だ……」

「そうですねぇ。先生は推理作家ですから、数々の名探偵を生み出したミステリに敬意を表して、わたしもこう名乗りましょうか」

翡翠は香月を見下ろしたまま、小さく膝を曲げた。

スカートの裾を摘まんで持ち上げるという、古風なお辞儀だった。

「わたしは、探偵ですよ。霊媒探偵城塚翡翠――、とでも名乗っておきましょう。先生のような社会の敵を排除するのが、わたしのお仕事です。もう会うことはありませんが、お見知りおきを」

「探、偵……？」

香月が唖然と口を開く。

鐘場が言った。
「連行しろ」
警官たちに強引に立たされて、香月はこの場から引き摺り出されていく。
唖然と、離れていく翡翠の姿を見た。
すべて、芝居だった……。
すべて、自分を、騙すための……。
なら、心霊は……。
霊視は……。
死後の世界は……。
薄闇に浮かぶ翡翠の眼を見た。
困ったように下がる眉尻。嘲笑のかたちのピンクの唇。
「いや……」
香月は小さく呻く。
まだ、説明がつかないことがたくさんある。
だいたい、一瞬で推理をしただと？
そんなのは、ありえない。
そうだ……。

逆なのでは？

霊視によって犯人を知ってから、それと矛盾がないよう、あとで論理を組み立てただけなのでは？　さながら、香月が水鏡荘の事件で、真相に合わせて論理を組み立ててみせたように……。

その可能性だってある。

いや、そうに違いない……。

きっと、そうに……。

翡翠は本物だ……。

だが、答えはどこにある……？

その真実は、永遠に得られることがない。

脳裏には、歪《いびつ》に唇を歪めて嗤う、城塚翡翠の翠の眼が、永遠に残り続けていた――。

"VS. Eliminator" ends.

エピローグ

千和崎真《ちわさきまこと》はだだっ広いリビングへと、鼻歌交じりに掃除機をかけていく。

駆動音は静謐で、彼女が奏《かな》でる音色を阻害するほどではない。隅に溜まった僅かな埃と髪の毛を逃さないように、隅々《すみずみ》まで綺麗にしていく。女二人で暮らしていると、抜けた髪がどうにもあちこちに散らばってしまう。

少しして、スマートフォンが着信を告げていることに気がついた。

真は掃除機をかける手を止めて、通話に出る。

内容は、城塚翡翠《じょうづかひすい》に相談をお願いしたい、という申し出だった。自殺した娘の真意を知りたいという話だったが、その依頼をすぐ承諾するわけにはいかない。

「はい。申し訳ありません。先生は体調が優れなくて、しばらくお休みをいただいているんです。いえ、いつになるかは……、また、改めてご連絡をいただけますと……」

通話口から、相手の無念そうな吐息を感じて、真は僅かに胸が痛むのを感じた。依頼を断ったり、予約の延期を申し出たりと、これで何度目になるだろう。

翡翠の元に縋る人々の数は、思いのほか多い。

この仕事を手伝うようになるまで、想像もしていなかったことだ。

それだけ人間というのは、死に取り憑かれるものなのだろう。

親しい人間の死を克服できる者は、幸運だ。それができない人間は、瞬く間《またたくま》に悲しみに呑み込まれて、陰りを帯びた人生を歩まざるを得ない。時が傷を癒《いや》すというが、それにどれだけの時間が必要なのかは、誰にもわからない。だが、城塚翡翠は、そうした者たちを僅かばかりではあるが、救うことができる。

この場を訪れて、そして去っていく人々。

その憑き物が落ちたような晴れやかな表情を、真は何度も目にしてきた。

手伝いを強制された当初は、たんなる詐欺行為かと思っていたが、驚くべきことに翡翠はほとんどの場合、謝礼を受け取らない。厚意で渡される場合は素直に受け取るようだが、自分への給料を鑑みると、とても採算のとれる仕事とは思えなかった。どうしてこんなことを続けているのかと訊ねた自分に、詐術を磨くためです、と翡翠は答えたことがある。だが、本当にそれが目的だとするならば、その磨いた詐術はなにに使うためのものなのだろう。

ミュートにしてある大型テレビに目を向けると、やはりワイドショーは件の連続殺人鬼逮捕のニュースで持ちきりだった。あれからだいぶ経ったはずなのだが、新たな事実が判明していくにつれて、その話題ばかりが取り上げられている。音量を少し上げると、元警察関係者が、犯人逮捕は地道な聞き込み捜査の結果だった、とコメントしているところだった。

その地道な捜査の裏で繰り広げられていた、水面下の騙し合いの真実が一般に知られることは、たぶんないのだろう。

真は廊下に続く扉へと目を向ける。

彼女が部屋に閉じこもってから、どれだけの時間が経っただろう。

ときどき、トイレに出入りする足音が聞こえるし、食事はどうするのかと訊ねれば、「要りません」というか細い声が聞こえるので、たぶん、生きてはいるはずだった。こんなことはこの仕事をするようになってから初めてなので、どう対応をしたらいいのか困ってしまう。

掃除を再開しようとしたとき、廊下の方から音が鳴った。

ちーん、と凄い勢いで鼻をかむような音だった。

微かな気配に予感を憶えて、真は掃除機を手にしたまま、息を止めて扉の方を覗う。

少しして、廊下側の扉が開いた。

久しぶりに見る城塚翡翠は、鼻が赤かった。

髪はボサボサで、寝間着姿は非常にダサく、目元が赤く腫れている。

「大丈夫？」

真が訊くと、翡翠は彼女を見て、きょとんとした。

「なにがです？」

「眼も鼻も赤いから。ぎゅってしてあげようか？」

翡翠は大きな眼をしょぼしょぼと瞬かせて答える。

「これは、花粉症です」

「あなたが花粉症だなんて知らなかったな」

「今年から、デビューしたんです」

「ふぅん。それにしても、ずいぶん長いこと、閉じこもっていたじゃない」

翡翠は唇を少し尖らせた。

「連続殺人鬼との長きにわたる戦いを終えたんです。少しくらい休息をいただいても、ばちはあたりませんでしょう？」

「まぁ、それはそうだけれど。で、休息は終わりなの？」

「はい。先ほど、警察から依頼がありました。ある孤島の館で起きた殺人事件について、意見を求めたいそうです。話を聞くに、どうもわたし向きの事件です。明日、さっそく現地に向かおうと思っています。その……、真ちゃんも、来てくれますよね？」

「それはかまわないけれど……」

真は一瞬だけ動いた翡翠の視線を追った。それから、リモコンを使ってテレビを消す。

「残念だったね」真は言う。「彼は、あなたの理想のワトソンだったのに」

「馬鹿なことを言わないでください」

翡翠は、じろりと真を睨んだ。

「わたしは、徹頭徹尾、自分の直感と観察を信じていました。あの男が殺人鬼でなければいいだなんて、そんなことを考えた瞬間は一度たりともありません」

「そう」

頷いて、真はこのいびつで風変わりな年下の友人を見つめる。

長く一緒に過ごしたせいだろうか。

最近は、少しずつ、彼女のことがわかってきたような気もする。

と、拗ねたような表情を見せていた翡翠が、不意に困ったように眉尻を下げて言った。

「あの……、真ちゃん、なにか作ってもらえないでしょうか。その、お腹が……」

真は笑う。

「いいけれど、なに食べたい？」

「できましたら、オムライスが……」

自分の好物を子どもっぽいと自覚しているのか、そう告げる翡翠はいつも気恥ずかしげだった。

「わかった。作っておくから、シャワーでも浴びてきたら？　くさいよ」

彼女の髪を弄りながら告げると、翡翠は頰を膨らませて、精一杯の反発を示すように言う。

「こ、子ども扱いしないでください。だいたい、なんですか、雇い主に向かってくさいとは……。言ってごらんなさい。あなたが誰のものなのかを」

「はいはい。どうせわたしは弱みを握られてこき使われている雇われの身ですよ。余計な口出しはしません」

真が笑うと、翡翠はくすんと鼻を鳴らして廊下へと消えた。

彼女がシャワーを浴びている間に部屋を掃除しておこうとして、真は翡翠の自室に入った。

久しぶりに見る翡翠の部屋は散らかっていた。下着は当たり前のように床に落ちているし、サイドテーブルには冷蔵庫から行方不明になっていたプリンの容器が十個近くも散乱していた。なるほど、これで餓《う》えを凌《しの》いでいたのか。小学生の勉強机みたいなデスクにはトランプのカードが散らばり、床にも零れている。籠もっている間に読んでいたのか、黒い表紙に虹色《にじいろ》の鳥のシルエットが描かれた洋書が置かれていた。スペインの奇術理論の英訳書だと聞いたことがあるが、その手の知識は真には皆無だ。あまり動かさない方がいいだろう。持ってきたゴミ袋に、散らばったプリンの容器などを放り込んでいく。

それから、ゴミ箱の中にあるものに気がついて、真は手を止めた。

城塚翡翠について、真が知っていることはあまりない。

特に翡翠が日本に来るまでの、十代前半を過ごした期間となれば、尚更だった。

ただ、想像できるだけの情報が、断片的にあるだけだ。

あくまでも、例えばの話だ。例えば、詐欺師としての才に溢れた父親に、幼いころから技術を仕込まれた少女がいたとする。少女は父親よりも優れた才能を発揮することになるが、幼さのあまり善悪の判断をつけることはできず、自分たちの行いに疑問を挟むこともせずに、むしろ人助けなのだと思い込むようになる。少女とその父親を中心とした団体は、アメリカでちょっとした宗教団体になり、莫大《ばくだい》な富を得たのだろう。ある事件をきっかけに、その父親が連邦捜査局に逮捕されるまでは——。

父親から解放されたあと、それまで普通の恋をするような十代を過ごすことができずにいた少女は、どうなったのだろう。少女に善悪の判断が芽生えるようになったとき、自分のしてきた行いに胸を痛めることが、あったのだろうか——。

城塚翡翠が、鶴丘文樹《つるおかふみき》とどのように対決をしたのか、真は知らされていない。

ただ、普通でいられたのだろうかと、友人を慮る気持ちがあるだけだ。

なにか仮面をかぶらなければ、闘えなかったのではないだろうか。

その直感と観察が、僅かでも間違っていればいいと考えた瞬間は、なかったのか。

想像できる未来が、誤りであればいいと、そう祈るときは？

すべては、真の勝手な想像だ。願望といえなくもない。確かめようとしても、翡翠は否定をするだろう。他人を勝手に理解した気になれば痛い目を見るということを、真はよく知っていた。

彼女はゴミ箱の中に目を落とす。

そこに、遊園地の半券が落ちていた。

夏に、翡翠と真と、そして香月史郎《こうげつしろう》と、三人で遊びに行ったときのものだった。

遊園地に行ったことがない、という翡翠に香月は驚いていたようだが、それもそうかもしれないな、と真は考えていた。海外ではどうだったか知らないが、日本で一緒に遊びに行けるような友人は自分くらいしかいない。最近は友人が増えたようで、スマホを眺めながらニヤニヤしていることもあるが、共に遊園地に行くほどの仲ではなかったろう。

そのときの、少女のようにはしゃいでいた翡翠の笑顔を思い返す。

何ヵ月も前に行った遊園地の半券が、今になってゴミ箱の中にある意味を考えた。

意味はないのかもしれない。

だが、意味があるのだとしたら。

「乙女かよ」

呟いて、真はゴミ箱の中身を袋の中へと放り棄てた。

そう。気持ちの切り替えは必要だ。

明日もまた、城塚翡翠の力を必要とする事件が、彼女を待っているのだから――。

"Medium Detective Hisui" closed.

解説

漆原正貴（催眠術師）

『medium 霊媒探偵城塚翡翠』は、ミステリ作家でありながらアマチュア・マジシャンでもある相沢沙呼が達成した、一つの大奇術である。

本書で初めて相沢沙呼を知った人は、マジシャンと聞いて驚くかもしれない。マジックは初めから相沢と共にあったモチーフだ。相沢は二〇〇九年、『午前零時のサンドリヨン』で第十九回鮎川哲也賞を受賞しデビューした。学校で起こる謎を解くのは、女子高生マジシャン・酉乃初。華麗なマジックを披露しつつ、固く結ばれた二枚のハンカチーフをたやすく分離してしまうように、入り組んだ心を鮮やかに紐解《ひもと》いていく。

このデビュー作からは、相沢にとってもう一つ重要なテーマが見て取れる。それが「日常の謎」へのこだわりだ。デビュー以来、相沢は「殺人の話は書かない」という縛りを設けてきた。その背景には、細やかな心理描写に重点を置いたスタイルがある。書き上げたミステリが長くなってしまったときには、心理と論理を天秤にかけて、泣く泣く論理の方を削ることもあったという。

そんな相沢がデビュー十周年の節目に、自らに課した制限を外しエンターテインメントに徹した本格ミステリを志向して書き上げたのが『medium 霊媒探偵城塚翡翠』であった。このタイトルは泡坂妻夫の名作奇術ミステリ、『奇術探偵 曾我佳城』へのリスペクトだ。「日常の謎」に対して「殺人」、「奇術」に対して「霊媒」……相沢にとっての新たな挑戦は、ミステリ界に激賞をもって迎えられることになる。本書は刊行年の『このミステリーがすごい!』『本格ミステリ・ベスト10』という二大ミステリランキングで共に一位を制覇し、第20回本格ミステリ大賞に選ばれた。SRの会の『ミステリーベスト10』一位、Apple Booksによる『ベストブック』選出と合わせて、計五冠という栄誉に輝いたのである。

「奇術を演じる前に、現象を説明してはならない」――マジックの世界で用いられる「サーストンの三原則」の一つだ。その言葉に従えば極力事前情報を書かない方が望ましいが、ここは奇術を嗜《たしな》む人間の倣いとして、タネを明かさず本書の紹介を試みよう。

推理作家の香月史郎は、奇妙な心霊現象に悩む大学の後輩・倉持結花の付き添いで、あるマンションを訪れる。そこには霊媒と呼ばれている少女・翡翠がいた。最初は翡翠の能力を疑う香月だったが、決して知り得ないような隠された事実を次々と言い当てられ驚く。

数日後、彼は倉持結花が自宅で殺害されているのを翡翠とともに見つける。すると虚空を見つめた翡翠は「犯人は、女の人です」と呻くのであった。だが「霊視」による結論など警察が信じるはずもない。犯人を捕まえるためには、翡翠が視た犯人までの道筋を、改めて論理によって導き出さなければいけないのだ。香月は推理作家としての知恵を用いて、〝予め得た〟真相に繋《つな》ぐための論理を探し始める……。

翡翠と香月が遭遇する複数の事件を描く連作ミステリだ。それぞれの事件の合間に置かれたインタールードでは、世間を騒がせているシリアルキラーの犯行の様子が垣間見え、やがて翡翠たちが立ち向かうべき敵の姿を暗示する。最終盤、翡翠と香月が至る場所には、予想を裏切る真相と怒濤の伏線回収が待っている。

翡翠は読者や香月よりもはるか手前に、事件現場をひと目見ただけで犯人の姿に辿り着いてしまう。だからこそ本書の読みどころは、犯人の正体それ自体ではなく、一足飛びに得てしまった結論をどのように推理で導き出すのか……そこを埋める過程にある。何気ない手がかりから展開されるロジックは、読みながら目眩《めまい》がするほど緻密に構成されている。

本書は単行本刊行時、「すべてが、伏線。」という大胆なキャッチコピーと共に並べられた。先に述べた五冠という評価は、こうした挑発的な惹句にも拘らず、多くのミステリ読みが本書に驚かされたということの証左だ。いかにしてこの驚きが達成されたのか、ここからは踏み込んでこの作品の試みについて見ていこう。直接的なネタバレは避けるが、一切先入観を入れずに物語を読みたい人は、できれば読了後に読んで頂きたい。

本書の趣向自体にはいくつかの前例がある。とりわけ意識されているのが二作品だ。それは本書にちりばめられたオマージュネタにも現れている。

一つは国内作家のとある時代ミステリだ。主人公である翡翠と香月の名前は、ここから採られている。もう一つの作品は、「水鏡荘の殺人」の中で唐突に翡翠が持ち出すカタカナ語……この言葉を原題に持つ、奇しくも先に挙げた作品と同時代を描いた英国のミステリである。この作品を読んでいれば、エピローグで翡翠がある人物に向かって言うセリフが同作を意識していることは明白だ。

だが有名な先行作品があることは、タネのバレやすさにも繋がる。相沢も本書のトリックを思いついたときに、どうやったらミステリを読み慣れた読者の目から真相を隠せるか悩んだという。この問題をクリアするために相沢が用いたのは、自らのマジシャンというバックグラウンドだった。

手法の中身に入る前に、ここでマジシャンとしての相沢沙呼を紹介したい。相沢は数ある奇術の中でも特にカードマジックを好んで演じる。ビジュアルの派手さに頼るのではなく、現象が起きるまでのプロセスをじっくりと語りで楽しませる。その丁寧なプレゼンテーションには、氏の小説とも共通する心地良さがある。

そんな相沢がここ数年とっておきの機会に披露している十八番が「Any Card at Any Number」だ。観客が自由に指定したトランプのカードが、同じく観客が指定した枚数目から出てくる……という不可能性の高いこの奇術は、数多《あまた》のマジシャンによって解法が作られてきた。相沢が演じるバリエーションは、その中でもとりわけクリーンなもの――予めトランプの入った箱が観客の目の前に置かれてあり、取り出すまでは一切手を触れない――である。このトリックはいくつかのアイデアによって成立しているが、中核となる一つを考案したのが、相沢が敬愛するスペインのマジシャン、ホアン・タマリッツだ。

タマリッツは陽気な風体でステージに登場し、ショーの終わりには「見えないヴァイオリン」を弾く演出で観客の拍手を集める、ユーモラスなマジシャンである。彼はそのハイテンションな演技とは裏腹に、マジック界屈指の理論家としても広く知られている。

相沢は先述した問題に悩んでいた頃、自らのマジックの手順を練るため、タマリッツの著した理論書『マジック・ウェイ』を読んでいた。そこで紹介される「偽解決法の理論」を見て、「これをミステリに応用すれば疑り深い読者を騙せるのでは」と閃《ひらめ》いたのだという。

マジックを見るときに、どうしても観客はタネ＝解決法を疑うものだ。観客が解決法を思いついてしまった途端、魔法は解けてしまう。それが「真の解決法」でなくとも、だ。

たとえばマジシャンが手に握ったコインを消しても、観客が「袖に入れたんだ」と信じてしまったら……仮にそれが間違いであっても、タネがわかったと安心してしまう。タマリッツはこのような心理を逆手にとって、次のような方法を述べる。マジシャンは観客が予想するような、誤った解決法への道筋をわざと用意しておくのだ。あえて袖を意識させ……マジックの最中で、その「偽の解決法」を否定してみせる。……袖がめくられ、そこにコインがないことを示されたとき、解決への手がかりを失った観客は本当の不思議さを体験する——というのが、理論の概要である。

本書を読んで驚きを味わった人であれば、「偽解決法の理論」がいかに『medium』に転用されたかわかるだろう。確かに勘ぐる読者であれば、犯人をめぐる「ある仕掛け」には予想がつく。だがそれこそ相沢が真の目的を隠すために用意した「偽の解決法」……わざと目立つように舗装された囮《おとり》の道にほかならない。トリックが解けたと思考停止をしてしまった裏で、本当の試みは進行している。本書の終盤、翡翠が犯人に向けて投げかけるセリフはそのまま、相沢沙呼から読者へと向けられているのだ。「読者はいかに疑うか」という心の動きを先回りして考え続けた相沢だからこそ結実した、類まれな奇計である。

もちろん、このようなトリックは一回限りのものだ。「同じ奇術を繰り返してはいけない」と、サーストンの三原則にもある。同様の手法で二度は驚かせられない。だが相沢沙呼は本書の続編、『invert 城塚翡翠倒叙集』を上梓した。ここには『medium』とは全く違う奇術的な罠が仕掛けられている。本書の終盤で繰り広げられる鋭利な論理の面白さを更に研ぎ澄まし、霊媒探偵・翡翠の魅力を煮詰めた一作である。本書で味わった衝撃を再び体験したい人にとっては最高の続編だ。

ところで『medium』発想のきっかけとなった『マジック・ウェイ』は、タマリッツが著した理論書三部作の二作目にあたる。『medium』のエピローグには「黒い表紙に虹色の鳥のシルエットが描かれた」「スペインの奇術理論の英訳書」が登場するが、ここで描写されている本こそ、タマリッツが二十五年以上をかけて書き上げた三部作の最終作であり集大成……『マジック・レインボウ』と呼ばれる理論書にほかならない。タイトルの「マジック・レインボウ」とは、「マジック・ウェイ」の道程を経て到達する、「マジックによる感動」のことを示している。

『medium』は相沢沙呼の十年間の到達点にして、通過点なのだ。相沢がこの先に辿り着く「マジック・レインボウ」……それは一体どのようなものなのだろうか。いずれ開催されるショーを楽しみに待ちたい。

この作品は二〇一九年九月に小社より単行本として刊行されました。

|著者| 相沢沙呼　1983年埼玉県生まれ。2009年『午前零時のサンドリヨン』で第19回鮎川哲也賞を受賞しデビュー。繊細な筆致で、登場人物たちの心情を描き、ミステリ、青春小説、ライトノベルなど、ジャンルをまたいだ活躍を見せている。『小説の神様』（講談社タイガ）は、読書家たちの心を震わせる青春小説として絶大な支持を受け、実写映画化された。本書で第20回本格ミステリ大賞受賞、「このミステリーがすごい！」2020年版国内編第１位、「本格ミステリ・ベスト10」2020年版国内ランキング第１位、「2019年ベストブック」（Apple Books）2019ベストミステリー、2019年「SRの会ミステリーベスト10」第１位の５冠を獲得。さらに2020年本屋大賞ノミネート、第41回吉川英治文学新人賞候補となった。最新作は、本書の続編となる『invertⅡ　覗き窓の死角』（講談社）。

medium《メディウム》 霊媒探偵城塚翡翠《れいばいたんていじょうづかひすい》
相沢沙呼《あいざわさこ》

2021年９月15日第１刷発行
2024年３月15日第４刷発行

発行者――森田浩章
発行所――株式会社　講談社
東京都文京区音羽2-12-21　〒112-8001
電話　出版（03）5395-3510
　　　販売（03）5395-5817
　　　業務（03）5395-3615
Printed in Japan

講談社文庫
定価はカバーに
表示してあります

KODANSHA

デザイン―菊地信義
本文データ制作―講談社デジタル製作
印刷―――株式会社KPSプロダクツ
製本―――株式会社国宝社

ISBN978-4-06-524971-0

講談社文庫刊行の辞

二十一世紀の到来を目睫に望みながら、われわれはいま、人類史上かつて例を見ない巨大な転換期をむかえようとしている。

世界も、日本も、激動の予兆に対する期待とおののきを内に蔵して、未知の時代に歩み入ろうとしている。このときにあたり、創業の人野間清治の「ナショナル・エデュケイター」への志を現代に甦らせようと意図して、われわれはここに古今の文芸作品はいうまでもなく、ひろく人文・社会・自然の諸科学から東西の名著を網羅する、新しい綜合文庫の発刊を決意した。

激動の転換期はまた断絶の時代である。われわれは戦後二十五年間の出版文化のありかたへの深い反省をこめて、この断絶の時代にあえて人間的な持続を求めようとする。いたずらに浮薄な商業主義のあだ花を追い求めることなく、長期にわたって良書に生命をあたえようとつとめるところにしか、今後の出版文化の真の繁栄はあり得ないと信じるからである。

同時にわれわれはこの綜合文庫の刊行を通じて、人文・社会・自然の諸科学が、結局人間の学にほかならないことを立証しようと願っている。かつて知識とは、「汝自身を知る」ことにつきていた。現代社会の瑣末な情報の氾濫のなかから、力強い知識の源泉を掘り起し、技術文明のただなかに、生きた人間の姿を復活させること。それこそわれわれの切なる希求である。

われわれは権威に盲従せず、俗流に媚びることなく、渾然一体となって日本の「草の根」をかたちづくる若く新しい世代の人々に、心をこめてこの新しい綜合文庫をおくり届けたい。それは知識の泉であるとともに感受性のふるさとであり、もっとも有機的に組織され、社会に開かれた万人のための大学をめざしている。大方の支援と協力を衷心より切望してやまない。

一九七一年七月

野間省一

麻見和史　蝶の力学〈警視庁殺人分析班〉
麻見和史　雨色の仔羊〈警視庁殺人分析班〉
麻見和史　奈落の偶像〈警視庁殺人分析班〉
麻見和史　鷹《たか》の砦《とりで》〈警視庁殺人分析班〉
麻見和史　凪《なぎ》の残響〈警視庁殺人分析班〉
麻見和史　天空の鏡〈警視庁殺人分析班〉
麻見和史　賢者の棘《とげ》〈警視庁殺人分析班〉
麻見和史　深紅の断片〈警防課救命チーム〉
麻見和史　邪神の天秤〈警視庁公安分析班〉
麻見和史　偽神の審判〈警視庁公安分析班〉
有川　浩　三匹のおっさん
有川　浩　三匹のおっさん ふたたび
有川　浩　ヒア・カムズ・ザ・サン
有川　浩　旅猫リポート
有川ひろ　アンマーとぼくら
有川ひろ ほか　ニャンニャンにゃんそろじー
荒崎一海　門前仲町〈九頭竜覚山 浮世綴(一)〉
荒崎一海　蓬莱橋雨景〈九頭竜覚山 浮世綴(二)〉
荒崎一海　寺町哀感〈九頭竜覚山 浮世綴(三)〉

荒崎一海　小《お》名《な》木《き》川《がわ》〈九頭竜覚山 浮世綴(四)〉
荒崎一海　一色町雪花〈九頭竜覚山 浮世綴(五)〉
朱野帰《かえ》子《こ》　駅物語
朱野帰子　対岸の家事
東　浩紀　一般意志2・0〈ルソー、フロイト、グーグル〉
朝倉宏景　白球アフロ
朝倉宏景　野球部ひとり
朝倉宏景　つよく結べ、ポニーテール
朝倉宏景　あめつちのうた
朝倉宏景　エール〈夕暮れサウスポー〉
朝倉宏景　風が吹いたり、花が散ったり
朝井リョウ　スペードの3
朝井リョウ　世にも奇妙な君物語
有沢ゆう希 末次由紀 原作　小説 ちはやふる 上の句
有沢ゆう希 末次由紀 原作　小説 ちはやふる 下の句
有沢ゆう希 末次由紀 原作　小説 ちはやふる 結び
有沢ゆう希　小説 パーフェクトワールド〈君といる奇跡〉
有沢ゆう希 原作：金田一蓮十郎 脚本：徳永友一　小説 ライアー×ライアー
秋川滝美　幸《こう》腹《ふく》な百貨店

秋川滝美　幸腹な百貨店〈デパ地下おにぎり騒動〉
秋川滝美　幸腹な百貨店〈催事場で蕎麦屋呑み〉
秋川滝美　マチのお気楽料理教室
秋川滝美　ヒソップ亭〈湯けむり食事処〉
秋川滝美　ヒソップ亭2〈湯けむり食事処〉
赤神　諒　神遊の城
赤神　諒　大友二階崩れ
赤神　諒　大友落月記
赤神　諒　酔象の流儀 朝倉盛衰記
赤神　諒　空《うつせ》貝《がい》〈村上水軍の神《じん》姫《き》〉
赤神　諒　立花三将伝
彩瀬まる　やがて海へと届く
浅生　鴨　伴走者
天野純希　有楽斎の戦
天野純希　雑《さい》賀《か》のいくさ姫《ひめ》
青木祐子　コーチ！〈はげまし屋・立花ことりのクライアントファイル〉
秋《あき》保《う》水《すい》菓《か》　コンビニなしでは生きられない
相沢沙呼　medium《メディウム》 霊媒探偵城《じょう》塚《づか》翡《ひ》翠《すい》
相沢沙呼　invert《インヴァート》 城塚翡翠倒叙集

新井見枝香 本屋の新井
碧野 圭 凜として弓を引く
碧野 圭 凜として弓を引く〈青雲篇〉
赤松利市 東京棄民
五木寛之 ソフィアの秋
五木寛之 狼のブルース
五木寛之 海峡物語
五木寛之 風花のひと
五木寛之 鳥の歌 (上)(下)
五木寛之 燃える秋
五木寛之 真夜中の望遠鏡〈流されゆく日々'78〉
五木寛之 ナホトカ青春航路〈流されゆく日々'79〉
五木寛之 旅の幻燈
五木寛之 他力
五木寛之 こころの天気図
五木寛之 新装版 恋歌
五木寛之 百寺巡礼 第一巻 奈良
五木寛之 百寺巡礼 第二巻 北陸
五木寛之 百寺巡礼 第三巻 京都I

五木寛之 百寺巡礼 第四巻 滋賀・東海
五木寛之 百寺巡礼 第五巻 関東・信州
五木寛之 百寺巡礼 第六巻 関西
五木寛之 百寺巡礼 第七巻 東北
五木寛之 百寺巡礼 第八巻 山陰・山陽
五木寛之 百寺巡礼 第九巻 京都II
五木寛之 百寺巡礼 第十巻 四国・九州
五木寛之 海外版 百寺巡礼 インド1
五木寛之 海外版 百寺巡礼 インド2
五木寛之 海外版 百寺巡礼 朝鮮半島
五木寛之 海外版 百寺巡礼 中国
五木寛之 海外版 百寺巡礼 ブータン
五木寛之 海外版 百寺巡礼 日本・アメリカ
五木寛之 青春の門 第七部 挑戦篇
五木寛之 青春の門 第八部 風雲篇
五木寛之 青春の門 第九部 漂流篇
五木寛之 親鸞 青春篇 (上)(下)
五木寛之 親鸞 激動篇 (上)(下)
五木寛之 親鸞 完結篇 (上)(下)

五木寛之 五木寛之の金沢さんぽ
五木寛之 海を見ていたジョニー 新装版
井上ひさし モッキンポット師の後始末
井上ひさし ナイン
井上ひさし 四千万歩の男 全五冊
井上ひさし 四千万歩の男 忠敬の生き方
井上ひさし・司馬遼太郎 新装版 国家・宗教・日本人
池波正太郎 私の歳月
池波正太郎 よい匂いのする一夜
池波正太郎 梅安料理ごよみ
池波正太郎 わが家の夕めし
池波正太郎 新装版 緑のオリンピア
池波正太郎 新装版 殺しの四人〈仕掛人・藤枝梅安(一)〉
池波正太郎 新装版 梅安蟻地獄〈仕掛人・藤枝梅安(二)〉
池波正太郎 新装版 梅安最合傘〈仕掛人・藤枝梅安(三)〉
池波正太郎 新装版 梅安針供養〈仕掛人・藤枝梅安(四)〉
池波正太郎 新装版 梅安乱れ雲〈仕掛人・藤枝梅安(五)〉
池波正太郎 新装版 梅安影法師〈仕掛人・藤枝梅安(六)〉
池波正太郎 新装版 梅安冬時雨〈仕掛人・藤枝梅安(七)〉

池井戸 潤 新装版 不祥事
池井戸 潤 ルーズヴェルト・ゲーム
池井戸 潤 半沢直樹 1〈オレたちバブル入行組〉
池井戸 潤 半沢直樹 2〈オレたち花のバブル組〉
池井戸 潤 半沢直樹 3〈ロスジェネの逆襲〉
池井戸 潤 半沢直樹 4〈銀翼のイカロス〉
池井戸 潤 半沢直樹 アルルカンと道化師
池井戸 潤 花咲舞が黙ってない〈新装増補版〉
池井戸 潤 ノーサイド・ゲーム
池井戸 潤 新装版 BT'63 (上)(下)
石田衣良 LAST［ラスト］
石田衣良 東京DOLL
石田衣良 てのひらの迷路
石田衣良 40《フォーティ》 翼ふたたび
石田衣良 sex
石田衣良 逆《さか》島《しま》断《たつ》雄《お》〈進駐官養成高校の決闘編1〉
石田衣良 逆島断雄〈進駐官養成高校の決闘編2〉
石田衣良 逆島断雄〈本土最終防衛決戦編1〉
石田衣良 逆島断雄〈本土最終防衛決戦編2〉

石田衣良 初めて彼を買った日
井上荒野 ひどい感じ―父・井上光晴
稲葉 稔 椋鳥の影〈八丁堀手控え帖〉
いしいしんじ プラネタリウムのふたご
いしいしんじ げんじものがたり
伊坂幸太郎 チルドレン
伊坂幸太郎 サブマリン
伊坂幸太郎 魔王〈新装版〉
伊坂幸太郎 モダンタイムス (上)(下)〈新装版〉
伊坂幸太郎 PK〈新装版〉
絲山秋子 袋小路の男
石黒 耀 死都日本
石黒 耀 忠臣蔵異聞〈家老 大野九郎兵衛の長い仇討ち〉
犬飼六岐 筋違い半介
犬飼六岐 吉岡清三郎貸腕帳
石川大我 ボクの彼氏はどこにいる?
石松宏章 マジでガチなボランティア
伊東 潤 国を蹴った男
伊東 潤 峠越え

伊東 潤 黎明に起《た》つ
伊東 潤 池田屋乱刃
伊藤理佐 女のはしょり道
石飛幸三 「平穏死」のすすめ〈口から食べられなくなったらどうしますか〉
伊藤理佐 また! 女のはしょり道
伊藤理佐 みたび! 女のはしょり道
石黒正数 外《げ》天《てん》楼《ろう》
伊与原 新 ルカの方《はこ》舟《ぶね》
伊与原 新 コンタミ 科学汚染
稲葉圭《よし》昭《あき》 恥さらし〈北海道警 悪徳刑事の告白〉
稲葉博《ひろ》一《いち》 忍者烈伝
稲葉博一 忍者烈伝ノ続
稲葉博一 忍者烈伝ノ乱〈天之巻〉〈地之巻〉
伊岡 瞬 桜の花が散る前に
石川智健 エウレカの確率〈経済学捜査と殺人の効用〉
石川智健 60《ロクジュウ》〈誤判対策室〉
石川智健 20《ニジュウ》〈誤判対策室〉
石川智健 第三者隠蔽機関
石川智健 いたずらにモテる刑事の捜査報告書

井上真偽《まぎ》 その可能性はすでに考えた
井上真偽 聖女の毒杯〈その可能性はすでに考えた〉
井上真偽 恋と禁忌の述語論理《プレディケット》
泉 ゆたか お師匠さま、整いました！
泉 ゆたか お江戸けもの医 毛玉堂
泉 ゆたか 玉《たま》の輿《こし》猫〈お江戸けもの医 毛玉堂〉
伊兼源太郎 地検のS
伊兼源太郎 Sが泣いた日〈地検のS〉
伊兼源太郎 Sの幕引き〈地検のS〉
伊兼源太郎 巨悪
伊兼源太郎 金庫番の娘
逸木 裕 電気じかけのクジラは歌う
今村翔吾 イクサガミ 天
今村翔吾 イクサガミ 地
入月英一 信長と征《ゆ》く 1・2〈転生商人の天下取り〉
磯田道史 歴史とは靴である
石原慎太郎 湘南夫人
井戸川射子 ここはとても速い川
五十嵐律人 法廷遊戯
五十嵐律人 不可逆少年
一色さゆり 光をえがく人
石沢麻依 貝に続く場所にて
一穂ミチ スモールワールズ
伊藤穰一 〈増補版〉教養としてのテクノロジー〈AI、仮想通貨、ブロックチェーン〉
内田康夫 シーラカンス殺人事件
内田康夫 パソコン探偵の名推理
内田康夫 「横山大観」殺人事件
内田康夫 江田島殺人事件
内田康夫 琵琶湖周航殺人歌
内田康夫 夏泊殺人岬
内田康夫 「信濃の国」殺人事件
内田康夫 風葬の城
内田康夫 透明な遺書
内田康夫 鞆《とも》の浦《うら》殺人事件
内田康夫 終幕《フィナーレ》のない殺人
内田康夫 御堂筋殺人事件
内田康夫 記憶の中の殺人
内田康夫 北国街道殺人事件
内田康夫 「紅藍《くれない》の女《ひと》」殺人事件
内田康夫 「紫《むらさき》の女《ひと》」殺人事件
内田康夫 藍色回廊殺人事件
内田康夫 明日香の皇子
内田康夫 華の下にて
内田康夫 黄金の石橋
内田康夫 靖国への帰還
内田康夫 不等辺三角形
内田康夫 ぼくが探偵だった夏
内田康夫 逃げろ光彦〈内田康夫と5人の女たち〉
内田康夫 悪魔の種子
内田康夫 戸隠伝説殺人事件
内田康夫 新装版 死者の木霊
内田康夫 新装版 漂泊の楽人
内田康夫 新装版 平城山《ならやま》を越えた女
内田康夫 秋田殺人事件
内田康夫 孤道
和久井清水 孤道 完結編〈金色の眠り〉
内田康夫 イーハトーブの幽霊

講談社文庫　目録

小川洋子　密やかな結晶〈新装版〉
乙川優三郎　霧の橋
乙川優三郎　喜知次
乙川優三郎　蔓の端々
乙川優三郎　夜の小紋
恩田　陸　三月は深き紅の淵を
恩田　陸　麦の海に沈む果実
恩田　陸　黒と茶の幻想(上)(下)
恩田　陸　黄昏の百合の骨
恩田　陸　薔薇のなかの蛇
恩田　陸　『恐怖の報酬』日記〈酩酊混乱紀行〉
恩田　陸　きのうの世界(上)(下)
恩田　陸　七月に流れる花/八月は冷たい城
奥田英朗　新装版 ウランバーナの森
奥田英朗　最悪
奥田英朗　マドンナ
奥田英朗　ガール
奥田英朗　サウスバウンド
奥田英朗　オリンピックの身代金(上)(下)
奥田英朗　ヴァラエティ
奥田英朗　邪魔(上)(下)〈新装版〉
乙武洋匡　五体不満足〈完全版〉
大崎善生　聖《さとし》の青春
大崎善生　将棋の子
小川恭一　江戸の旗本事典〈歴史・時代小説ファン必携〉
奥泉　光　プラトン学園
奥泉　光　シューマンの指
奥泉　光　ビビビ・ビ・バップ
折原みと　制服のころ、君に恋した。
折原みと　時《とき》の輝き
折原みと　幸福のパズル
大城立裕　小説 琉球処分(上)(下)
太田尚樹　満州裏史〈甘粕正彦と岸信介が背負ったもの〉
太田尚樹　世紀の愚行〈太平洋戦争・日米開戦前夜〉
大島真寿実　ふじこさん
大泉康雄　あさま山荘銃撃戦の深層(上)(下)
大山淳子　猫弁〈天才百瀬とやっかいな依頼人たち〉
大山淳子　猫弁と透明人間
大山淳子　猫弁と指輪物語
大山淳子　猫弁と少女探偵
大山淳子　猫弁と魔女裁判
大山淳子　猫弁と星の王子
大山淳子　猫弁と鉄の女
大山淳子　猫弁と幽霊屋敷
大山淳子　雪猫
大山淳子　イーヨくんの結婚生活
大倉崇裕　小鳥を愛した容疑者
大倉崇裕　蜂に魅《ひ》かれた容疑者〈警視庁いきもの係〉
大倉崇裕　ペンギンを愛した容疑者〈警視庁いきもの係〉
大倉崇裕　クジャクを愛した容疑者〈警視庁いきもの係〉
大倉崇裕　アロワナを愛した容疑者〈警視庁いきもの係〉
大鹿靖明　メルトダウン〈ドキュメント福島第一原発事故〉
荻原　浩　砂の王国(上)(下)
荻原　浩　家族写真
小野正嗣　九年前の祈り
大友信彦　オールブラックスが強い理由〈世界最強チーム勝利のメソッド〉
乙　一　銃とチョコレート

講談社文庫　目録

織守《おりがみ》きょうや　霊感検定
織守きょうや　霊感検定〈心霊アイドルの憂鬱〉
織守きょうや　霊感検定〈春にして君を離れ〉
織守きょうや　少女は鳥籠《とりかご》で眠らない
おーなり由子　きれいな色とことば
岡崎琢磨　病弱探偵〈謎は彼女の特効薬〉
小野寺史宜《ふみのり》　その愛の程度
小野寺史宜　近いはずの人
小野寺史宜　それ自体が奇跡
小野寺史宜　縁《ゆかり》
小野寺史宜　とにもかくにもごはん
大崎　梢　横濱エトランゼ
太田哲雄　アマゾンの料理人〈世界一の"美味しい"を探して僕が行き着いた場所〉
小竹正人　空に住む
岡本さとる　駕籠屋《かごや》春秋　新三《しんざ》と太十《たじゅう》
岡本さとる　質屋の娘〈駕籠屋春秋　新三と太十〉
岡本さとる　雨やどり〈駕籠屋春秋　新三と太十〉
岡崎大五　食べるぞ！世界の地元メシ
荻上直子　川っぺりムコリッタ

小原周子　留子さんの婚活
海音寺潮五郎　新装版　江戸城大奥列伝
海音寺潮五郎　新装版　孫子(上)(下)
海音寺潮五郎　新装版　赤穂義士
加賀乙彦　新装版　高山右近
加賀乙彦　ザビエルとその弟子
加賀乙彦　殉教者
加賀乙彦　わたしの芭蕉
柏葉幸子　ミラクル・ファミリー
勝目　梓　小説家
桂　米朝　米朝ばなし〈上方落語地図〉
笠井　潔　梟《ふくろう》の巨《おお》なる黄昏《たそがれ》
笠井　潔　青銅の悲劇(上)(下)〈瀕死の王〉
笠井　潔　転生の魔〈私立探偵飛鳥井の事件簿〉
川田弥一郎　白く長い廊下
神崎京介　女薫の旅　放心とろり
神崎京介　女薫の旅　耽溺《たんでき》まみれ
神崎京介　女薫の旅　秘に触れ
神崎京介　女薫の旅　禁の園へ

神崎京介　女薫の旅　欲の極み
神崎京介　女薫の旅　青い乱れ
神崎京介　女薫の旅　奥に裏に
神崎京介　I LOVE
加納朋子　ガラスの麒麟〈新装版〉
角田光代　まどろむ夜のUFO
角田光代　恋するように旅をして
角田光代　人生ベストテン
角田光代　ロック母
角田光代　彼女のこんだて帖
角田光代　ひそやかな花園
角田光代 石田衣良 ほか　こどものころにみた夢
川端裕人　せちやん〈星を聴く人〉
川端裕人　星と半月の海
片川優子　ジョナさん
神山裕右　カタコンベ
神山裕右　炎の放浪者
加賀まりこ　純情ババアになりました。
門田隆将　甲子園への遺言〈伝説の打撃コーチ高畠導宏の生涯〉

2023年12月15日現在